suhrkamp nova

Erling Jepsen

Mit freundlicher Anteilnahme

Roman

Aus dem Dänischen von
Ulrich Sonnenberg

Suhrkamp

Die Originalausgabe erschien 2006 unter dem Titel
Med venlig deltagelse

Published by agreement with Borgens Forlag A/S, Copenhagen
and Leonhardt & Hoier Literary Agency A/S, Copenhagen

Umschlagfoto: Szenenfoto aus dem Film *Frygtelig lykkelig*
von Henrik Ruben Genz, 2008

„Dieses Projekt wurde mit Unterstützung des
Programms Kultur (2007-2013) der Europäischen Kommission finanziert.
Die Verantwortung für den Inhalt dieser Veröffentlichung
trägt allein der Verfasser; die Kommission haftet nicht für
die weitere Verwendung der darin enthaltenen Angaben."

GD Bildung und Kultur

Kultur

Programm „Kultur" (2007-2013)
Förderbereich 1.2.2. Literarische Übersetzungen

suhrkamp taschenbuch 4254
Erste Auflage 2011
Deutsche Erstausgabe

Druck: CPI – Ebner & Spiegel, Ulm
Printed in Germany
Umschlag: Göllner, Michels
ISBN 978-3-518-46254-6

1 2 3 4 5 6 – 16 15 14 13 12 11

Mit freundlicher Anteilnahme

Teile dieses Romans basieren auf Geschichten und Erinnerungen aus Südjütland. Der Autor möchte jedoch betonen, dass sämtliche Personen, Orte und Ereignisse erfunden sind.

E.J.

KAPITEL 1

Das Ding, mit dem man es macht

Allan lag unter einer Decke auf dem Sofa und sah sich die Nachrichten an. Es war ein Zweiersofa, seine Beine hingen über der Armlehne. Nicht sonderlich bequem, aber er hatte trotzdem das Gefühl, ausgestreckt zu liegen. Mitten in dem Beitrag über den Irak-Krieg zog er die Beine an, drehte sich um und schlief ein.

Kurz darauf hörte er jemanden seinen Namen rufen. Ausgesprochen lästig, es war doch offensichtlich, dass er schlief. Schließlich drehte er sich um und schlug die Augen auf. Seine Nichte Trine beugte sich mit Tränen in den Augen über ihn.

»Jetzt ist es passiert«, sagte sie.

Es dauerte einen Moment, bis er begriff, was sie meinte. Dann verstand er und setzte sich auf. Sollte er aufstehen und sie in den Arm nehmen? Sie schien wirklich traurig zu sein. Wahrscheinlich machte man das so. Aber er brachte es nicht über sich.

Hinter Trine stand seine Frau Charlotte. Zum Glück weinte sie nicht, allerdings sah sie ihn mit einem ernsten Gesichtsausdruck an. Wieso ließen sie ihn nicht einfach allein?

»Dienstag ist es passiert, gegen sechs Uhr abends. Ich dachte, du solltest es wissen«, sagte Trine.

»Ja, ja«, erwiderte er. »Danke.«

Beide Frauen blieben stehen, als warteten sie auf irgendetwas. Sie wollten offenbar sehen, wie er reagierte. Das würde er ihnen schon zeigen. Allan drehte sich um, wandte ihnen den Rücken zu und schloss die Augen. Nicht um zu schlafen, schließlich war er jetzt wach, sondern um vor all dem seine Ruhe zu haben. Nicht zuletzt vor den beiden und ihren neugierigen Blicken.

Endlich gingen sie, er hörte sie im Flur miteinander sprechen.

»Ich hätte es nicht sagen sollen.«

»Aber natürlich«, versicherte Charlotte, doch Allan hörte den besorgten Unterton in ihrer Stimme.

Trine hatte offenbar das Gefühl, eine Grenze überschritten zu haben, die man nicht übertreten durfte, denn jetzt jammerte sie geradezu.

»Ich hätte es besser nicht gesagt, oder? Ich hätte es nicht sagen sollen.«

Allen spitzte jetzt die Ohren, wieso antwortete Charlotte nicht?

»Doch, mach dir keine Gedanken«, sagte sie endlich. »Früher oder später hätte er es ohnehin erfahren. Er wird's schon verkraften.«

Trine verabschiedete sich, Allan hörte, wie die Haustür geöffnet wurde und wieder ins Schloss fiel.

Letzte Woche war Trine erschienen und hatte ihm erzählt, dass sein Vater ins Krankenhaus eingeliefert werden musste. Es sei ernst, Allan solle sich auf das Schlimmste gefasst machen. Er hatte sich bedankt und erklärt, keine weiteren Einzelheiten hören zu wollen.

»Sag mir einfach Bescheid, wenn er tot ist«, hatte er gesagt.

Vielleicht hatte sich das etwas gefühllos angehört, jedenfalls für Außenstehende, aber Trine wusste sehr gut, was er meinte.

Am Dienstag, gegen sechs Uhr abends. Welcher Tag war heute? Donnerstag. Also vor zwei Tagen. Seltsam. Vor zwei

Tagen war sein Vater gestorben und sie erzählten es ihm erst jetzt?

Charlotte kam leise zum Sofa und setzte sich auf die Kante.

»Bist du okay?«

»Ja, ja.«

Selbstverständlich fühlte er sich okay, schließlich traf ihn das nicht unerwartet. Und seine Haltung war eindeutig: Er wollte sich nicht von irgendwelchen Gefühlen beeinflussen lassen. Er hatte wissen wollen, wann es so weit war und sonst nichts. Aber etwas beschäftigte ihn trotzdem.

»Am Dienstag«, sagte er. »Jetzt ist es Donnerstagabend. Also vor zwei Tagen? Na gut. Aber wieso erfahre ich es erst jetzt?«

»Sie haben wahrscheinlich gedacht, es würde dich nicht sonderlich interessieren?«

Das könnte natürlich sein, nur irrten sie sich. Wieso sollte er kein Interesse daran haben, wann sein Vater gestorben war? Er hatte nie gesagt, dass es ihn nicht interessierte. Es handelte sich schließlich um seinen Vater, verdammt noch mal, man muss doch Bescheid wissen, wenn der eigene Vater gestorben ist!

»Am Dienstag«, wiederholte er. »Gegen sechs.«

Sie dachten beide dasselbe.

»Hast du da nicht deinen Asthmaanfall gehabt?«

»Ja, aber das solltest du jetzt nicht überbewerten.«

Genau das würde ihr ähnlich sehen. Aber seltsam war es schon. Eigentlich bekam er um diese Jahreszeit nie einen Asthmaanfall, und dann hatte er einen Anfall exakt zu dem Zeitpunkt, als sein Vater starb?

Er verfolgte noch eine Weile die Nachrichten und versuchte, sich ein wenig abzulenken, dazu hatten sie schließlich den Fernseher. Nun kam der Wetterbericht, danach wurde eine Sondersendung über den Krieg im Irak angekündigt. Politiker diskutierten, ob sich Dänemark an der Invasion beteiligen sollte. Empörend, eigentlich geradezu erschreckend, dänische Soldaten sollten tatsächlich in den Krieg ziehen? Für einen Moment vergaß er den Tod seines Vaters, diese Geschichte war trotz allem wichtiger.

Aber nur für einen Moment.

Allan schaltete den Fernseher ab und ging ins Kinderzimmer. Betrachtete eine Weile seine Tochter, die mit einem Lächeln um die Lippen und über dem Kopf ausgestreckten Armen friedlich schlief. Zumindest ihr ging es gut. Sollte er ihr vom Tod seines Vaters erzählen? Erzählte man so was einer Vierjährigen? Eigentlich wusste sie gar nicht, dass ihr Vater Eltern hatte, sie hatte nie von ihnen gehört und merkwürdigerweise auch nie danach gefragt. Später vielleicht, wenn sie größer war, dann würde er ihr die ganze Geschichte erzählen. Zur Sicherheit würde er warten, bis sie erwachsen war.

Er ging zu seiner Frau in die Küche. Lehnte sich mit überkreuzten Armen an den Türrahmen.

»Hat Trine es von ihrem Vater erfahren?«

Charlotte nickte. Allan griff auf dem Küchentisch nach einem Zahnstocher und steckte die Spitze zwischen die Vorderzähne.

»Hat sie sonst noch was gesagt?«

»Es ist noch ein Blutgerinnsel dazugekommen. Außerdem eine Lungenentzündung. Er ist friedlich eingeschlafen.«

Sie wog jedes Wort ab, das sie sagte, machte kleine Pausen und sah ihn an, als wollte sie sich versichern, dass sie ihm nicht zu nahe trat.

»Asger ist letzte Woche hingefahren und hat im Krankenhaus bei ihm gesessen. Zusammen mit deiner Mutter, natürlich. Sie saßen beide an seinem Bett, als er starb.«

Allan nickte, ging in sein Arbeitszimmer und schaltete den Computer ein. Jetzt war es genug, das spürte er. Keine weiteren Details. Arbeit, Arbeit, das war das einzig Richtige, um darüber hinwegzukommen. Aber es fiel ihm schwer, sich auf seine Aufgabe zu konzentrieren: zu schreiben. Und das war gar nicht gut, denn er musste sein neues Stück beenden. Eine Auftragsarbeit des Königlichen Theaters, für die er das Honorar bereits im Voraus bekommen hatte.

Unter irgendwelchen Vorwänden schaute Charlotte hin und wieder zu ihm herein. Vermutlich wollte sie sehen, wie es ihm ging. Eigentlich sehr gut, er lächelte ihr beruhigend zu.

Einige seiner gleichaltrigen Bekannten hatten nach dem Tod ihrer Eltern von einem Gefühl der Befreiung gesprochen – natürlich erst, als die größte Trauer sich gelegt hatte. Er konnte sich nicht recht vorstellen, dass er trauern würde. Andererseits fühlte er sich auch noch nicht richtig frei, aber das konnte ja noch kommen. Warum eigentlich nicht, könnte doch ganz interessant sein. Dachte er.

Als er ins Badezimmer ging und sich im Spiegel betrachtete, hatte er nicht den Eindruck, dass er sich verändert hatte. Wenn der eigene Vater starb, mussten sich doch irgendwelche Spuren im Gesicht abzeichnen. Er fand nichts. Aber sah er nicht ein wenig erleichtert aus, wenn er einen Schritt zurücktrat? Er schenkte sich ein schiefes Lächeln. Sollte es wirklich wahr sein? Der Alte hatte die Holzschuhe ausgezogen? Er war also nicht unsterblich? Eigentlich sollte es ihn kaum überraschen, dass er seinen Vater überlebte. Aber so war es.

Allan hätte gern im Pfarrbüro seines Heimatortes angerufen und nachgefragt, ob jemand mit dem Namen seines Vaters begraben werden sollte. Nur um sicherzugehen. Aber er konnte sich nicht dazu durchringen. Wenn man ihn an der Stimme erkannte, würde in dem kleinen Ort das Gerede losgehen. Seine Familie würde erfahren, dass er angerufen hatte, das musste nicht sein. Charlotte hatte es ihm allerdings bereitwillig abgenommen, sie musste nicht einmal groß gebeten werden. Er setzte sich dicht neben sie und beugte sich über den Telefonhörer, um mitzuhören. Jetzt hörte er die Stimme des Küsters. Der heimatliche Dialekt war unverkennbar.

Der Küster wiederholte den Namen und sagte, ja, es ist traurig, das Begräbnis würde am Samstagmittag um eins stattfinden. In der Stimme war keinerlei Trauer zu hören, Allan registrierte es und seltsamerweise irritierte es ihn ein wenig.

Charlotte bedankte sich und beendete das Gespräch. Es war also wahr. Allans Vater wurde am Samstag begraben, also musste er tot sein.

»Ich habe die Stimme wiedererkannt«, sagte er. »Das war der Totengräber aus meiner Kindheit.«

»Du meinst den Küster?«

»In Südjütland heißt er Totengräber, ich weiß auch nicht, warum.«

Eine Weile sagte keiner von beiden ein Wort. Vielleicht wunderten sie sich über die unterschiedlichen Bezeichnungen. Eigentlich verstand es sich doch von selbst: Ein Totengräber begrub die Toten, was sonst? Aber vielleicht gab es in Südjütland auch noch einen Küster, um die Lebenden zu begraben. Allan stellte sich einen Augenblick vor, sein Vater würde im Sarg erwachen; lebendig begraben zu werden, schien ihm das schlimmste Szenario überhaupt zu sein. Vermutlich passierte das inzwischen aber recht selten.

Sanne ging ihm durch den Kopf, ob sie schon Bescheid wusste? Wahrscheinlich nicht, sonst hätte er etwas von ihr gehört. Besser, er rief sie an, obwohl er nur wenig Lust dazu hatte, weil man nie wusste, wie sie reagieren würde. Aber irgendjemand musste es tun, trotz allem war schließlich auch ihr Vater gestorben.

Er wählte ihre Nummer. Es dauerte lange, bis sie abnahm; Allan vermutete, dass sie eine ihrer Phasen hatte, in denen sie tagelang schlief und nicht ans Telefon ging. Doch dann meldete sich Sanne am anderen Ende. Ihre Stimme war ein wenig undeutlich, aber man schien mit ihr reden zu können.

»Tja, jetzt ist Vater tot«, begann er.

»Ah ja.«

Plötzlich wusste er nicht, was er noch sagen sollte. Hatte sie überhaupt gehört, was er ihr da gerade erzählt hatte? Hatte sie es begriffen?

Dann erzählte er der Reihe nach, von Trines Besuch und von Charlottes Anruf im Pfarrbüro; Sanne sagte an den richtigen Stellen ja oder nein, sonst nichts. Fast schien es, als würde sie nicht verstehen, warum er sie anrief und ihr all das erzählte.

»Wollen wir zur Beerdigung fahren?«, fragte er.

Sie fing an zu lachen, und ihr Lachen hörte sich derart heiser und rau an, dass er zusammenzuckte, doch dann musste auch er lachen. Es hatte etwas Befreiendes. Er hatte die Frage nicht ernst gemeint, natürlich würden sie nicht an der Beerdigung ihres Vaters teilnehmen.

Sie versuchten sich vorzustellen, was geschehen würde, wenn sie unangemeldet dort auftauchten. Wie die Leute wohl reagieren würden? Bestimmt würden sie Augen machen. Und ganz sicher wären Sanne und er hinterher nicht zum Kaffee eingeladen, das war klar.

Als sie sich wieder beruhigt hatten, wollte Sanne das Gespräch eigentlich gern beenden, das spürte er. Er mochte nicht fragen, ob sie etwas vorhatte, denn er wusste genau, es war nicht der Fall. Sie wollte wohl einfach wieder unter ihre Bettdecke.

»Du, Sanne?«, sagte er schließlich.

»Ja?«

»Wir könnten ja Blumen schicken.«

»Nein, dafür sehe ich keine Veranlassung«, erwiderte sie rasch, stieß noch einen Lacher aus und legte dann auf.

Es überraschte ihn schon, dass sie so kurz angebunden war, sie zeigte keinerlei Anzeichen von Betroffenheit. Er wusste nicht recht, wie er damit umgehen sollte.

Als sie zu Bett gingen, hatte Allan das Gefühl, dass Charlotte ihn gern etwas gefragt hätte.

»Sag schon«, forderte er sie auf.

»Heißt das, du fährst nicht zur Beerdigung deines eigenen Vaters?«

Er schwieg einen Moment, obwohl er genau wusste, was er antworten würde. Nun fiel es ihm plötzlich schwer, weil es so hart klang.

»Ja«, sagte er. »Wenn meine Familie an meinem Besuch interessiert wäre, hätten sie mich angerufen. Zumindest meine Mutter. Hat sie aber nicht.«

»Na ja, aber das entscheidet doch nicht sie, oder? Wenn du am Begräbnis deines Vaters teilnehmen willst, kann dich doch niemand daran hindern.«

So gesehen hatte sie recht. Eigentlich peinlich, dass er der Meinung gewesen war, seine Familie hätte darüber zu entscheiden. Allan war kurz davor, schon aus Trotz die Reise anzutreten. Einfach auftauchen, mit niemandem reden, eine Blume aufs Grab legen und wieder gehen.

»Das ist deine Chance, dich von deinem Vater zu verabschieden«, fügte sie hinzu. »Das ist eine Angelegenheit zwischen dir und ihm und niemandem sonst.«

Das wiederum hätte sie nicht sagen sollen, nun verlor er bereits die Lust. Er hasste es, wenn sie so etwas sagte und ihn dabei mit diesen großen mitfühlenden Augen ansah. Eine Angelegenheit zwischen ihm und seinem Vater. Sie versuchte, ihn zu verunsichern, und das gehörte sich einfach nicht.

»Ich glaube, ich bleibe zu Hause«, antwortete er.

Im Kinderzimmer wachte ihre Tochter auf und Charlotte stand auf, um Frida zu holen. Sie war schon zu groß, um noch getragen zu werden, sie konnte allein gehen. Allerdings musste Charlotte sie stützen, denn Frida war noch im Halbschlaf und hatte ihre Beine nicht unter Kontrolle.

»Meine Beine sind durcheinander«, murmelte sie.

Eigentlich war es noch viel zu früh, denn normalerweise durfte Frida erst in das große Bett, wenn Mama und Papa schlafen wollten, und so weit war es noch nicht. Aber vielleicht konnte Frida die Stimmung ein bisschen aufhellen.

Sie krabbelte ins Doppelbett und legte sich neben Allan. Sie entspannte sich sofort und atmete tief durch. Der Geruch ihres Haars, das Geräusch ihrer Atemzüge – es tat gut. Offenbar schlief sie bereits wieder fest. Allan flüsterte seiner Frau zu:

»Wenn ich sicher sein könnte, dass niemand davon erfährt, würde ich hinfahren und ihn mir ansehen. Bevor sie den Deckel auf den Sarg nageln.«

Sofort sperrte Frida die Augen auf und sah ihren Vater an.

»Den Sarg?«, fragte sie. »Welchen Sarg?«

»Schlaf jetzt«, erwiderte Allan.

Die Eltern warteten, bis sie sicher sein konnten, dass sie tief schlief.

»Eigentlich nur, um es mit eigenen Augen zu sehen«, flüsterte er. »Also, dass er tot ist. Natürlich weiß ich es, aber trotzdem glaube ich, es wäre gut, wenn ich es selbst sehen würde.«

»Das denke ich auch«, flüsterte Charlotte.

»Ich würde sonst immer denken, dass er sich einen Scherz erlaubt hat.«

Frida drehte sich um und seufzte laut, glücklicherweise aber nur im Schlaf.

»Na ja, dann fahr hin«, sagte Charlotte. »Ruf den Küster an und sag ihm, was los ist: Du würdest deinen Vater gern ein letztes Mal sehen, aber der Rest der Familie soll nichts davon erfahren. Ich bin sicher, er wird das respektieren.«

»Dann kannst du garantiert davon ausgehen, dass der ganze Ort es erfährt«, erwiderte Allan.

»Na und? Hauptsache, sie tauchen nicht auf.«

Allan stellte sich vor, wie er ganz allein in der Kapelle an dem offenen Sarg stand und seinen Vater betrachtete. Wer weiß, was er dabei empfinden würde. Ob er ihn überhaupt wiedererkannte? Ihm gefiel der Gedanke nicht, könnte ja sein, dass es kein sonderlich angenehmes Erlebnis war, möglicherweise kämen eine Unmenge Gefühle an die Oberfläche, für die er Jahre gebraucht hatte, um sie zu verdrängen. Außerdem musste er ein Stück abliefern, und das schrieb sich schließlich nicht von allein. Und schon gar nicht, wenn er nicht bald zur Ruhe käme, um sich wieder konzentrieren zu können.

Aber würde er zur Ruhe kommen, wenn er *nicht* hinfuhr?

Wenn er sich zwang, an andere Dinge zu denken? Schwer zu entscheiden, ihm schwirrte der Kopf, er schwitzte.

»Ich fühle mich nicht ganz wohl«, sagte er. »Ich glaube, ich habe Fieber, vielleicht ist eine Grippe im Anzug.«

Charlotte wünschte ihm gute Besserung und kehrte ihm den Rücken zu, er verstand sie gut. Er war eine Memme, nun auch in den Augen seiner Frau. Und das war nicht schön, er musste zusehen, dass sich das änderte.

»Aber ich schicke auf jeden Fall einen Strauß Blumen«, erklärte er.

Sie reagierte nicht. Er musste sich etwas Besseres einfallen lassen.

»Soll ich ihn auch im Namen von Frida und dir schicken?«

Nun drehte sie sich zu ihm um und blickte ihm in die Augen. Er wusste sofort, dass er das Richtige gesagt hatte.

»Ja, gerne«, sagte sie. »Aber nur, wenn du willst.«

»Natürlich«, versicherte er.

Sie gab ihm einen Gutenachtkuss und legte sich wieder hin. Allan fühlte sich etwas besser. Es war sicher richtig, einen Strauß von ihnen allen zu senden. Dann sah seine Mutter, dass er nicht allein war, sondern seine eigene kleine Familie hatte. Dass es Menschen gab, die gern mit ihm zusammenlebten. Die ihn möglicherweise sogar liebten.

Am nächsten Vormittag ging er zu einer Blumenhandlung gleich in der Nähe. Er blieb vor dem Laden stehen und trat unschlüssig von einem Fuß auf den anderen. Etwas musste er sich noch überlegen. Bestimmt wollten sie wissen, was auf der Karte stehen sollte, die an den Strauß gesteckt wurde.

Schwierig. Was zum Teufel sollte da draufstehen?

Er ging vor dem Geschäft auf und ab, ihm fiel nichts Passendes ein. Schließlich betrat er den Laden und bestellte einen Strauß für eine Beerdigung. Er nannte den Namen seines Vaters und die Adresse des Pfarrbüros.

»Und wer ist der Absender?«, wollte die Verkäuferin wissen.

»Frida, Charlotte und Allan.«

Sie notierte die Namen und erkundigte sich: »Was soll denn auf der Karte stehen?«

»Was ist denn so üblich?«

»Das kommt darauf an«, erwiderte sie. »Handelt es sich um einen nahen Verwandten oder nur um einen Bekannten?«

»Eher Letzteres«, sagte er.

Gut, dass sie nicht nach seinem Nachnamen fragte, sie hätte sich vermutlich gewundert.

»›Mit freundlicher Anteilnahme‹«, erklärte sie. »Das ist ganz üblich, wenn es sich nur um einen Bekannten handelt.«

»Dann schreiben Sie das.«

Seinem Empfinden nach klang es vollkommen richtig. Schließlich verhielt es sich doch auch so, mit freundlicher Anteilnahme.

Es war überstanden. Mehr konnte er nicht tun. Aber vielleicht war das ja schon zu viel. Er musste damit rechnen, dass seine Mutter anrief und sich bedankte. Und vielleicht fragte sie, ob er nicht bald einmal wieder nach Hause käme. Er wusste ganz genau, was er sagen würde, er würde mit einer Gegenfrage antworten: »Wieso rufst du erst jetzt an?« Und wenn sie ihm keine zufriedenstellende Antwort geben konnte, würde er nicht kommen. Wenn sie begänne, ihn zu nötigen oder vielleicht sogar bettelte, würde er sagen: »Na, jetzt ist man gut genug, was? Jetzt, da Vater nicht mehr lebt, ist man wieder gut genug. Aber so geht das nicht, meine Liebe, das hättest du dir früher überlegen müssen!«

Er freute sich auf die Gelegenheit, ihr das zu sagen. Er konnte es kaum abwarten.

◆

Sie saßen sich am Esstisch gegenüber. Ein Sonnenstrahl fiel durchs Fenster auf den Stapel Kondolenzbriefe. Wie viele es sind, dachte Margrethe, weit mehr, als sie gedacht hatte. Eigentlich merkwürdig, denn damals, als ihr Mann fünfundsiebzig wurde, waren längst nicht so viele Blumen gekommen, auch nicht, als er sein vierzigjähriges Jubiläum als Milchmann feierte. Aber an seinem Tod schien die ganze Stadt Anteil zu nehmen, fast könnte man meinen, sie hätten es sich dafür aufgespart. Andererseits – in der Kirche waren nicht sonderlich viele Leute erschienen.

Asger las ihr die Briefe vor und schrieb die Namen in eine Liste. So behielten sie die Übersicht, wem sie als Dank eine Karte zu schicken hatten. ›Herzlichen Dank für die erwiesene Anteilnahme anlässlich des Todes meines Mannes‹ stand auf den Karten, die auf einem separaten Stapel lagen. Sie musste nur unterschreiben. Das war überschaubar. Sie war Asger dankbar für seine Hilfe, sie hätte sonst nicht gewusst, wie sie all das bewältigen sollte. Dass es so viel zu erledigen gab, wenn der eigene Mann starb, hätte sie nicht gedacht.

Asger beugte sich über den Tisch und griff nach einer weiteren Karte, sie blickte auf seine Kopfhaut. Er schien ein wenig kahl zu werden. Asger richtete sich auf und kratzte sich den Bart, er hatte inzwischen fast mehr Bart- als Kopfhaare, sonderlich hübsch war das eigentlich nicht. Aber das sagte sie natürlich nicht. Asger war so nett und hilfsbereit, schade, dass er anfing, wie ein alter Mann auszusehen, es war doch viel zu früh. Er ist nicht mal sechzig, ein Mann im besten Alter. Er sollte mehr auf sich achten, dachte sie, ein bisschen Sport treiben, sich gesund ernähren. So wie sie, dann hielt man sich besser. Und letzten Endes zahlte es sich aus.

Aber was machte er denn nur? Wieso saß er einfach nur da, kratzte sich den Bart und starrte auf die Beileidskarte, ohne ein Wort zu sagen?

»Von wem ist sie?«, fragte sie.

»Von Frida, Charlotte und Allan«, las er mit leicht bebender Stimme.

»Und wer ist das? Sind die hier aus dem Ort?«

Asger blickte seine Mutter mit kleinen müden Augen an, sie hatte das Gefühl, als läge ein Vorwurf in diesem Blick. Musste sie wissen, um wen es sich handelte?

»... und *Allan*«, wiederholte Asger.

Jetzt dämmerte es ihr, aber der Beileidsgruß kam doch wohl nicht etwa von *diesem* Allan? Sie riss Asger die Karte aus der Hand, hielt sie ins Licht und las. Tja, es stimmte, das stand da.

»Meinst du wirklich, es ist *mein* Allan? Und Charlotte ist seine Frau?«

Asger nickte und sah jetzt freundlicher aus, sie hatte wohl richtig geraten.

»Dann muss Frida ihre Tochter sein. Lass mal sehen, was steht da noch ...«

Es stand noch etwas auf der anderen Seite, mit großen gedruckten Buchstaben, und doch musste sie lange hinsehen, um zu kapieren, was da stand.

»›Mit freundlicher Anteilnahme‹«, las sie. »Da steht ›Mit freundlicher Anteilnahme‹«.

Sie schlug eine Hand vor den Mund und sperrte die Augen auf, Asger zuckte zusammen. Wurde sie jetzt böse? Aber nein, ganz bestimmt nicht. Sie seufzte und ließ sich in den Stuhl zurückfallen.

»Ist das schön«, sagte sie. »Damit hatte ich bestimmt nicht gerechnet.«

»Trotz allem ist auch sein Vater gestorben«, sagte Asger. Er wollte sie offenbar auf den Boden der Realität zurückholen.

»Ja, sicher. Aber trotzdem.«

Es war doch nett von Allan, einen Strauß zu senden und so etwas zu schreiben; genau genommen war es sogar großmütig. Es gab andere Karten, auf denen dasselbe stand, aber hier sah es irgendwie schöner aus.

Sie legte die Karte nicht zurück zu den anderen, wusste allerdings auch nicht recht, wohin damit, schließlich behielt sie sie in der Hand.

»Bekommen sie keine Dankeskarte?«, wollte Asger wissen.

»Nein, ich rufe nachher an. Gibt es auch etwas von ... na ja, du weißt schon, von wem?«

Asger las seiner Mutter weitere Karten vor. Und sie hatte das Gefühl, dass es unendlich lange dauerte; die vielen Namen waren ihr jetzt eher lästig. Sie hörte kaum noch hin und wollte eigentlich nur wissen, ob von Sanne, ihrer Tochter, auch etwas dabei war.

Es gab nichts.

»Na ja, aber Allan hat jedenfalls eine Blume geschickt. Allan und seine Frau. Und ihre kleine Tochter. Und das Mädchen heißt Frida, nicht wahr?«

»Ja«, sagte Asger, »Charlotte ist seine Frau.«

Sie legte die Karte auf den Tisch und schrieb *Tochter* über Frida und *Frau* über Charlotte, nicht weil sie Probleme mit ihrem Gedächtnis hatte, sondern weil sie ganz sichergehen wollte. Es war schließlich nicht so einfach, wenn man nicht wusste, wie die Frau aussah. Oder das Kind, sie wusste doch so gut wie nichts. Und das Wenige, das sie wusste, hatte sie auf eine recht eigenartige Weise erfahren. Als sie an einem Spätsommertag die Hortensien beschnitt und Asger Gras mähte, hatte Asger plötzlich innegehalten und sich umgesehen – vermutlich, um sich zu vergewissern, dass sein Vater nicht in der Nähe war –, dann war er zu ihr gekommen. Er hatte sich an ihr Ohr gebeugt und ihr zugeflüstert, Allan hätte geheiratet. Einfach so, dann hatte er wieder den Rasen gemäht. Sie hatte nicht weiter nachgefragt. Sie fragte Asger nie nach seinem Bruder; Vater und sie hatten vereinbart, es nicht zu tun, und dabei blieb es. Dass Asger ihr in aller Heimlichkeit etwas anvertraute, war etwas anderes.

Ein paar Jahre später, als er gekommen war, um das Dach mit Steinwolle abzudichten, hatte er die nächste Neuigkeit mitgeteilt. Als sie ihm ein Bier aufs Dach brachte und sie einen Moment für sich allein hatten, hatte Asger ihr von Allans Tochter erzählt. Ein kleines Mädchen. Mehr nicht. Beide Male hatte Margrethe sich bedankt und keine weiteren Fragen gestellt. Und sie hatte ihr Wissen für sich behalten, obwohl es ihr schwerfiel. Immer hatte sie Angst gehabt, Vater würde herausfinden, dass sie etwas wusste, was sie nicht wissen sollte. Er hätte es ihr nicht verziehen.

Aber über so etwas musste sie sich nun nicht mehr den Kopf zerbrechen, wie angenehm. Nun konnte sie ganz offen mit Asger sprechen. Sie durfte ihn nach allem fragen, und tatsächlich gab es etwas, das sie gern mit ihm besprechen wollte.

»Was glaubst du, wie würde Allan reagieren, wenn ich ihn einlade?«

Sie wollte gern den ersten Schritt tun, und wenn Allan erst einmal zu Hause war, könnte er ihr selbst von seiner Frau und seiner Tochter erzählen.

»Mehr als ein Nein riskierst du nicht«, erwiderte Asger.

Das war nicht gerade die Antwort, die sie erhofft hatte. Natürlich würde Allan kommen, wenn sie den richtigen Ton traf, davon war sie überzeugt. Er war schließlich kein Unmensch, bloß ein wenig kühl bei gewissen Dingen.

»Hat Trine etwas darüber erzählt, wie er es aufgenommen hat?«, fragte sie.

»Es hat ihm leidgetan«, sagte Asger.

»Wirklich?«

Sie war tatsächlich überrascht.

»Ich kann mir kaum vorstellen, dass ihm regelrecht die Tränen geflossen sind«, sagte sie.

Asger räusperte sich und schaute aus dem Fenster. Was sollte das nun wieder heißen? In letzter Zeit räusperte er sich nur noch. Dann musste man sich den Rest denken. War Allan wirklich traurig? So richtig unglücklich? Sie sah ihn mit einem Mal vor sich, wie er bei der schrecklichen Nachricht heulte, sich die Haare raufte und Vorwürfe machte, weil er nicht rechtzeitig nach Hause gekommen war. Und nun war es zu spät. Armer Junge, wie sie ihn vermisste! Im Grunde war er ja ein guter Kerl, das hatte sie immer gesagt. Sie schluchzte auf und tupfte sich die Augen mit ihrem Taschentuch, dem handgestickten aus Hamburg, das sie von ihrer Mutter geerbt hatte und eigentlich nur bei Hochzeiten und Beerdigungen benutzte.

»Hat er Genaueres wissen wollen?«

»Ja, ich denke schon. Und Trine hat ihm sicher erzählt, was sie wusste. Viel war das allerdings nicht.«

»Nein, viel war es sicherlich nicht.«

Sie wollte noch hinzufügen, Allan hätte ja selbst anrufen können, das wäre doch viel einfacher gewesen. Jetzt war sein Vater schließlich tot, jetzt konnte er ja. Aber sie wusste genau, dass es *so* einfach dann doch nicht war.

»Und was Sanne angeht ... Ich denke, Allan hat sie angerufen und informiert«, sagte Asger.

Das hoffte sie wirklich. Margrethe wurde still, das wurde sie immer, wenn Sannes Name fiel, dann musste man sie eine Weile in Ruhe lassen. Asger wusste das. Aber ihrer Ansicht nach ließ er sie beinahe zu lange in Ruhe, das war auch nicht richtig, denn dann wurde es nur schlimmer. Und jetzt fing er schon wieder an, sich den Bart zu kraulen; resolut stand sie auf und ging ins Wohnzimmer.

Margrethe ließ sich in einen Sessel sinken, legte die Beine auf den Schemel und schaltete den Fernseher ein. Eine Sendung über den Irak, enorm, wie viele Bomben dort abgeworfen wurden, hoffentlich kam dabei niemand zu Schaden.

»Ich weiß nicht, wie es Sanne geht«, rief Asger aus dem Esszimmer. »Aber wenn du Allan anrufst und dich für die Karte bedankst, kannst du ihn ja fragen.«

»Ja, aber ich rufe nicht gleich an«, sagte sie. »Übrigens vielen Dank für deine Hilfe.«

»Na, das fehlte ja noch«, antwortete Asger und stand auf.

Es war genug für heute, dafür hatte er ein gutes Gespür. Er steckte die Dankeskarten in die Tasche, um sie zur Post zu bringen. Dann kratzte er sich ein letztes Mal den Bart und sagte: »Ach, ich habe da noch etwas für dich.«

Natürlich war sie neugierig, etwa ein Geschenk? Es war lange her, dass Asger ihr ein Geschenk mitgebracht hatte, und sie liebte es, etwas geschenkt zu bekommen. Aber es war lediglich ein Stapel Papier, den er aus seiner Tasche zog und auf den Kaffeetisch legte.

»Schau es dir an, wenn du irgendwann Zeit hast.«

»Komm gut heim«, verabschiedete sie ihn.

Als Asger gegangen war, blätterte sie die Papiere durch. Sie ahnte, um was es sich handelte, und tatsächlich: Ein Kostenvoranschlag für die Renovierung des Hauses, damit sie nicht umziehen musste. Unter anderem sollten im ganzen Haus die Fenster ausgetauscht werden, denn die alten ließen sich nicht mehr öffnen. Ein bisschen Durchzug wäre gut. Der Laden, der nicht mehr gebraucht wurde, sollte zum Schlafzimmer umgebaut werden. Dann müsste sie nicht mehr die steile Bodentreppe hinauf. Und neben dem Schlafzimmer war ein Badezimmer geplant; gerade darauf hatte Asger großen Wert gelegt, er meinte es wirklich gut mit ihr. Asger hatte viel Arbeit in die Umbaupläne gesteckt, und es war ziemlich schnell gegangen. Hatte er das tatsächlich in den wenigen Tagen seit Vaters Tod geschafft? Margrethe hielt es für unwahrscheinlich. Asger musste bereits damit begonnen haben, als Vater noch lebte; eigentlich war das ja nicht nett von ihm.

Außerdem wollte sie doch gar nicht hier wohnen bleiben, das hatte sie ihm auch gesagt, wieso plante er trotzdem weiter? Hatte er noch immer Angst, dass sie tüdelig würde? In Jyske-Vestkysten hatte gestanden, und sie hatten es beide gelesen, dass alte Menschen möglichst nicht mehr umziehen sollten, sie kämen dann durcheinander. Das wollte er seiner Mutter nicht antun. »Weißt du was«, hatte sie gesagt, »ich glaube, ich geh das Risiko ein.« Doch dann hatte er wieder mit der üblichen Leier angefangen: Sie wohne doch so hübsch und wo sonst hätte man solch eine Aussicht auf die Wiesen und den Wald? Außerdem steckten doch sicher viele schöne Erinnerungen in dem Haus. Da hatte er natürlich recht. Sie musste sich einfach darüber klar werden, was sie wirklich wollte. Aber da gab es gar keinen Zweifel: Sie musste hier raus. Sie musste ein anderes Haus finden, ein neueres und moderneres, in dem es ein Badezimmer gab und sich die Fenster öffnen ließen. Und dabei sollte Asger ihr helfen.

Aber sie war eine alte Frau, allzu lange durfte es nicht mehr dauern.

Und was die schlechten Erinnerungen betraf, so musste man bei Asger ein bisschen aufpassen, nicht einmal daran denken wollte er. Wenn sie damit anfing, stiegen ihm tatsächlich Tränen in die Augen, und wenn sie nicht aufhörte, begann er so heftig zu husten, dass er alles übertönte, was sie sagte. Es wurde erst wieder besser, wenn sie auf die guten Dinge zu sprechen kam, die sich, wenn man es recht bedachte, in all den Jahren auch ereignet hatten. Asger war im Grunde genommen sentimental, tja, das war er. Sie merkwürdigerweise nicht. Und Allan auch nicht, das war ja das Gute an ihm, daher konnte sie es auch kaum erwarten, dass er wieder nach Hause kam. Er sollte alles erfahren, sie würde kein Blatt vor den Mund nehmen. Im Gegenteil. Und am Ende würde sie sich an seiner Schulter ausweinen. Wenn Asger ihr nicht half, ein neues Haus zu finden, dann würde Allan es tun, da war sie sicher.

Sie wollte ihn jetzt sofort anrufen, sie musste seine Stimme hören. Und er sollte ihr versprechen, bald nach Hause zu kommen, dann würde sie besser schlafen können. Aber womit sollte sie anfangen, und was würde er wohl fragen? Nun wusste sie plötzlich nicht mehr ein noch aus. In Gedanken hatte sie den Anruf längst durchgespielt, aber vielleicht hatte sie auch viel zu viel darüber nachgedacht? Margrethe fühlte sich einfach zu erschöpft, vermutlich war es am besten, bis morgen zu warten.

Sie richtete ihren Blick wieder auf den Fernseher. Noch immer lief irgendetwas über den Irak, jetzt zeigten sie Aufnahmen aus einem Krankenhaus. Ein irakischer Arzt wurde interviewt, ein wirklich ansehnlicher Mann. Er ähnelte ein bisschen dem Assistenzarzt im Krankenhaus, in dem Vater zuletzt gelegen hatte, auch ein Iraker. Sie griff nach der Fernbedienung und schaltete auf ein anderes Programm um, dann auf ein drittes, sie mochte jetzt nicht an diese ganze Geschichte mit dem Krankenhaus denken. Irgendwo musste es doch ein deutsches Unterhaltungsprogramm geben. Sie zappte mit ›dem Ding, mit dem man es macht‹ herum. Ja, so nannten sie es hier im Haus, Vater konnte den Ausdruck nicht leiden, dabei hatte er ihn selbst aufgebracht. Eines Abends, als er sich wie gewöhnlich nicht daran erinnern konnte, wo er die Fernbedienung hingelegt hatte, guckte er hinunter in seinen Schoß, denn es war schon vorgekommen, dass er darauf saß. Während er zwischen seinen Beinen herumfummelte, hatte er Margrethe gefragt: »Wo ist denn das Ding, mit dem man es macht?« Sie hatte lachen müssen, denn es sah aus, als würde er nach etwas ganz anderem suchen. Eigentlich war es nicht sehr nett von ihr gewesen, aber sie konnte nicht anders. Er war eingeschnappt und hatte den ganzen Abend nichts mehr gesagt, und in dieser Nacht kroch er in ihrem Doppelbett jedenfalls nicht zu ihr hinüber. Deshalb musste sie ihn auch nicht in den Keller unter die Dusche schicken. Dorthin ging er ohnehin ausgesprochen ungern, es gab jedes Mal Theater deswegen. Er wollte nicht in den kalten, dreckigen Keller, er hatte Angst, sich eine Lungenentzündung zu holen. »Nee, erst waschen«, hatte sie immer gesagt, »und nicht bloß eine Katzenwäsche, du. Runter in den Keller mit dir!«

Nach dem ersten Blutpfropf im Bein fiel ihm das Gehen schwer und er meinte, es ginge auch ohne. Aber nein, sie fasste ihn unter den Arm und brachte ihn bis zur Treppe. Denn wie sie immer sagte: Wenn er gesund genug war, um sich mit ihr im Doppelbett zu vergnügen, dann war er auch gesund genug, in den Keller zu gehen und sich vorher zu waschen. Und sie bekam ihn hinunter. Er hatte nur ein bisschen gemault und über Atemnot geklagt.

Es wurde auch nicht besser, als sie ihn schließlich selbst bis in den Keller schleppte und abschrubbte, zuerst den Rücken, dann den Rest. Er selbst konnte es ja nicht mehr, aber es war doch nötig. »Du bist ein ganz schön harter Brokken«, hatte er gesagt. »Ja«, hatte sie erwidert und mit aller Kraft gebürstet. So dreckig, wie er war, musste es einfach sein. Schließlich wurde er nicht jeden Tag, ja, nicht einmal jede Woche gewaschen. Es würde also eine gewisse Zeit vergehen, bis sie ihn wieder in den Keller bekam. »Aufhören, aufhören«, jammerte er, aber sie war noch längst nicht fertig. Sie schrubbte und scheuerte, und am Ende hatte sich seine bleiche Haut rötlich verfärbt. Und plötzlich hatte er sich zu Boden fallen lassen und geheult, während das Wasser sprudelte. Immer musste er sich so theatralisch aufführen, schließlich verprügelte sie ihn ja nicht, sie wollte doch nur einen sauberen Mann. Sie hatte die Bürste beiseite gelegt und versucht, ihm aufzuhelfen. Doch er hatte nach ihr geschlagen und ihr ins Gesicht gespuckt. Sie hatte den Keller verlassen, denn das ging zu weit, anspucken ließ sie sich nicht.

Und da lag er nun. Jetzt konnte er selbst sehen, wie er wieder auf die Beine kam.

Sie hatte sich mit einer Tasse Kaffee ins Wohnzimmer gesetzt und ein bisschen im Familienjournal gelesen. Wie er sich dort unten aufführte, war ihr egal, Hauptsache, die Nachbarn hörten ihn nicht. Fast hätte sie ein schlechtes Gewissen bekommen. Aber nein, er hatte selbst Schuld. Er hätte nur ein Badezimmer einbauen lassen müssen, so wie er es versprochen hatte, als sie heirateten, dann hätten sie sich beide dieses Theater ersparen können. Als das Haus gebaut wurde, waren die entsprechenden Rohre verlegt worden, weil ganz klar war, dass ein Badezimmer dazugehörte. Allerdings müssten sie noch ein bisschen warten, hatte er gesagt, ist ja schließlich nicht umsonst. Tatsächlich hatte sie lange darauf gewartet. Sie hatten es sich nie leisten können. Das heißt, doch, sechzig Jahre später, als sie einen schönen Batzen Geld von ihrer Rente gespart hatten. Aber nein, jetzt ist es zu spät, hatte er gemeint. »Jetzt sind wir so alt, es hat doch keinen Sinn mehr, so viel Geld für Leute wie uns auszugeben.« Aber für sie wäre es nicht zu spät gewesen, und das wusste er genau.

Also geschah es ihm ganz recht, wenn er auf dem kalten Zementboden liegen musste.

Sie hatte Kaffee getrunken und einen Blick auf die Standuhr geworfen, wieso kam er denn nicht hoch? Nach einer Weile war sie nervös geworden, schließlich wurde er bald achtzig, und außerdem war er nicht ganz gesund. Doch dann hatte sie das Poltern auf der Treppe gehört und war zur Kellertür gegangen, um nachzusehen: Nackt kam er die Treppe hinaufgekrochen, wie ein Hund! Und einen Streifen Blut zog er hinter sich her. Das Blut hatte sie in Angst versetzt, sie hatte befürchtet, ihm sei etwas zugestoßen, etwas Ernstes. Doch dann hatte sie gesehen, woher es stammte und sich wieder beruhigt. Offenbar hatte sie ihn ein bisschen zu heftig am Hintern geschrubbt, an seinen Hämorrhoiden. Daher das Blut. Sie hatte es mit Watte abgetupft und Creme draufgeschmiert, und bald hatte es aufgehört zu bluten, so schlimm war es nicht. Dann hatte sie ihm ins Bett geholfen und ihn liegen und heulen lassen, denn er heulte noch immer und schämte sich nicht einmal deswegen. Das hatte er nie getan.

Als sie ins Bett ging und sie beide in der Dunkelheit lagen, nahm sie seine Hand und drückte sie ein bisschen. Schließlich gab es keinen Grund, sich böse zu sein. Aber er zierte sich, ja, er machte geradezu einen mürrischen Eindruck. Kurz darauf hatte sie ihm zugeflüstert, er dürfe gern zu ihr kommen, wenn er Lust hätte. Das hatte er sich allerdings nicht zweimal sagen lassen, nie. Doch dann konnte er natürlich nicht. Inzwischen war das eher die Regel als die Ausnahme. Als könnte er ›das Ding, mit dem man es macht‹, nicht finden. Sie hatte sich zusammengerissen, um nicht zu lachen, und gesagt, es hätte überhaupt nichts zu bedeuten. Zu guter Letzt waren sie Arm in Arm eingeschlafen. Doch als er am Abend darauf wieder einmal die Fernbedienung nicht finden konnte, zwischen seinen Beinen herumfummelte und nach ›dem Ding, mit dem man es macht‹ fragte, na ja, da hatte sie sich das Lachen nicht mehr verkneifen können.

War sie zuletzt zu hart mit ihm umgesprungen? Nein, eigentlich nicht, schließlich war er ja auch hart zu ihr gewesen. Sie hatten es in der letzten Zeit nicht leicht miteinander gehabt, aber nun hatte es ja ein Ende, nun lag er auf dem Friedhof. Friede sei mit ihm. Sie vermisste ihn nicht, im Grunde nicht im Geringsten, allerdings war er auch erst eine Woche tot. Es könnte noch kommen. Aber eigentlich glaubte sie nicht daran.

KAPITEL 2

Ein lang erwarteter Anruf

Am nächsten Vormittag gegen halb zehn war Margrethe bereit, Allan anzurufen. Hoffentlich war er nun auch zu Hause und bereit, mit ihr zu reden. Und hoffentlich musste sie nicht mittendrin plötzlich auf die Toilette; sie hatte das Gefühl, als verhielte sich ihr Magen heute Morgen anders als sonst. Eigentlich rief sie nie jemanden an, bevor sie nicht auf der Toilette gewesen war, also das heißt, so richtig, und normalerweise brachte sie es immer gleich nach dem Frühstück hinter sich. Aber heute nicht, sie hatte es versucht, sie hatte eine halbe Stunde auf der Toilette gesessen, aber es war nichts passiert. Weder eine weitere Tasse Kaffee noch die Morgengymnastik hatten geholfen. Als wüsste ihr Magen, dass es sich nicht um einen gewöhnlichen Vormittag handelte.

Sie versuchte noch einmal zu rekapitulieren, was sie sagen wollte. Vielleicht lief es ja ganz von allein, indem sie es einfach versuchte. Sie nahm den Hörer ab und wählte die Nummer, die vor ihr lag. Es dauerte nicht lange, bis abgenommen wurde.

»Allan am Apparat«, hörte sie am anderen Ende.

»Bist du es, Allan? Hier ist deine Mama. Ich danke dir für die Aufmerksamkeit zu Vaters Begräbnis.«

»Na ja ... das war doch nichts Besonderes, Mutter.«

»Doch, doch, es war lieb von dir. Und vielen Dank auch für die Karte, die du geschrieben hast. ›Mit freundlicher Anteilnahme‹, damit hatte ich wirklich nicht gerechnet.«

Er schien am anderen Ende der Leitung nach Luft zu schnappen, was hatte das wohl zu bedeuten? Allerdings sagte er kein Wort.

»Es ist lange her, was, Allan?«

»Neun Jahre.«

»Ja, die Zeit vergeht, und ich bin alt geworden. Aber immerhin lebe ich noch. Und ich kann noch immer Fahrrad fahren.«

Sie lachte leise, er schwieg. Offenbar sollte sie das Wort führen, kein Problem.

»Und dir geht es gut?«

»Ja, ja«, sagte er.

»Wie ich höre, bist du verheiratet und hast eine Tochter, das freut mich wirklich. Wir haben manchmal in der Zeitung von dir gelesen, wenn du ein Stück geschrieben hast, oder Bücher oder so was …«

Nun ja, dieses Thema sollten sie besser nicht vertiefen, denn normalerweise schrieb er ja über sie, seine eigene Familie! Und das war nicht immer nur freundlich. Nicht, dass sie schon mal etwas von ihm gelesen hätte, aber zusammen mit Vater hatte sie ein Hörspiel im Radio gehört, und das hatte ihnen ganz und gar nicht gefallen. Nein, es war überhaupt nicht schön gewesen. Vater hatte obendrein schlimme Herzschmerzen bekommen. Er hatte sich sofort hinsetzen und Allan einen Brief schreiben müssen, in dem er ihm davon berichtete. Es konnte doch wohl kaum Sinn der Sache sein, dass man krank wurde, wenn man ein Hörspiel hört, das der eigene Sohn geschrieben hat? Was würde denn erst passieren, wenn Allan sie besuchte und sie vielleicht Streit bekämen? Nein, es wäre sicher besser, wenn er sich von zu Hause fernhalten würde, hatte Vater geschrieben, und im Grunde war sie auch seiner Ansicht gewesen. Nur hatte sie sich nicht vorstellen können, wie viele Jahre darüber vergehen würden. Auch Sanne besuchte sie danach nicht mehr. Aber wenn man A sagt, dann muss man auch B sagen, hatte Vater erklärt, und schließlich ging es in dem Hörspiel ja um Sanne. Um sie und Vater und die alte Geschichte nachts auf dem Sofa, wenn Mutter die Schlafzimmertür abgeschlossen hatte – all das müsste man doch wirklich mal vergessen dürfen. Aber Allan war da offenbar anderer Ansicht, es musste hinaus in den Äther, damit alle es hören konnten. Und Sanne hatte sich offenbar mit ihm verschworen, die beiden hielten ja zusammen wie die Kletten. Seit damals bekamen sie nur noch Besuch von Asger. Von Allan lasen sie hin und wieder in der Zeitung, meist, wenn die Nachbarn mit irgendetwas ankamen. Wie damals, als diese schlechte Kritik im Extra Bladet stand, es ging wohl um ein Stück, das in der Hauptstadt gespielt wurde. Vater hatte ihr den Artikel vorgelesen. Allan könne offensichtlich nicht mehr schreiben, hatte es geheißen, das Stück wäre völlig hoffnungslos. Kaninchen hätte er auf die Bühne gebracht, aber das Ganze wäre doch ziemlich dünne Karnickelpisse. Vater hatte sich das nicht ausgedacht, Margrethe hatte es hinterher nachgelesen, das stand dort schwarz auf weiß. Mein Gott, waren sie erleichtert. Ja, um es ganz offen zu sagen, sie hatten laut gelacht und sich auf die Schenkel geklopft, denn nun hatte es hoffentlich ein Ende mit seiner Schreiberei. Dachten sie. Aber nein, es dauerte nicht lange und es erschien etwas Neues. Es schien nie ein Ende zu nehmen. Margrethe seufzte und wechselte hastig das Thema.

»Und wie geht es Sanne?«, wollte sie wissen.

»Mal so, mal so«, antwortete Allan. »Sie ist krank und muss ihre Medizin nehmen, aber zurzeit ist sie nicht in der Anstalt ...«

Nicht in der Anstalt, Margrethe fand es nicht sonderlich tröstlich. Und noch immer Medikamente, auch das klang nicht sehr beruhigend.

»Na, das hört sich doch gar nicht schlecht an«, sagte sie. »Sie ist zu Hause und du kümmerst dich ein bisschen um sie. Das ist lieb von dir, Allan. Zumindest hat sie dich, das ist schön. Du bist ein guter Junge.«

Eine Weile sagte niemand ein Wort. Wenn sie ihn einen guten Jungen nannte, spürte Allan jedes Mal einen Stich im Herzen, als würde er selbst nicht recht daran glauben.

»Na ja, ich habe in all den Jahren nichts von mir hören lassen«, fuhr sie fort. »Aber ich habe mich nicht getraut. Ich musste warten. Leider. Aber ich wusste ja, dass alles anders wird, wenn Vater irgendwann einmal etwas Ernstes zustößt. Dann würden wir uns wiedersehen. Es war allerdings eine lange Wartezeit, Allan. Aber ich finde, wir sollten die alten Geschichten jetzt mal ruhen lassen, meinst du nicht auch?«

»Na ja, schon, von mir aus. Aber ...«

Jetzt erkannte sie ihn wieder, seine Stimme, sie klang wie die eines kleinen Jungen. Ihr wurde warm ums Herz.

»Ach, wir versuchen es einfach noch mal. Jetzt weht der Wind doch aus einer ganz anderen Richtung.«

Er murmelte irgendetwas, sie verstand ihn nicht recht, aber es war auch nicht so wichtig. Denn nun kam die entscheidende Frage, jetzt wagte sie sich aus der Deckung.

»Tja, ich dachte mir, vielleicht kommst du ja mal vorbei und besuchst mich?«

Langes Schweigen.

»Allan? Kommst du nach Hause? Vater ist tot, es ist kein Problem mehr.«

»Aber, Mutter ...«, sagte er, und nun hörte sie, dass er kurz davor war, in Tränen auszubrechen. Offenbar brachte er das, was er sagen wollte, nicht so leicht über die Lippen, es war also nichts Angenehmes.

Und ihr tat es auch bereits leid, sie schluchzte und nahm das Taschentuch aus Hamburg zur Hand, sie schnäuzte sich, doch in diesem Moment sagte er: »Ja, das werde ich wohl machen.«

Es war kaum zu verstehen, aber das hatte er gesagt. Mein Gott, welch eine Erleichterung. Margrethes Beklommenheit schlug um in Freude, sie lachte, und nun lachte auch er, als würden sie sich um den Hals fallen, obwohl jeder von einem anderen Ende des Landes aus telefonierte!

Doch dann begann die Standuhr zu schlagen, und er knallte plötzlich den Hörer auf. Sehr eigenartig.

Wieso hatte er aufgelegt? Natürlich, er war gerührt, er freute sich so auf das Wiedersehen mit seiner Mutter, dass er kein Wort mehr über die Lippen brachte und einen Kloß im Hals hatte. So musste es sein, es konnte gar keinen anderen Grund geben.

Und Margrethe freute sich umso mehr, sie konnte es kaum erwarten, jetzt würde sie ihre beiden jüngsten Kinder wiedersehen. Sie stand auf und tanzte ein paar Schritte durchs Wohnzimmer, obwohl nicht einmal das Radio lief! Und damit nicht genug, nun spürte sie, dass sie auf die Toilette gehen konnte; endlich, ihr Magen arbeitete wieder.

Man bekommt eben doch alles, wenn man nur lang genug wartete. Und das Beste hat der Herrgott bis zum Schluss aufgehoben!

◆

Als Allan während des Telefonats die alte Standuhr schlagen hörte, erschrak er dermaßen, dass er sofort auflegen musste.

Eigentlich hatte er geglaubt, alles bedacht zu haben. Aber dann gab es doch etwas, was er nicht vorausgesehen hatte und das ihm den Boden unter den Füßen wegzog: die Standuhr! Wenn er etwas nicht ertragen konnte, dann dieses Geräusch. Es erinnerte ihn an so viele Dinge, an die er lieber nicht erinnert werden wollte.

Charlotte öffnete vorsichtig die Tür und schaute herein.

»War sie das?«

»Ja, wer sonst?«, knurrte er.

»Und wie ist es gelaufen? Besuchst du sie?«

Er seufzte schwer, stand auf und trat ans Fenster. Trocknete die letzten Tränen mit dem Ärmel. Hoffte, dass Charlotte es nicht bemerkt hatte, aber natürlich hatte sie es gesehen. So etwas sah sie immer, dachte er. Und natürlich konnte sie sich zusammenreimen, was passiert war. Sie trat ins Arbeitszimmer und umarmte ihn von hinten.

»Ich habe sie überhaupt nichts fragen können«, schluchzte er. »Ich habe bloß ja und nein und Amen gesagt und doch tatsächlich angefangen zu heulen.«

»Du musst dich nicht schämen«, sagte sie, sie wirkte geradezu feierlich. »Es ist doch trotz allem deine Mutter ...«

Er wand sich aus ihren Armen. Wenn sie so nah bei ihm stand, würde er gleich wieder heulen, das spürte er.

»Was wolltest du sie denn fragen?«

»Ich wollte fragen, warum sie erst jetzt anruft.«

»Das weißt du doch. Weil dein Vater tot ist.«

Er starrte sie ungläubig an, verstand sie denn überhaupt nichts? Dann ging er ins Badezimmer, schloss die Tür und spritzte sich kaltes Wasser ins Gesicht. Was man sich nicht alles anhören musste, noch dazu von seiner eigenen Frau. Mutter hätte doch nicht mit ihrem Anruf warten müssen, bis sie Witwe war. Er goss sich noch eine Handvoll Wasser übers Gesicht. Sie hätte anrufen können, wenn Vater nicht zu Hause war. Und wenn sie nur gesagt hätte, dass sie noch lebte und an ihn dachte. Damals, als er vierzig wurde, zum Beispiel. Sie hätte eine Postkarte schicken können, das hätte Vater überhaupt nicht erfahren müssen. Aber nein, kein Mucks in all den Jahren, weder zu Sanne noch zu ihm, und nur, weil Vater es nicht wollte.

»Sie hat sich nicht getraut, sich vorher zu melden«, sagte Charlotte durch die Tür. »Du hast mir doch selbst erzählt, wie dein Vater gewesen ist, sie hatte Angst vor ihm. Wenn du erst einmal da bist und die erste Scheu überwunden ist, dann kannst du auch die schwierigeren Fragen stellen.«

»Ja, du kannst mir verdammt noch mal glauben, das werde ich auch tun«, erwiderte Allan und stieß Charlotte beinahe die Badezimmertür an den Kopf, als er öffnete. »So leicht kommt sie mir nicht davon.«

Er ging zurück ins Arbeitszimmer und setzte sich an den Schreibtisch. Griff zu einem Kugelschreiber und trommelte ein wenig auf die Tischkante; so konnte er am klarsten denken und das musste er jetzt auch. Im Grunde war nichts Entscheidendes passiert; und vielleicht war es tatsächlich eine gute Idee, mit dem großen Krach zu warten, bis er nach Hause kam. So konnte er sich ordentlich darauf vorbereiten und alles, was er sagen wollte, auf einem Blatt Papier notieren. Wenn er seiner Mutter gegenübersaß, ließ er sich leicht ablenken, das konnte sie ausgezeichnet. Aber dann könnte er auf die Toilette gehen, den Zettel aus der Hosentasche ziehen und sich in Erinnerung rufen, weshalb er gekommen war. Sollte er allein dorthin fahren? Oder sollte er Charlotte und Frida mitnehmen? Oder Sanne? Sanne wäre sinnvoll, sie gehörte schließlich zur Familie; sie sollte an seiner Seite sein, wenn er Mutter fragte, wieso sie nicht früher Kontakt zu ihm aufgenommen hatte.

»Ich nehme Sanne mit«, sagte er. »Beim ersten Mal. Du und Frida, ihr könnt dann beim nächsten Mal mitkommen. Wenn es überhaupt ein nächstes Mal gibt, das hängt ja ein bisschen davon ab, wie es läuft.«

»Meinst du, Sanne will mit?«

»Ja, die Frage ist eher, ob Mutter Sanne sehen will, wenn sie erfährt, dass Sanne nicht ganz gesund ist. Aber es wird ihr wohl nichts anderes übrig bleiben.«

Allan wurde immer munterer bei dem Gedanken an die Reise. Natürlich musste Sanne mit; Mutter sollte sie sehen, mit eigenen Augen, dann könnte sie vielleicht endlich auch mit ihrem Geschwätz aufhören, ›die alte Sache‹ vergessen zu wollen. Es gab gewisse Dinge, die zumindest Sanne nicht vergessen konnte. Wenn sie alle drei in dem kleinen Wohnzimmer saßen, Kaffee tranken, Kekse aßen und sich nett zulächelten, würde er still und leise die Dinge ansprechen, die er sich auf dem Blatt Papier notiert hatte. Auch wenn seine Mutter versuchte, ihn zu bremsen und das Thema zu wechseln, er würde immer wieder auf seine Punkte zurückkommen. Vermutlich war es vernünftig, das Ganze vorher mit Sanne zu besprechen, damit sie wusste, was passierte und sich vorbereiten konnte.

Wenn er zuerst zu Sanne fuhr und eventuell dort übernachtete, hätten sie ein bisschen Zeit miteinander. Danach könnte er auch beurteilen, ob sie überhaupt imstande war, irgendwohin zu fahren. Und ob sie Auto fahren konnte, das war insofern ziemlich wichtig, weil er selbst keinen Wagen besaß. Ihrer Stimme am Telefon nach zu urteilen, müsste es eigentlich möglich sein. Sie hatte ein bisschen gelallt, aber weder wirres Zeug geredet, noch war sie mitten im Gespräch eingeschlafen. Offenbar hatte sie eine gute Phase. Und bestimmt freute sie sich, Mutter zu sehen. Aber sie musste allmählich verstehen, dass Mutter kein Engel war, das hatte er ihr schon früher klarzumachen versucht. Auch der Psychiater hatte das gesagt. Jetzt musste sie es endlich begreifen, vielleicht war die Zeit ja reif dafür.

Es wäre schön, neben Sanne zu sitzen und mit Mutter das Gespräch zu führen, das sie schon längst hätten führen sollen. Es würde ihr schwerfallen, sich zu verteidigen, und sie würde sich auch widersprechen, aber sie sollte nicht so ohne weiteres davonkommen, dafür wollte er sorgen. Er wollte hart, aber gerecht sein. Am Ende würden die Fragen nur so auf sie niederprasseln, auch von Sanne, vor allem von Sanne, und wenn Mutter dann vor sich hin stammelte und es jedermann klar war, dass sie ihre Kinder im Stich gelassen hatte, unverzeihlich im Stich gelassen hatte, dann würde er seine Schwester bei der Hand nehmen und sie würden sich für den Kaffee bedanken und ihres Weges gehen. Egal, wie herzzerreißend Mutter dann bitten und betteln mochte, um sie zum Bleiben zu bewegen, sie würden gehen und nicht wiederkommen. Dann wäre es endlich an ihnen, ihr die Hand zu entziehen! Er musste Sanne vorher nur ein bisschen darauf vorbereiten.

Allmählich ging es ihm besser. Charlotte saß im Wohnzimmer, er umarmte sie und versicherte, dass er nicht sauer auf sie war. Und sie verstand ihn. Sie küsste ihn und er dachte, sie ist eine gute Frau, ich liebe sie wirklich. Und er war ziemlich sicher, dass sie ihn auch liebte. Obwohl das eigentlich ziemlich unbegreiflich war, denn es war bestimmt nicht immer ganz leicht, mit ihm zusammenzuleben. Wie hielt sie ihn bloß aus? Er hätte sie gern gefragt, seine Augen suchten ihre Augen und er suchte nach Worten. Aber kaum hatte er angefangen, unterbrach sie ihn; so etwas wollte sie nicht hören, erklärte sie. Jetzt küsste er sie.

Charlotte nutzte die Gelegenheit, um ihm etwas zu sagen: Sie hoffe sehr, dass er nun ein etwas entspannteres Verhältnis zu seiner Mutter und seinen Geschwistern entwickelte, und vielleicht sogar zu seinem verstorbenen Vater, ja, einfach zu allen da unten in Südjütland. Damit das nicht mehr so viel Raum einnahm. Das hoffe sie wirklich inständig. Nicht nur wegen ihm, sondern auch wegen ihr. Und natürlich wegen Frida. Es dauert nicht mehr lange und sie wird alt genug sein, um nach der Familie ihres Vaters zu fragen, sagte Charlotte, dann wäre es schön, wenn das, was er ihr erzählte, nicht allzu merkwürdig klänge.

Alles würde sich schon bald regeln, versicherte er ihr, das könne er fühlen. Nun würde tatsächlich ein anderer Wind wehen, um den Ausdruck seiner Mutter zu verwenden. Und dann dachte er, im Grunde genommen ist es ein Segen, dass die Standuhr genau in dem Moment angefangen hatte zu schlagen, als er mit seiner Mutter telefonierte, sonst hätten sie vielleicht noch zusammen geweint. Und was hätte er ihr womöglich noch alles versprochen? In gewisser Hinsicht hatte die Standuhr ihn gerettet, wie der Gong einen Boxer bei einem Boxkampf.

Allan hätte gern gewusst, ob das Jagdgewehr seines Vaters noch immer in der Standuhr lag. Wer würde es erben? Mutter wollte es bestimmt nicht haben, sie würde es vermutlich Asger geben. Aber Allan und Sanne hatten ebenso ein Anrecht darauf, eigentlich sogar ein größeres. Sie hatten doch die Probleme mit dem Gewehr gehabt – nicht, weil ihr Vater sie damit erschießen wollte, sondern weil er ihnen beiden ständig damit drohte, sich zu erschießen, wenn er seinen Willen nicht bekam.

Wenn jemand ein Anrecht auf dieses Gewehr hatte, dann Sanne. Sie sollte das Recht haben, es in den Fluss zu werfen.

Sie könnten eine Zeremonie daraus machen, er könnte eine Rede halten und sich von den alten Zeiten verabschieden, in denen sie immer Angst gehabt hatten. Nun fing eine neue Zeit an. Und dann würde sie das Gewehr in den Fluss werfen. Aber vielleicht war es noch besser, es im Garten zu vergraben? Nachdem sie es erst zerstört hatten – das sollte Sanne entscheiden.

Im richtigen Moment würde Allan das Gewehr aus der Standuhr holen und seiner großen Schwester überreichen. Natürlich nur, wenn Mutter einverstanden war, aber sie würde es sicher verstehen. Anderenfalls würde er es trotzdem tun.

Allan hatte das Gefühl, dass es ein großartiger Besuch werden könnte, nicht zuletzt für Sanne. Und je mehr er darüber nachdachte, desto mehr überzeugte er sich selbst, dass er es wegen Sanne tat. Er dachte dabei nicht nur an die Sache mit dem Gewehr, sondern auch an das ernste Gespräch mit Mutter. Möglicherweise tat er damit für Sanne mehr als alle Medikamente der Welt und die tüchtigsten Psychiater zusammen. Vielleicht würde sie sogar wieder gesund!

Er musste aufpassen, nicht zu euphorisch zu werden. Bevor er Sanne das Gewehr gab, würde er sich davon überzeugen, dass es nicht geladen war.

◆

Margrethe saß noch immer am Telefon und schaute mit gefalteten Händen vor sich hin. Das Beste hat unser Herrgott wirklich bis zum Schluss aufgehoben, seine Wege waren tatsächlich unergründlich. Sie hatte sich davor gefürchtet, Allan anzurufen, denn bei ihm wusste man ja nie. Aber es war alles gut gegangen, viel besser, als sie erwartet hatte. Der ganze alte Groll war vergessen und er hatte versprochen, schon bald nach Hause zu seiner Mutter zu kommen.

Wie war das doch gleich mit Allan, jetzt musste sie sorgfältig nachdenken. War er nicht ganz verrückt auf Spritzgebäck? Oder waren es Schmalzkuchen? Margrethe konnte sich auf einmal nicht mehr erinnern. So lange Zeit war vergangen, seit sie ihren Sohn zuletzt gesehen hatte, und nun wusste sie nicht mehr, ob er lieber Spritzgebäck oder Schmalzkuchen aß. So weit war es schon gekommen, wahrscheinlich war es am besten, beide Sorten zu backen. Und Buttergebäck und ein paar andere Kleinigkeiten.

Margrethe stand auf und ging in die Küche. Sie schaute in die Keksdose, ein paar Lebkuchen und ein Stück Zitronenkuchen, aber der Zitronenkuchen war ohnehin zu alt. Sie musste backen. Inzwischen kam es nicht mehr so häufig vor, aber wenn es sein musste, hatte sie nichts verlernt. Und nun musste es sein.

Sie kontrollierte die Küchenschränke und notierte, was ihr fehlte. Dann trat sie vor den Spiegel im Flur, puderte sich ein bisschen die Nase und ordnete ihr Haar. Man durfte sich ja wohl ein bisschen hübsch machen, wenn man in den Brugsen-Supermarkt wollte, schließlich wusste man nie, wem man begegnete.

Wieso hatte Allan am Ende wohl den Hörer aufgeknallt? Wahrscheinlich, weil er einen Kloß im Hals hatte und sich darüber schämte, eine andere Erklärung gab es nicht. Er liebte seine Mutter über alles in der Welt, ebenso wie Sanne. Ob er Sanne mitbrachte? Das sähe ihm ähnlich und natürlich wäre auch sie willkommen. Egal wie schlecht es ihr ging, Margrethe würde sich nichts anmerken lassen, auch wenn Sanne wirres Zeug redete oder die fürchterlichsten Dinge sagte, Dinge, die keine Mutter hören will. Margrethe würde es ertragen, lächeln und Kaffee nachschenken. Und Kekse anbieten. Sanne mochte das Buttergebäck so gern.

Jetzt saß ihr Haar, wie es sollte. Sie zog den Wintermantel an, obwohl es bereits Frühjahr war, aber auf das Wetter war ja kein Verlass. Die Haustür wurde sorgfältig abgeschlossen und der Schlüssel hinter das kleine Toilettenfenster gelegt, das immer einen Spalt offen stand. Dann stieg sie auf ihr Fahrrad.

Die ersten paar hundert Meter schlingerte das Rad ein bisschen, doch dann musste sie nur noch treten und beschleunigen. Je schneller sie fuhr, desto einfacher ließ sich das Rad lenken. Sie brauchte keine Angst zu haben, auch nicht, wenn die Autos hupten oder die Fahrer ihr etwas nachriefen. Am einfachsten ging es eigentlich immer, wenn Margrethe etwas Dringendes zu erledigen hatte, wenn irgendetwas sie regelrecht lockte und gefangen nahm – so wie heute: Brugsens Regale mit Mehl, Zucker und all den anderen Zutaten, die sie zum Backen benötigte.

Jetzt hatte sie die richtige Geschwindigkeit erreicht, jetzt hielt sie die Balance. Alles bestens. Sie hatte bereits den Schlossgarten erreicht, und hätte gern einen raschen Blick durch das Tor geworfen, um zu sehen, wie weit die Staudenbeete waren und ob die Tulpen bereits blühten, aber sie fuhr zu schnell. Doch bremsen wollte sie nicht, außerdem musste sie auf die Autos achten. Wenn Allan und Sanne zu Besuch kamen und sie Kaffee getrunken hatten, könnte sie mit ihnen einen Spaziergang im Park machen. Eigentlich eine schöne Vorstellung. So wie damals, als sie noch klein waren, und sie jeden an einer Hand hielt. Sie waren noch nicht zu groß, um ihre Mutter an der Hand zu halten oder sie vielleicht unterzuhaken, um sie zu stützen. Auf längeren Spaziergängen wurde sie ja so schnell müde. Und wenn sie jemandem begegneten, würde sie ihre Kinder vorstellen und erzählen, wie es um sie stand, es gab schließlich nichts zu verbergen. »Mein Mann ist gestorben«, würde sie sagen, »und nun kann ich alle meine Kinder wiedersehen. Ich habe zwar einen verloren, aber zwei gewonnen.« So einfach war die Rechnung.

Am Liebesgrund gab es eine Bank, auf die sie sich setzen konnten. Es gab gerade mal Platz für drei, und es war schön: Man konnte über den Teich schauen und den Schwänen zusehen, vielleicht hatten sie schon Küken? Nach einer Weile würden sie weitergehen. Und wenn sie müde wurde, würden die beiden ihr nach Hause helfen. Jeder unter einem Arm eingehakt. Zur Not könnten sie sie sogar nach Hause tragen und ins Bett legen. Und ein bisschen für sie singen, schließlich hatte sie ihnen so oft etwas vorgesungen, als sie noch klein waren.

Wie gut, dass sie ihre Lieder hatte. Sie hatten ihr schon bei vielen Gelegenheiten geholfen. Singen half, wenn es einem nicht gut ging, es wurde dann gleich besser. Aber singen half auch, wenn es einem gut ging, denn dann konnte man frei durchatmen – und andere Menschen vielleicht sogar mit seiner guten Laune anstecken.

Wenn ihr danach war, konnte sie noch immer singen. Auch wenn sie Fahrrad fuhr, darauf kam es nicht an. Seit sie ihr Gebiss hatte, fiel es ihr etwas schwerer, den Ton zu treffen, dennoch sang sie aber nicht wirklich falsch. Das erste Lied, das ihr einfiel, hieß: ›Heb dir fürs Regenwetter ein kleines Lächeln auf‹. Sie konnte dabei sogar die Leute grüßen, an denen sie vorbeifuhr; sie nahm eine Hand vom Lenker und winkte, während sie mit der anderen den Autos auswich und gleichzeitig nach Herzenslust sang – und das, ohne ihr Gebiss zu verlieren! Heute schien ihr alles zu gelingen.

Auf der Hälfte des Schlossbergs stieg sie ab und schob das Rad. Es war ein steiler Hügel, sie brauchte sich nicht zu schämen. Außerdem konnte man nicht singen, wenn man außer Atem war. Sie blieb einen Moment stehen und stützte sich auf ihr Fahrrad, um zu verschnaufen. In diesem Moment kam Svend ihr auf dem Bürgersteig entgegen. Svend war ihr Nachbar und seit einigen Jahren verwitwet, er hatte schon immer ein Auge auf sie geworfen. Sie wollte schon ein Lied anstimmen – ließ es jetzt aber. Der ernste Blick, mit dem Svend sie bedachte, erinnerte sie daran, dass ihr Mann kürzlich gestorben war. Da gehört es sich nicht, zu singen.

»Na, Margrethe, geht's langsam wieder bergauf?«, erkundigte er sich.

»Ja, danke, Svend«, antwortete sie, senkte den Kopf ein wenig und versuchte ernst auszusehen. »Der Herr hat's gegeben, der Herr hat's genommen. Und ich muss versuchen, darüber hinwegzukommen.«

»Ja, das musst du wohl«, sagte er und schaute sie mit einem so liebevollen Blick an, dass es ihr fast zu viel wurde, dann fügte er hinzu: »Soll ich nicht mal bei dir vorbeischauen? Ich mag es nicht, wenn du so ganz allein zu Hause sitzt.«

»Aber gern, Svend, aber so allein bin ich gar nicht. Ich habe doch die Kinder, sie kommen bald zu Besuch.«

»Du meinst Asger?«

»Nein, ich meine die Kinder.«

Svend hatte es die Sprache verschlagen; es sah komisch aus, wie er mit offenem Mund dastand. Margrethe bemerkte einen neuen Goldzahn im Unterkiefer. Svend hatte noch immer seine eigenen Zähne, das wusste sie, weil er ständig damit angab, aber sie wusste nicht, dass er beim Zahnarzt gewesen war und eine neue Füllung bekommen hatte. Aus Gold. Wer weiß, ob sie bezahlt war. Wahrscheinlich stotterte er sie ab oder er hatte mal wieder im Lotto gewonnen. Svend hatte immer Glück im Spiel. Vater hatte es nur schwer ertragen können, wenn Svend damit prahlte, er hatte dann immer gesagt: »Ja, ja, die dümmsten Bauern haben die dicksten Kartoffeln.«

»Allan hat angerufen«, behauptete sie. »Er wollte hören, wie es mir geht. Und überhaupt. Ihm geht es gut, aber er vermisst seine alte Mutter schon.«

»Tja, kann ich mir denken. Na sowas, Allan hat also angerufen. Und Sanne?«

»Rufe ich heute Abend an. Aber ihr geht es offenbar auch gut.«

»Glaubst du wirklich, du bekommst deine beiden Jüngsten zurück? Ich gönne es dir von Herzen, Margrethe, darauf hast du lange gewartet.«

»Ja, nur musste erst einmal ihr Vater sterben.«

»Das musste er wohl. Aber, Herrgott, du hast es endlich geschafft. Nichts ist so schlecht, dass es nicht auch sein Gutes hat.«

Das hätte er jetzt eigentlich nicht sagen sollen, fand sie, es klang ein wenig unpassend. Auch Svend bereute es offenbar, aber nun war es gesagt. Und ganz falsch war es ja auch wieder nicht. Dieses Gefühl hatte sie häufig, wenn Svend etwas sagte: Sie zuckte zusammen, weil er es zu weit trieb, aber eigentlich hatte er nur ausgesprochen, was sie auch dachte.

Er lächelte sie schon wieder an, breit und mit geschürzten Lippen, damit sie seinen neuen Goldzahn sehen konnte. Dann legte er seine Hand auf ihren Fahrradlenker. Eigentlich hätte er ja viel lieber sie angefasst, aber das wäre des Guten zu viel gewesen. Schließlich verabschiedeten sie sich, er ging weiter den Hügel hinunter, sie schob ihr Fahrrad hinauf.

Sechzig Jahre war Svend nun schon heimlich in sie verliebt, und vor einigen Jahren hatte er seine Frau verloren. Jetzt war ihr Mann denselben Weg gegangen und sie waren beide allein. Vermutlich erhoffte er sich das eine oder andere. Eigentlich war er ja ein stattlicher Mann, gemessen an seinem Alter, vor allem, wenn er ein bisschen abnehmen würde. Aber zu irgendwelchen Liebeleien war sie nicht mehr bereit, sie musste aufpassen. Jetzt ging es um ihre Kinder und um nichts anderes.

Auf der Kuppe des Hügels setzte sie sich wieder aufs Rad, nun ging es bergab. Allerdings tauchte nun ein Problem auf, denn in Fahrt zu kommen, war einfach, jetzt aber galt es zu bremsen. Sie musste sich in die Pedale stemmen, und das tat in den Knien weh. Gut, dass man einen Kreisel gebaut hatte. Sie drehte eine Extrarunde, um einigermaßen abzubremsen, dann gelang es ihr, zum Supermarkt abzubiegen, ohne zu stürzen. Sie stellte das Fahrrad ab und schaute sich um, ob eventuell jemand zugeschaut hatte und Beifall klatschte – das war durchaus schon mal vorgekommen. Aber nicht heute. Margrethe holte sich am Eingang einen Einkaufswagen.

Vielleicht sollte sie sich diese Knieoperation doch einmal ernsthaft überlegen. Sie hatte das Gefühl, als würde Schmiermittel in den Knien fehlen, das dürfte doch nicht so schwer zu beheben sein? Sie konnte kaum noch auf allen vieren kriechen, ohne dass es wehtat. Nicht, dass sie so oft auf allen vieren kroch, aber es wäre einfach schön, es wieder zu können, zum Beispiel, wenn man den Fußboden schrubbte oder ... nun musste sie aber den Kopf über sich schütteln, an so etwas dachte man doch nicht. Immerhin fiel ihr dabei ein, dass Allan immer so verrückt nach Spritzgebäck gewesen war! Immer hatte er eine unanständige Bemerkung machen müssen, wenn er die Kekse aß, er konnte so komisch sein.

Ob er wohl zugenommen hatte? Er musste jetzt Mitte vierzig sein, vielleicht hatte er einen Bauch wie Asger? Sie selbst hielt sich schlank, sie wog zweiundfünfzig Kilo morgens, ohne Kleider und nachdem sie auf der Toilette gewesen war.

Margrethe ging zwischen den Regalen umher und packte ihre Einkäufe in den Wagen. Mehl, Zucker, Hirschhornsalz, dann musste sie auf den Einkaufszettel schauen, ach ja, Butter. Es war schön, für mehr als nur einen einzukaufen, aber es war nicht so einfach, den ganzen Einkauf auf dem Fahrrad zu transportieren.

»Das wird aber nicht leicht mit dem Rad«, hörte sie plötzlich hinter sich jemand sagen.

Sie drehte sich um und antwortete: »Die paar Kleinigkeiten? Das ist doch nichts.«

Detlefsen stand vor ihr, ebenfalls aus der Nachbarschaft, auch sie kannten sich ein Menschenalter. Eigentlich lebten relativ viele Alte in ihrer Straße. Im Unterschied zu Svend war Detlefsen groß und schlank, aber was nützte das, wenn er nicht ganz richtig im Kopf war und nach Kaninchen roch? Im Grunde war das eigentlich das Merkwürdigste an ihm, denn es war jetzt viele Jahre her, dass er Kaninchen gehalten hatte.

»Du hältst dich gut«, sagte er. »Du wirst noch hundert Jahre alt.«

Das sagte er jedes Mal, aber es war immer wieder schön. Und bei Detlefsen gab's keine Hintergedanken; was das anging, hatte er kein Interesse.

»Ich bekomme bald Besuch von Allan und Sanne«, sagte sie. »Ja, ich habe in der Tat drei Kinder, vergiss das nicht.«

»Doch, doch, ich erinner mich schon«, erwiderte Detlefsen.

»Und nun kommen die beiden Jüngsten nach Hause.

Neun Jahre habe ich sie nicht gesehen, es wird bestimmt gemütlich.«

Margrethe lächelte übers ganze Gesicht, ebenso wie Detlefsen. Er freute sich ehrlich für sie. Es war einfach schön, als würden alle Menschen Margrethe nur Gutes wünschen. Sie drehte sich um und wollte die letzten Einkäufe erledigen. Doch dann sagte Detlefsen etwas, das er ihrer Meinung nach besser nicht hätte sagen sollen.

»Jammerschade, dass ihr Vater das nicht mehr erleben darf.«

Sie tat so, als hätte sie nichts gehört und ging weiter. Detlefsen meinte es sicher nicht böse, aber er hatte einfach etwas missverstanden. Schließlich war es Vater gewesen, der Allan und Sanne nicht mehr sehen wollte; er hatte ihnen diesen Brief geschrieben und sie gebeten, sie nicht mehr zu Hause zu besuchen. Er hatte die beiden nicht ertragen können, vor allem Allan nicht. Regelrechte Herzschmerzen hatte er bekommen, wenn er ihn sah. Aber das wusste Detlefsen natürlich nicht, das wusste niemand, das konnte man anderen Leuten auch nicht so ohne Weiteres erklären. Was würden sie denn denken, es klang einfach zu eigenartig. Ja, es war wirklich eigenartig, wenn man darüber nachdachte ...

Margrethe musste sich einen Moment erholen, sie konnte sich nicht auf ihren Einkauf konzentrieren. Sie lehnte sich an ein Regal, es schwankte ... Eine Verkäuferin sah es und kam mit einem Stuhl angelaufen, sie war wirklich sehr nett, obwohl sie jung war und sicher nicht hier aus der Stadt kam. Margrethe bekam auch ein Glas Wasser, Herrgott, wieso hatte Detlefsen ausgerechnet so etwas sagen müssen? Sie musste versuchen, es zu vergessen. Es würde ihr schon gelingen.

Die Verkäuferin legte ihre Einkäufe in den Fahrradkorb. Margrethe bedankte sich vielmals für ihre Hilfe und versicherte, sie würde es schon schaffen. Es ginge ihr schon wieder besser, sehr viel besser. Sie verabschiedete sich und schob das Fahrrad. Es war sicher am klügsten, nach Hause zu schieben.

»Du fährst ja gar nicht«, sagte Detlefsen. Er stand auf dem Fußweg und stützte sich auf seinen Stock, während sein Blick ihr folgte. Fast hätte sie sich aus Trotz aufs Fahrrad gesetzt, aber das wäre dann doch zu kindisch gewesen. Sie schob, es ging ausgezeichnet und den Knien tat es auch gut. Vielleicht konnte sie noch einen Abstecher zum Haus für die Dame machen, die Frühjahrskollektion musste inzwischen eingetroffen sein. Sollte sie sich ein neues Kleid kaufen, wenn die Kinder kamen? Aber nein, dazu hatte sie jetzt keine Zeit. Na ja, wenn sie sich ein bisschen beeilte? Sie setzte sich aufs Rad, benutzte allerdings nicht die Pedale, sondern stieß sich nur mit den Füßen ab und rollte bis zum Kreisel. Sie fühlte sich sicher, obwohl sie eindeutig gegen die Fahrtrichtung fuhr. Nun bog sie ab und trat wieder, hier war ja niemand. Das heißt, links von ihr fuhr ein Auto vom Parkplatz, es handelte sich obendrein um einen Polizeiwagen. Am Steuer saß Sussi, Polizei-Sussi. Sie hatte sie nicht gesehen und Margrethe wollte eben auf sich aufmerksam machen und ihr einen guten Tag wünschen, denn Sussi war immer so nett, doch dann dachte sie daran, dass sie auf der falschen Straßenseite fuhr. Besser, sie ließ es. Margrethe zog den Kopf ein und betete. Doch diesmal erhörte der liebe Gott sie nicht, denn im nächsten Moment setzte Sussi zurück. Die Stoßstange traf auf das Vorderrad des Fahrrads und Margrethe stürzte auf die Fahrbahn.

Sussi riss die Tür auf und lief zu ihr. Sie half Margrethe,

sich aufzusetzen, ob es schlimm wäre? Die Hand, mit der sie sich abgestützt hatte, blutete, und ein bisschen Blut kam auch aus der Stirn, sie hatte sich vermutlich gestoßen. Sussi setzte sie auf den Bürgersteig und rief einen Krankenwagen. Margrethe hielt es nicht für nötig, Herrgott, die paar Schrammen. Außerdem war sie ja auf der falschen Straßenseite gefahren, es war ihre eigene Schuld. Aber so einfach nahm Sussi die Angelegenheit nicht.

»Ich hätte mich umsehen müssen, ehe ich zurücksetzte.«

»Du konntest doch nicht wissen, dass ich aus dieser Richtung komme.«

»Ich muss mich immer nach allen Seiten umsehen. Und du wirst dich im Krankenhaus untersuchen lassen, du könntest eine Gehirnerschütterung haben.«

Margrethe hielt es für unwahrscheinlich. Und sie hoffte inständig, dass Sussi keine Probleme wegen dieser Geschichte bekam. Wegen ihr.

Das Schlimmste allerdings war, dass nun auch noch Detlefsen mit seinem Stock angehumpelt kam und sich alles ganz genau ansehen wollte. Hauptsache, er machte keine dummen Bemerkungen. Doch Detlefsen hielt tatsächlich den Mund, er stand nur da, sah sich das Ganze an und dachte sich seinen Teil. Bis der Krankenwagen kam.

»Ich bekomme Besuch von meinen Kindern«, erklärte Margrethe den Sanitätern, als sie auf die Bahre gelegt wurde. »Ich wollte Spritzgebäck backen.«

Sie hörten wahrscheinlich gar nicht zu. Aber Sussi war so nett und sammelte das Mehl und den Zucker und was sonst noch auf der Fahrbahn lag, ein und versprach, es aufzubewahren, bis Margrethe zurückkam.

»Vielen Dank«, sagte Margrethe, »aber meine Einkäufe würde ich gern mitnehmen.«

Der Korb mit den Waren wurde in den Krankenwagen gestellt. Sie sagte vielen Dank und lächelte tapfer. Dann fuhren sie mit ihr davon.

◆

Allan saß im Zug, auf dem Weg zu seiner Schwester Sanne. Er hatte den größten Teil des Nachmittags auf der Bahn verbracht und sogar noch Glück gehabt: In Bramming hatte er nur eine Dreiviertelstunde warten müssen, bevor der Zug in Richtung Süden kam. Wie immer war das letzte Stück der Reise das zäheste.

Je länger er die Westküste entlangfuhr, desto häufiger dachte er an seine Schwester. Wie es ihr wohl ging? Erwartete sie ihn in ihrem roten Volkswagen? Er hoffte es. Er freute sich, sie zu sehen, sehr sogar. Doch dann gefror sein Lächeln und er hatte das Gefühl, alles schon einmal erlebt zu haben. Er musste sich wirklich zusammennehmen, um nicht allzu optimistisch zu sein.

Allan saß am Zugfenster und blickte über die westjütländische Landschaft. Ein Feld hinter dem anderen, und danach noch ein Feld. Und schließlich der Himmel, sehr viel Himmel, richtig viel Himmel. Dann ein Raubvogel, vielleicht ein Fischadler ... oder war es nur eine Möwe? Jetzt war sie verschwunden.

Er setzte sich auf die andere Seite des Abteils, die Aussicht war im Wesentlichen dieselbe. Eigentlich wusste er es genau, aber mit irgendetwas musste er sich doch die Zeit vertreiben. Er gähnte, gähnte laut ... bis er Schmerzen im Kiefer hatte. Der Lautsprecher knarzte. »Nächster Halt«, hieß es ... lange Pause und dann wieder: »Nächster Halt«, und wieder eine lange Pause, kam überhaupt noch etwas?

»Todstrup«, hieß es dann. Mit Betonung auf Tod. Nun dauerte es nicht mehr lange. Allan nahm sein Gepäck, er musste nicht an dieser, sondern erst an der nächsten Station aussteigen, aber er wollte auf keinen Fall zu weit fahren. Jetzt hielt der Zug, aber nur beinahe, dann beschleunigte er das Tempo wieder ein wenig – um plötzlich abrupt zu stoppen. Niemand stieg aus, niemand stieg ein, wieso hielten sie überhaupt hier? Und warum so lange?

Als er in Kopenhagen in den Zug gestiegen war, hatte er fast so etwas wie Übermut verspürt. Er war im letzten Moment gekommen und hatte seinen Platz erst gefunden, als der Zug bereits anfuhr. Noch immer außer Atem hatte er sich gesetzt und seine Papiere aus der Tasche genommen, er wollte arbeiten. Er wollte endlich eine schwierige Szene in dem Stück für das Königliche Theater beenden. Bei der Zugbegleiterin bestellte er Cappuccino, und als sie das Abteil verlassen hatte, musste er über sich selbst lachen; hier gab's keinen Cappuccino, hier gab es nur mit Wasser aufgerührtes Pulver. Dann machte er sich von Hand einige Notizen, hastig und hektisch, er konnte sie selbst kaum lesen, es war nicht so wichtig. Letztlich ging es nur um das große politische Drama, das er in Arbeit hatte. Nun müsse mal Schluss sein mit den Familiengeschichten, hatte der Theaterdirektor gesagt, und Allan war sehr einverstanden gewesen. Jetzt musste er in größeren Zusammenhängen denken.

Auf der gesamten Strecke durch Seeland hatte er das Gefühl, dass er nicht einfach irgendwer war. Seine Arbeit hatte auch für andere eine Bedeutung. Doch bereits als er Fünen durchquerte, meldeten sich die ersten Zweifel. Die Arbeit schritt auch nicht so voran, wie er es sich wünschte. Wenn er las, was er geschrieben hatte, erschien es ihm leer, er konnte sich in seinem eigenen Text nicht finden; sollte er versuchen, die Abgabefrist zu verlängern? Das sah ihm überhaupt nicht ähnlich, normalerweise lieferte er pünktlich. Außerdem gehörte Mut dazu, um einen Aufschub zu bitten, und Mut war genau das, was ihm fehlte. Wenn er aus dem Fenster sah, fand er nichts, woraus er hätte Kraft schöpfen können; er befand sich noch immer auf Fünen. Die Landschaft war hübsch, ja, geradezu gefällig, aber ihr fehlte es an Charakter. Schon diese Ortsnamen, Blommenslyst und Skallebølle zum Beispiel, das war doch nicht ernst zu nehmen. Als wäre ihnen hier der Ernst des Lebens noch nicht klar geworden. Ein Glück, dass man sich nicht auch noch ihren Dialekt anhören musste.

Als sie nach Jütland kamen, packte er seine Unterlagen zusammen und wartete. Wie die meisten, die hier landeten. Man wartete, um seinen Bestimmungsort zu erreichen, sicher, aber auch, um seinem Schicksal zu begegnen. Während der Wartezeit starrte man leer vor sich hin. So wie Allan. Aber der blickte hin und wieder aus dem Fenster. Die Landschaft strahlte hier einen großen Ernst aus, fand er. Er spürte, dass er nach Hause kam, aber auf keine wirklich gute Art. Mehr und mehr vergaß er, wer er war, beziehungsweise, wer er zu sein glaubte. Allan ließ den Kopf hängen und wurde zunehmend gleichgültiger. Und je westlicher er kam, desto erdrückender erschien ihm die Wartezeit; er sehnte sich danach, dass alles vorbei war. Er fühlte sich klein. Es war doch eigentlich schön, klein zu sein, ja sicher, aber nur, wenn es jemanden gab, der sich um einen kümmerte. Und gab es so jemanden?

Der Zug stand noch immer in Todstrup. Irgendetwas musste passiert sein, aber über die Lautsprecher wurde nichts mitgeteilt. Gerade hatte er sich entschlossen, den Schaffner zu suchen und um eine Erklärung zu bitten, als der Zug sich wieder in Bewegung setzte. Sie fuhren weiter die Küste entlang, weiter und weiter in das immer flacher werdende Land.

»Nächster Halt«, tönte es wieder aus dem Lautsprecher, dann folgte die obligatorische Pause – und alles ertrank in einem einzigen Schnarren. Er stellte sich mit seinem Gepäck an den Ausgang. Der Zug wurde langsamer. Er sah Sannes geparktes Auto. Und jetzt sah er Sanne mit verschränkten Armen und einer Zigarette im Mund auf dem kleinen Bahnsteig stehen. Wie immer trug sie einen blauen Overall über einer weißen Bluse mit Spitzen.

Der Zug hielt. Er öffnete die Tür, stieg auf den Bahnsteig und umarmte seine Schwester. Sie lachte heiser und erkundigte sich nach seiner Reise. Während Allan berichtete, versuchte er sich einen Eindruck über ihren Zustand zu verschaffen. Ihren Augen war nichts anzusehen, Gott sei Dank. Auch ihre Stimme klang nicht besonders matt. Als sie eine seiner Taschen nahm und sie zum Volkswagen gingen, ließ er sie vorangehen. Normalerweise zeigte es sich an ihrem Gang. Sieht gar nicht mal schlecht aus, fand er. Es gab Anlass zu vorsichtigem Optimismus. Plötzlich hatte er das Gefühl, als wären die Felder, die sich nach allen Seiten erstreckten, und der Himmel über ihnen, ja, all das, was ihn im Zug in Angst versetzt hatte, so hübsch wie nirgendwo sonst auf der Welt. Er war zu Hause angekommen. Auf die gute Art.

Sie legten seine Taschen in den Kofferraum und stiegen ein.

»Na, Sanne«, sagte er, »bist du bereit, Mutti wiederzusehen?«

»Ja, du etwa nicht?«, stellte sie hastig die Gegenfrage.

Er nickte, natürlich war er bereit. Und er freute sich. Auch, weil es Sanne genauso ging.

»Hat sie dich angerufen?«, wollte er wissen.

»Ja, und es war eigenartig, mit ihr zu reden. Wir haben da weitergemacht, wo wir vor neun Jahren aufgehört hatten. Sie hat eine Hose, die ich ihr damals geliehen habe und die sie noch immer trägt. Sie wiegt zweiundfünfzig Kilo, morgens, ohne Klamotten.«

»Das ist unglaublich.«

»Es geht ihr gut, Allan. Ich denke, sie hält sich noch viele Jahre. Hoffe ich jedenfalls. Es wäre doch schön, wenn wir sie noch einmal fröhlich erleben könnten.«

Das hoffte Allan auch. Und da sie jetzt ohnehin über ihre Mutter redeten und Sanne einigermaßen gesund schien, wollte er gleich zur Sache kommen. Er musste sie noch ein bisschen auf morgen vorbereiten.

»Wenn wir nach Hause zu Mutter kommen«, begann er, »müssen wir darüber reden, was passiert ist, wir können nicht so tun, als wäre nichts gewesen.«

Sanne verstand offenbar nicht ganz, was er meinte, daher fuhr er fort: »Unsere Mutter hat uns im Stich gelassen, Sanne. Nicht nur Vater wollte uns nicht mehr sehen, sie auch, denk daran. Sie trägt eine Mitverantwortung für das, was geschehen ist. Auch für das, was noch viel länger zurückliegt.«

Sanne bekam ein nervöses Zucken um die Augen, gleich würde sie nach Atem ringen. Allan hielt sofort den Mund.

»Ich freue mich jedenfalls, Mutti zu sehen«, sagte sie.

»Ich doch auch«, beeilte er sich hinzuzufügen.

Er schaute sich instinktiv um, der Zug war natürlich schon abgefahren. Es wäre auch falsch, bereits jetzt den Schwanz einzuziehen. Er musste sich beruhigen, nicht so viel darüber nachdenken, ob Sanne möglicherweise Angst bekam. Sie spürte so etwas sofort, und dadurch verschlimmerte sich ihr Zustand nur.

»Natürlich werden wir uns vor allem freuen, dass wir Mutter zurückhaben«, sagte er. »Selbstverständlich. Ich meine nur, sie sollte nicht so einfach davonkommen. Oder bist du anderer Ansicht? Wir können natürlich auch warten ...«

Sanne antwortete nicht, offenbar war sie dieser Meinung. Er war enttäuscht und konnte es kaum glauben. Aber es war besser, Sanne nicht unter Druck zu setzen, schließlich war sie nicht ganz gesund. Vermutlich ertrug sie die Konfrontation nicht. Aber was war mit ihm?

KAPITEL 3

Heim zu Mutti

Allan stand in Sannes Badezimmer und untersuchte die Tablettengläser im Medikamentenschrank. Er versuchte sich zu erinnern, ob dort jetzt mehr Gläser standen als sonst. Und ob die Tabletten gefährlicher aussahen. Er hatte sich gerade zu dem Eindruck durchgerungen, dass es wohl so aussah wie immer, als er zum Essen gerufen wurde.

»Komme«, rief er zurück und schloss vorsichtig den Schrank.

Er trat in das kleine, niedrige Wohnzimmer. Obwohl es draußen noch hell war, war es im Zimmer fast dunkel, aber so war das in den kleinen Fachwerkhäusern. Von außen sahen sie idyllisch aus, aber wenn man hineinkam, vermittelten die kleinen Fenster und die dicken Mauern das Gefühl, als säße man in einem Bunker. Aber leise war es trotzdem nicht. Draußen sangen die Amseln, die Frösche quakten und der Hund bellte – doch das ging in Ordnung, schließlich fuhr gerade ein Moped vorbei.

Apropos Hund, vor einer Weile war Allan hinausgegangen und hatte den Hund begrüßt. Gleich nachdem er seine Taschen ins Gästezimmer gestellt hatte und Sanne anfing, die Suppe zuzubereiten, ging er nach draußen, um den Hund zu streicheln. Und ihn sich genau anzusehen. So wie er es immer tat. Auf diese Weise bekam er ein einigermaßen zuverlässiges Bild von Sannes Zustand, das bildete er sich zumindest ein. Wenn der Hund nervös war, ja, möglicherweise sogar aggressiv, dann braute sich etwas zusammen. Denn wenn Sanne eine ihrer schlechten Phasen hatte und eingeliefert werden musste, kam der Hund in eine Tierpension; das hatte er gelernt und mochte es überhaupt nicht. War er hingegen ruhig und ausgeglichen, stand keine Einweisung bevor. Gott sei Dank schien er freundlich und gelassen zu sein.

Und die Blumenkohlsuppe roch herrlich. Dass Sanne selbst kochte, war ebenfalls ein gutes Zeichen. Alles in allem gab es so viele gute Zeichen, dass Allen sich eigentlich hätte entspannen und seinen Aufenthalt in Südjütland genießen können. Er sollte sich auf den Besuch bei Mutter freuen. Auch wenn Sanne nicht den Mut aufbrachte, Mutter für irgendetwas zur Rechenschaft zu ziehen; Herrgott, dann musste das eben warten.

Als sie sich zu Tisch setzten, lobte er das Essen und fing an, von seiner Arbeit zu erzählen, von dem neuen Stück, an dem er schrieb. Sanne hörte zu und war ziemlich beeindruckt, das war ihr anzusehen.

»Mein kleiner Bruder wird offenbar ein bedeutender Mann«, sagte sie. »Aber ich habe es ja schon lange geahnt. Ich bin stolz auf dich.«

Er vermied es, sie nach ihrem Leben zu fragen, normalerweise hatte sie nicht allzu viel zu erzählen. Doch diesmal war es anders, sie fing von allein an. Mit leiser, fast schüchterner Stimme erzählte sie, dass sie mit einer neuen Behandlung begonnen hätte. Sie ging in eine Gruppentherapie, genauer gesagt eine Angstgruppe. Und sie hatte das Gefühl, es würde ihr helfen, ja, sie hatte sogar ihren Arzneimittelverbrauch reduzieren können. Nun lobte er sie. Das hörte sich doch gut an, vor allem die Sache mit den Medikamenten. Er wollte noch etwas von sich erzählen, doch sie unterbrach ihn, es gab noch etwas Neues. Die Sache mit der Rehabilitation hatte auch geklappt, berichtete sie. Sie bekam jetzt zehntausendvierhundert Kronen im Monat. Oder, wie sie es ausdrückte, zehn-vier. Bei diesem Ausdruck mussten sie beide lachen, denn wenn etwas wirklich gut war, hatten sie immer zehn-vier gesagt, so wie andere toll oder klasse sagten. Mit dem Geld würde sie bestimmt auskommen. Sie könnte ihm sogar etwas leihen, wenn er in der Klemme steckte, so etwas könnte ja mal vorkommen. Praktisch hatte sie jetzt mehr Geld als er. Ein seltsames Gefühl beschlich ihn, er bekam weniger für seine Arbeit als Schriftsteller als sie dafür, dass sie psychisch krank war. Aber so konnte man das natürlich nicht sehen, und so sah er es ja auch nicht. Er beglückwünschte sie und sie stießen mit Rotwein an.

Als beide satt waren, stand sie auf, der Hund musste gefüttert werden. Er wurde ins Wohnzimmer geholt und sie schauten zu, wie er fraß. Hinterher legte er sich in den Hundekorb. Allan fiel noch einmal auf, wie ruhig der Hund sich verhielt, und auch er wurde zunehmend ruhiger. Er trank noch ein bisschen Rotwein. Dann setzte er sich zu Sanne, um die Nachrichten zu sehen. Oder besser: Er legte sich zusammen mit ihr aufs Bett, denn der Fernseher stand in ihrem kleinen Schlafzimmer und man musste neben ihr auf dem Bett liegen, wenn man fernsehen wollte.

Wieder gab es eine Menge Beiträge zum Irak-Krieg. Es war schon eigenartig, dass Dänemark sich im Krieg befand, vielleicht würde es ja sogar Gefallene geben? Natürlich hoffte man so etwas nicht, aber es wäre sicher interessant, was dann passieren würde. Sanne rauchte Zigaretten, Allan naschte süße Lakritze, mit anderen Worten, sie machten es sich so gemütlich wie immer. Nach den Nachrichten kam ›Der Kommissar‹.

Und wie immer nickte Allan dabei ein, die deutschen Krimis hatten einfach so etwas Heimeliges. Gegen zwölf stand er auf und wünschte Sanne eine gute Nacht. Bis morgen früh, er freute sich. Morgen würden sie das Wiedersehen mit ihrer Mutter feiern.

»Ich werde mich schon anständig benehmen«, versprach er.

»Zehn-vier!«, antwortete Sanne.

Er ging ins Gästezimmer und legte sich aufs Bett. Zuerst musste er aber noch kurz ausrechnen, wie viel Sanne blieb, wenn alle laufenden Kosten bezahlt waren. Aber er verrechnete sich ständig, er war zu müde, außerdem kannte er nicht alle ihre Ausgaben. Jedenfalls schlief er ein, noch während er rechnete.

Allan wachte auf, als er es im Wohnzimmer rascheln hörte; konnte Sanne nicht schlafen und ging dort auf und ab? Ging es ihr doch schlechter? Er hatte sogar den Eindruck, Stimmen zu hören. Führte sie Selbstgespräche? Hoffentlich nicht. Aber es hätte ihn nicht wirklich gewundert, vielleicht war er doch zu optimistisch gewesen.

Er schaltete die kleine Lampe am Bett ein und schaute auf die Uhr. Halb zwei, zum Teufel, was ging hier vor? Vielleicht sollte er nachsehen? Aber das wollte er eigentlich nicht, es könnte ja so aussehen, als würde er sie kontrollieren, verdammt, schließlich war es ihre Wohnung. Wenn sie nachts ein bisschen herumlaufen wollte, durfte sie das.

Plötzlich ging die Tür auf – und er verkroch sich in die hinterste Ecke des Bettes und zog die Decke über die Ohren.

»Nein, Sanne, nein! Lass es!«, bat er.

»Ich bin okay«, sagte sie, als sie hereinkam. »Bleib ruhig.«

Ihm war es peinlich, dass er sich so aufgeregt hatte, es gab keinerlei Grund dafür. Sie hatte weder ein Messer noch einen Fleischklopfer in der Hand. Und offenbar hatte Sanne auch keine Selbstgespräche geführt, denn der Fernseher lief noch.

»Solche Anfälle wie damals, Allan, habe ich seither nicht wieder gehabt«, sagte sie. »Und ich bekomme sie auch nicht mehr.«

»Das ist gut, Sanne, ich bin wirklich froh darüber.«

»Und wegen morgen ist mir noch was eingefallen. Du brauchst nach dem Besuch bei Mutter nicht unbedingt mit mir zurückzufahren. Du kannst von mir aus bleiben und mit ihr über die Dinge reden, über die du so gern mit ihr sprechen möchtest.«

»Wenn du gefahren bist, meinst du? Dann würde ich bleiben und dort übernachten ... zu Hause?«

Sie nickte, genau das meinte sie. Auf diese Idee war er noch gar nicht gekommen.

»Ja, wenn es Mutter passt«, antwortete er zögernd. »Ich würde mir das gern noch überlegen.«

Sanne hatte Verständnis. Sie wünschte Gute Nacht und ging zur Tür.

»Zehn-vier«, sagte er.

Sie schloss die Tür von außen, die Stimmen klangen gedämpfter, ihr ging es gut, davon hatte er sich überzeugen können, es beruhigte ihn. Aber was war mit ihm? Sollte er wirklich bei seiner Mutter bleiben, allein? Vater war nicht mehr da, es sei denn, man konnte seine Anwesenheit noch irgendwie spüren. Was für ein Blödsinn. Jetzt musste er aber endlich schlafen.

Aber er konnte nicht einschlafen, alles drehte sich in seinem Kopf. Die Luft im Zimmer erschien ihm stickig, doch als er das Fenster öffnete, hörte er den Wind in den großen Lindenbäumen, das Geräusch war er nicht gewohnt, außerdem kam es ihm unheimlich vor. Und in wenigen Stunden würden die Vögel anfangen zu singen, dann wäre an Schlaf nicht mehr zu denken. Allan schloss das Fenster, holte sein Asthmaspray und inhalierte ein paar Mal. Und noch ein paar Kopfschmerztabletten, das konnte nicht schaden, jetzt musste er sich jedenfalls endlich entspannen.

Er legte sich wieder hin, schloss die Augen und schlief ein ... Er lag in seinem Zimmer zu Hause bei Mutter, sie hatte ihm Gute Nacht gewünscht und die Tür einen Spalt offenstehen lassen. Aber dann kam Vater herein, er war doch nicht tot, da stand er, ganz nackt. »Was habt ihr mir angetan?«, klagte er. »Du musst mir helfen.« Er kroch zu Allan ins Bett, am Fußende, wie ein kleiner Hund ... und leckte seine Füße.

Allan trat um sich und erwachte, weil der Hund aufheulte. Die Tür stand einen Spalt offen, Sanne hatte sie offenbar nicht richtig geschlossen, als sie schlafen ging; der Hund hatte sich hereingeschlichen und war zu ihm ins Bett gesprungen. Allan stand auf, scheuchte den Hund ins Wohnzimmer und kam hinterher. Er ging ein wenig auf und ab und horchte an der Tür zu Sannes Schlafzimmer. Vermutlich schlief sie, die Glückliche, wahrscheinlich hatte sie eine Schlaftablette genommen. Dann ging er ins Badezimmer, schaute wieder in den Medikamentenschrank und fand eine Schachtel, auf der stand: ›Gegen Schlafbeschwerden‹. Er nahm eine Tablette, vermutlich war sie stark. Zurück ins Bett, aber nur, um kurz darauf wieder aufzustehen, er konnte nicht stillliegen. Ruhelos ging er im Wohnzimmer auf und ab, wann wirkte diese verdammte Tablette endlich? Er goss sich ein Glas Rotwein ein, ging ins Badezimmer und nahm noch eine Tablette. Nach Sannes Maßstäben war es vermutlich viel zu wenig. Aber Augenblick mal, war das überhaupt die richtige Schachtel? Plötzlich bekam er Angst und fing an, Selbstgespräche zu führen. Der Hund bellte aus dem Hundekorb und Allan zischte, damit er Ruhe gab. Doch als der Hund zu ihm herschaute, wurde es eher schlimmer, plötzlich schien der Hund nervös, ja, geradezu aggressiv zu sein ... Allan trat ein paar Schritte zurück, stolperte über einen Stuhl ...

Dann kam Sanne und schaute ihren kleinen Bruder verwundert an.

»Weshalb torkelst du durch die Wohnung?«, fragte sie. »Brauchst du Hilfe?«

Er schüttelte den Kopf und ging seitwärts ins Gästezimmer. Taumelte ins Bett. Und schämte sich in den Schlaf.

Er schämte sich noch am nächsten Morgen. Sanne war zum Glück so taktvoll, die nächtliche Episode nicht anzusprechen, aber was mochte sie wohl über ihn denken? Er hing am Küchentisch und es fiel ihm schwer, richtig wach zu werden.

»Noch Kaffee?«, fragte sie.

Er nickte nur, hatte Angst, etwas zu sagen; beim letzten Versuch hatte er fürchterlich gelallt. Sie goss die Tasse randvoll und ließ ihn eine Weile allein. Allan legte den Kopf auf den Küchentisch und schlief wieder ein; als er die Augen aufschlug, war es nach zwei. Der Hund blickte ihn scheel an, Allan drehte sich um und wandte ihm den Rücken zu.

»Wir fahren jetzt«, sagte Sanne.

Allan trank den letzten Schluck Kaffee, der inzwischen kalt geworden war, und folgte ihr auf den Hof. Er versuchte, geradeaus zu gehen, und hatte das Gefühl, dass es einigermaßen klappte. Die frische Luft tat ihm gut.

»Jetzt ist es so weit, Allan«, sagte Sanne, als sie einstiegen. »Jetzt fahren wir heim zu Mutti.«

Sie freute sich wie ein kleines Kind. Es war geradezu rührend. Aber aus irgendeinem Grund betrübte es ihn auch.

»Freust du dich denn nicht?«, wollte sie wissen.

»Doch, schon.«

Bestimmt war es so, aber das Gefühl war bei weitem nicht so stark, wie es eigentlich hätte sein sollen.

Sie fuhren in Richtung Norden, und dann nach Osten, ins Landesinnere. Der Volkswagen fuhr anständig, obwohl es sich um ein älteres Modell handelte. Er war rot lackiert und Rot ist eine optimistische Farbe.

»Als ich erfuhr, dass Vater gestorben ist«, sagte Allan, er lallte nun fast nicht mehr, »habe ich mir überlegt, rüberzufahren, um ihn zu sehen. Bevor er begraben wird.«

»Wieso?«, fragte Sanne, als läge ihr dieser Gedanke unendlich fern.

»Nur um ihn ein letztes Mal zu sehen. Vielleicht auch, um sicherzugehen, dass er wirklich tot ist. Ich hab's nicht getan und bedauere es ein bisschen ...«

»Er wollte dich nicht sehen, als er noch lebte«, entgegnete Sanne, »dann kannst du ihn dir doch nicht einfach angucken, wenn er tot ist.«

Ihr Argument leuchtete ihm ein. Es klang jedenfalls logisch, als Sanne es sagte. Gut, dass er sie hatte, sie war eine gute Schwester. Und sie schien überhaupt nicht nervös zu sein. Also gab es doch auch für ihn keinen Grund. Hauptsache, Sanne fühlte sich bei diesem Besuch wohl.

Als sie in den kleinen Ort im Herzen Südjütlands einfuhren, fasste er unwillkürlich in die Tasche und tastete nach seinem Asthmaspray. Nicht weil er meinte, es benutzen zu müssen, aber es könnte ja durchaus notwendig sein. Außerdem tat es gut, etwas in der Hand zu haben.

Sie fuhren am Schlosspark vorbei und bogen links ab zum Flüsschen. Jetzt kamen sie in die Straße ihrer Kindheit. Ein paar hundert Meter weiter lag das Haus, das er, jedenfalls in

Gedanken, den ›Tatort‹ nannte. Sanne bremste, jetzt schienen sie beide den Atem anzuhalten – dann waren sie da. Sie blickten zum Wohnzimmerfenster hinauf, an dem Mutter tatsächlich stand und winkte. Hinter den Topfpflanzen, genau wie in alten Tagen. Kaum waren sie ausgestiegen, trat sie aus der Haustür und breitete die Arme aus, um sie zu empfangen. Aber wie sah sie denn aus? Sie erkannten sie kaum wieder, sie hatte ein gewaltiges blaues Auge. Und einen Stirnverband. Hatte man sie überfallen?

»Ich bin nur mit dem Fahrrad hingefallen«, sagte sie.

Sanne rannte beinahe das letzte Stück auf sie zu, umarmte sie vorsichtig und erkundigte sich: »Was sagst du da?«

»Es ist gar nichts passiert. Ich hatte überlegt, euch anzurufen, um Bescheid zu sagen, aber ich wollte euch nicht beunruhigen.«

Allan war nun auch bei ihr, sie streckte die Arme nach ihm aus, und er bückte sich und umarmte sie lange. Als er sich wieder aufrichtete, griff sie nach seiner Hand, und ohne Allans loszulassen, nahm sie auch Sannes Hand.

»Wie lange habe ich darauf gewartet«, sagte sie und blickte mit ihren kleinen herzlichen Augen von einem zum anderen. »Es ist kein Tag vergangen, an dem ich nicht an euch gedacht habe.«

»Mir ging es auch so«, sagte Sanne.

Allan sagte nichts, doch er nickte und lächelte tapfer. Margrethe ließ ihre Hände los und ging voraus in den Flur. Ihr standen Tränen in den Augen, sie zog ihr Taschentuch heraus. Allan hatte Angst, mitgerissen zu werden, also fragte er rasch: »Wieso bist du mit dem Fahrrad gestürzt?«

»Eigentlich bin ich von einem Polizeiwagen angefahren worden.«

»Mutti!«, rief Sanne.

»Ach, es war meine eigene Schuld, ich bin auf der falschen Straßenseite gefahren.«

Sie lachten kopfschüttelnd über sie, doch dann hielten sie mit einem Mal inne, nicht auszudenken, wenn Mutter etwas Ernstes zugestoßen wäre! Wenn sie gestorben wäre, gerade jetzt, so kurz vor dem Wiedersehen. Eine unerträgliche Vorstellung.

»Fast hätte ich deshalb keine Kekse mehr backen können.«

»Du und deine Kekse«, sagte Sanne.

»Aber eine der Nachbarinnen hat mir geholfen. Wann habe ich schon mal die Gelegenheit, Kekse anzubieten, wenn nicht heute?«

Alle drei gingen in die Küche, und während Sanne sich erkundigte, was sie im Krankenhaus gesagt hatten und wann der Verband gewechselt werden musste, ging Allan weiter ins Wohnzimmer. Wie wenig sich doch verändert hatte, dort standen noch immer dieselben Möbel, und an den Wänden hingen dieselben Bilder. Und dennoch war etwas passiert, irgendetwas schien zu fehlen. Allan überlegte lange, was es wohl sein könnte. Dann endlich fiel der Groschen: natürlich, sein Vater. Das Wohnzimmer wirkte ein wenig verlassen ohne ihn. Aber durchaus nicht unangenehm. Allan betrachtete die Familienbilder auf der Anrichte, die Fotos von Sanne und ihm standen noch immer da. Er hatte schon Sorge gehabt, dass Mutter sie weggestellt haben könnte, seit sie nicht mehr nach Hause kamen. Aber nein – es sei denn, Mutter hatte sie zur Feier des Tages aus der Schublade geholt. Eigentlich würde ich es gern wissen, dachte er.

Mutter kam mit der Kaffeekanne herein, hinter ihr Sanne mit einer Kristallschale voller Kekse.

»Mutter?«, sagte Allan.

»Ja, mein Junge?«

»Haben die Fotos von Sanne und mir die ganze Zeit dort gestanden? Auch, als wir nicht hier waren?«

Sie blickte ihn verständnislos an, schüttelte den Kopf und setzte sich am Kaffeetisch zurecht.

»Selbstverständlich, was dachtest du denn?«

Er setzte sich ihr gegenüber und es war ihm ein wenig peinlich, dass er so über seine Eltern gedacht hatte; offenbar gab es trotz allem Grenzen des Wahnsinns. Auch für ihren. Dann nahm er einen Spritzkuchen und kurz darauf stöhnte er vor Wohlbehagen. Sie schmeckten genau wie vor vierzig Jahren, als er ein kleiner Junge war. Er lächelte Sanne zu, sie lächelte zurück. Ihr ging es ebenso mit einem Lebkuchen. Dann sah er seine Mutter an, noch immer kauend. Sie hatte sich gut gehalten, fand er, sie war noch immer eine attraktive Frau, obwohl sie über achtzig Jahre alt war, ein blaues Auge hatte und einen Verband um die Stirn trug. Sie hatte so etwas Lebensbejahendes und Weibliches. Bei diesem Gedanken nahm er sich noch ein Spritzgebäck.

»Vater hätte sie gern weggepackt«, sagte sie jetzt.

»Die Kekse?«, fragte er.

In seinen Gedanken befand er sich weit in der Vergangenheit – damals, als er mit fünf seiner Mutter backen half. Er saß auf dem Küchentisch und leckte die Teigschüssel aus.

»Nein, du Dummkopf, die Bilder auf der Anrichte. Er war böse auf euch, das könnt ihr mir glauben, und es sollte so aussehen, als gäbe es euch nicht mehr. Aber da habe ich auf den Tisch gehauen und gesagt: Es sind noch immer unsere Kinder! Und das musste er ja zugeben. Also sind sie stehengeblieben.«

»Gut, dass du ihm die Meinung gesagt hast«, warf Sanne ein.

»Das war doch notwendig.«

Margrethe fummelte ein bisschen am Henkel ihrer Kaffeetasse herum und sah plötzlich traurig aus. Allan hätte sich gern zu ihr gesetzt und sie umarmt. Aber sie hob langsam den Blick und betrachtete ihre Kinder, dann leuchtete ihr Gesicht auf.

»Im Grunde war es oft notwendig!«

»Was meinst du, Mutter?«, fragte Sanne. »Erzähl!«

Margrethe schüttelte den Kopf und hielt sich die Hände vors Gesicht. Allan dachte, Sanne und er sollten sie nicht weinen sehen, aber dann hörte er, wie sie lachte. Und nun lachte Sanne auch, mit einem Mal lachten Mutter und Tochter laut. Allan lachte nicht, aber er bekam ein paar Kekskrümel in die Luftröhre und hustete und räusperte sich, dass sie ihm auf den Rücken klopfen mussten.

Margrethe bedauerte, was sie gesagt hatte, denn als Allans Hustenanfall sich gelegt hatte, schaute er sie mit einem so unfreundlichen Gesichtsausdruck an.

»Hast du ihm in seinen letzten Lebensjahren oft widersprochen, Mutter?«, fragte Sanne nach. »Wurde er immer unerträglicher, je kränker er wurde? Und musstest du ihm gegenüber dann hart bleiben, so richtig hart?«

Margrethe antwortete nicht, all dies gehörte zu den Dingen, die man seinen Kindern nicht erzählte. Aber Sanne bohrte weiter, sie beugte sich über den Kaffeetisch und flüsterte: »Hast du ihn verhauen, Mutter?«

»Willst du wohl aufhören!«, rief Margrethe empört aus. »Glaubst du wirklich, ich hätte deinen Vater verprügelt?«

Sie blickte Sanne streng an, die sich unter ihrem Blick wand. Allan rückte seiner Schwester ein wenig näher, er machte sich Sorgen um sie und es schien auch durchaus Grund dafür zu geben.

»Ich habe ihm hin und wieder die Meinung gesagt«, erklärte Margrethe, »wenn ich der Ansicht war, dass er zu weit ging. Aber gefallen hat mir das nicht. Und hinterher war es nicht lustig, mit ihm zusammen zu sein.«

Allan hielt Sanne die Keksschale hin und blinzelte ihr beruhigend zu. Offenbar ging es ihr bereits besser. Dann wandte er sich an seine Mutter und klang jetzt merkwürdig ernst.

»Hast du versucht, ihm zu erklären, dass du gern mit uns sprechen würdest?«

Auf diese Frage hatte Margrethe sich vorbereitet, es fiel ihr leicht, sie zu beantworten.

»Ja«, sagte sie laut und deutlich.

»Und was hat er gesagt?«

»Nicht viel. Er fuhr dann mit dem Jagdgewehr in den Wald. Ich war doch ganz allein mit ihm und er kam nicht vor dem nächsten Morgen zurück.«

»Für dich muss das fürchterlich gewesen sein«, sagte Sanne.

Margrethe widersprach ihr nicht; Sanne versuchte offenbar, ihren Fehler wiedergutzumachen. Aber im Grunde hatte sie ja recht, das Ganze war wirklich nicht komisch gewesen. Margrethe zog ihr Taschentuch heraus und trocknete sich die Augen. Allan sagte nichts, er saß da und schaute seine Mutter an, als würde er ihr nicht recht trauen. Was bildete sich der Junge ein? So etwas gehörte sich nun wirklich nicht.

»Ich habe mir gedacht, vielleicht hört es bald auf und alles renkt sich von allein wieder ein. Schließlich kränkelte Vater ein wenig. Vor allem in den letzten Jahren. Als hätte er sich komplett aufgegeben. Und letztendlich ist er ja auch gestorben. Aber ich bin so glücklich, dass ich euch zwei wiederhabe.«

»Und wir sind glücklich, dass wir dich wiederhaben«, sagte Sanne.

Margrethe blickte Allan an. Er nickte und lächelte seine Mutter an – sagte aber noch immer nichts. Wer weiß, was in seinem Kopf vorging, das wusste man bei ihm nie. Konnten sie sich denn nicht über etwas anderes unterhalten, etwas Netteres?

»Ich soll übrigens von Asger grüßen.«

»Danke«, sagten beide wie aus einem Mund.

»Grüß ihn zurück«, bat Sanne. »Geht es ihm gut?«

Soweit Margrethe wusste, schon, nur hatte sie immer so wenig von Asger zu erzählen, eigentlich war das doch eigenartig?

»Gut, dass du ihn hast«, sagte Allan. »Ich habe gehört, dass er auch im Krankenhaus gewesen ist, als es passierte. Sag mal, woran ist Vater eigentlich gestorben?«

»Tja, woran ist er gestorben, woran ist er gestorben ... Er hatte ein paar Blutgerinnsel.«

»Im Herzen?«

»Nein, in den Beinen.«

»In den Beinen? Aber davon stirbt man doch nicht, Mutter.«

»Nein, aber er bekam auch eine schlimme Lungenentzündung, da kam eins zum anderen. Außerdem hatte er ein schwaches Herz, wisst ihr.«

»Ein schwaches Herz?«, fragte Allan, er rutschte im Sessel immer weiter nach vorn. »Hm, hat er das nicht immer nur behauptet?«

»Nein, es stellte sich heraus, dass er recht hatte. Ja, ihr wusstet das nicht, aber es wurde vor ein paar Jahren festgestellt. Als sein Bruch operiert werden sollte. Vorher haben sie ihn untersucht, wie sie's im Krankenhaus halt machen, und da war dann was mit dem Herzen, es schlug nicht so, wie es sollte. Die Ärzte meinten, das hätte es noch nie getan. Sie konnten ihm keine Narkose geben, das hätte er nicht verkraftet.«

»Aber Mutter«, sagte Allan, und Margrethe hatte den Eindruck, dass es immer schlimmer wurde mit dem Jungen, hatte sie denn schon wieder etwas Falsches gesagt?

»Ja, was denn?«

Er öffnete den Mund und wollte etwas sagen, aber merkwürdigerweise brachte er keinen Ton heraus. Oder war sie plötzlich taub geworden?

»All die Male, die ich mit Vater gestritten habe«, sagte er endlich, Allan hatte die Sprache wiedergefunden, »und er total ausgerastet ist und sich ans Herz gegriffen hat, das war also nicht gespielt, er hatte tatsächlich Schmerzen? Er täuschte das nicht nur vor, um Mitleid zu erregen und seinen Willen durchzusetzen?«

»Nein«, antwortete Margrethe.

Allans Gesicht verzog sich zu einem merkwürdigen Lächeln, aber es war kein richtiges Lächeln und es sah auch nicht schön aus; nun suchte er etwas in seiner Hosentasche.

»Haben sie dann ohne Betäubung operiert?«, wollte Sanne wissen, die sich bei dem Gedanken zu amüsieren schien.

»Zuerst bekam er Medikamente, die das Herz beruhigen sollten«, erklärte Margrethe. »Aber es half nichts. Also konnten sie ihn nur lokal betäuben. Und ihr wisst ja, wie Vater war. Dass ihr es an den Nerven habt, liegt an ihm, von mir habt ihr das jedenfalls nicht. Nun gut, es war schwierig. Er wollte sich nicht beruhigen, egal, was sie versuchten. Aber es gab dort eine Krankenschwester, die Vater gut gefiel, so ein etwas mütterlicher Typ mit großen Brüsten, und Vater mochte große Busen ja sehr, wie ihr wisst. Wenn sie bei ihm war, schlug sein Herz, wie es sollte. Die Ärzte konnten das am Bildschirm sehen. Also kam sie mit in den Operationssaal und hielt seine Hand, während sie operierten. Ja, so hat er es jedenfalls erzählt.«

Margrethe bot ihren Kindern noch eine Tasse Kaffee an, aber beide hatten genug. Auch keine Kekse mehr, sie schüttelten die Köpfe. Vor allem Allan sah ganz blass aus, was hatte er denn nur?

»Also hatte er *doch* ein schwaches Herz«, sagte er noch einmal.

»Das konntest du ja nicht wissen«, sagte sie. »Denk nicht mehr daran, jetzt ist er tot.«

»Ist er an seinem Herzen gestorben?«, fragte Sanne.

»Schon möglich, da kam wie gesagt eins zum anderen. Tot ist er jedenfalls. Es war sehr friedlich, er schlief still ein ... Gut, dass es so etwas wie den Tod gibt. Aber jetzt wollen wir nicht mehr davon reden. Wie geht es dir, Allan? Erzähl mir von deiner Frau und eurer kleinen Tochter, hast du kein Bild von ihnen dabei?«

Allan hatte kein Foto mitgebracht und er war auch nicht in der Lage, allzu viel zu erzählen; er rang nach Atem und seine Lungen pfiffen. Dieses Geräusch kannte Margrethe. Sie hatte es oft gehört, als Allan noch zu Hause wohnte, vor allem im letzten Jahr, bevor er auszog. Herrgott. Hatte sich das mit dem Alter nicht gegeben? Wirklich ein Jammer. Nun stand er auf und ging auf die Toilette.

»Das ist nur sein Asthma«, meinte Sanne.

»Und was ist mit dir? Wie geht's dir, mein Mädchen?«

»Ja, danke so weit. Mich gibt's jedenfalls noch.«

»Ja, dich gibt es noch, zum Glück«, sagte Margrethe und legte eine Hand auf Sannes. »Und wie ich dich vermisst habe.«

Sanne blickte ihrer Mutter in die Augen und lächelte, bestimmt freute sie sich. Es ist wichtig, dass eine Mutter ihrer Tochter so etwas sagt, Margrethe wusste das. Und sie fügte hinzu: »Du schaffst das schon, auf deine Art. Obwohl du es hier zu Hause nicht leicht gehabt hast. Nein, bestimmt nicht. Aber was passiert ist, ist passiert, Sanne, daran lässt sich nun mal nichts ändern. Jetzt müssen wir nach vorn schauen. Nicht wahr? Und solange du daran denkst, deine Medizin zu nehmen ...«

Sanne bekam Zuckungen im Gesicht, es gefiel ihr offenbar gar nicht, dass Margrethe die Medikamente ansprach. Aber so war es doch, und man konnte es schließlich nicht oft genug sagen: Sanne *musste* an ihre Medikamente denken. Und tatsächlich, nun holte Sanne eine Schachtel aus der Tasche und schluckte eine kleine Pille. Trank nicht einmal etwas hinterher. Es war bestimmt nicht falsch, wenn sie von ihrer Mutter an die Tabletten erinnert wurde, sonst hätte sie sie womöglich noch vergessen. Oder sie vielleicht absichtlich weggelassen? Um sich selbst davon zu überzeugen, dass sie auch ohne Medizin zurechtkam? Aber mein Gott, das musste ihr doch nicht peinlich sein.

»Darf ich dich etwas ganz anderes fragen?«, erkundigte sich Margrethe beiläufig, schließlich sollte es doch harmonisch bleiben. »Wie viel wiegst du eigentlich? Nicht dass du zu dick wärst, aber es gibt hier in der Straße noch andere, die auch Nerventabletten nehmen, und die nehmen alle zu. Sie sagen, die Medikamente würden die Körperflüssigkeit binden. Stimmt das? Du siehst jedenfalls aus wie immer.«

Sanne antwortete nicht; und um die Wahrheit zu sagen, sah sie schon ein wenig aufgedunsen aus. Aber geschmeichelt fühlte sie sich, das konnte man sehen. Jedenfalls als ihre Mutter. Nun kam Allan von der Toilette zurück. Seine Atmung hatte sich normalisiert, das Asthmaspray wirkte schnell. Aber seine Laune hätte ebenfalls einen Schuss aus der Spraydose vertragen können, er stöhnte und ächzte, während er im Wohnzimmer auf und ab ging. Jetzt schloss er die Standuhr auf, guckte hinein und wollte wohl nachsehen, ob das Jagdgewehr noch immer hinter dem Pendel stand. Es stand dort, aber er nahm es nicht heraus. Vorsichtig schloss er die Tür wieder. Dann ging er an Vaters Schreibtisch. Kramte in den Papieren.

»Was ist das?«, fragte er.

»Ach, das sind die Begräbnisreden deines Vaters, von früher. Ich denke, er hat sie für dich herausgelegt.«

»Für mich? Er hat sie für mich herausgelegt?«

Und nun zeigte sich wieder dieses merkwürdige Lächeln, wie konnte man lächeln und gleichzeitig so erschrocken aussehen?

»Ich denke, er hat gemerkt, wo es mit ihm hinging. Und vermutlich wusste er, dass du nach Hause kommen würdest, wenn er erst einmal tot ist.«

Allan setzte sich mit einem abwesenden Blick, die Reden lagen in seinem Schoß. Margrethe wusste, wo er in Gedanken war. Gut dreißig Jahre in der Vergangenheit, damals, als er seinen Vater auf Beerdigungen begleitete. Und als kleiner Junge die ›Macht der Worte‹ kennenlernte, wie sie es nannten. Wäre sein Vater Pastor gewesen, hätte man verstanden, was er tat, aber Pastor war er nun einmal nicht. Er war der Milchmann des Ortes. Aber er wusste, wie man die Menschen zum Trauern brachte, vor allem, wenn jemand von den Mitgliedern der Inneren Mission, von den ›Frommen‹, gestorben war. Das konnte der Pastor nicht. Der Pastor kam aus Kopenhagen und benutzte schwierige Fremdwörter, ihn verstand kein Mensch. Außerdem glaubte der Pastor, dass die Angehörigen getröstet und auf ihrem Lebensweg begleitet werden wollten. Wer auch immer ihm das erzählt hatte, damit befand er sich natürlich auf dem Holzweg. Vater hingegen wusste, dass die Frommen nicht getröstet werden wollten, und sie wollten auch nicht auf ihrem Lebensweg begleitet werden. Nein, sie wollten zurück zur Wunde. Sie musste aufgerissen werden, und dann mussten die richtigen Worte gesagt werden, damit die Trauer ihren Lauf nehmen konnte. Und das konnte der Milchmann, vor allem, wenn sein Sohn neben ihm stand. Wenn das kirchliche Ritual überstanden war und der Sarg auf den Friedhof hinausgetragen wurde, trat Vater vor und redete über ›das Gnadengeschenk der Trauer‹, während Allan den Angehörigen in die Augen blickte und den Kopf ein wenig schief hielt. Und ihm Tränen in die Augen traten, ein bisschen so wie bei den Kälbern auf der Weide. Allan hatte damals so große blaue Augen, eigentlich hatte er sie noch immer. Aber nun war Allan erwachsen, ja, er stand in der Mitte des Lebens. Und Margrethe meinte, etwas Neues in seinen Augen zu sehen. Sie guckten nicht mehr so unschuldig wie früher.

»Sind das die Reden von damals?«, fragte er.

»Ich denke schon, ich habe sie mir nicht so genau angesehen. Wenn ich mal etwas lesen möchte, was selten genug vorkommt, dann ziehe ich das Familienjournal Leichenreden vor.«

Margrethe war mit ihrer Antwort sehr zufrieden; sie bemerkte, dass auch Sanne grinste. Allan hingegen sah aus, als kämen ihm gleich die Tränen.

»Er hat sie für mich herausgelegt?«, wiederholte er und blätterte vorsichtig in den Papieren, als wären sie eine Menge Geld wert. Als wüsste er nicht recht, ob er sie wirklich behalten durfte.

»Sieh sie dir ruhig an«, sagte Margrethe. »Du kannst all seine Papiere durchsehen, es gibt noch mehr in der linken unteren Schublade. Du auch, Sanne, ihr braucht euch nicht zurückzuhalten.«

Aber irgendetwas schien Allan zu stören, denn nun stand er auf und legte die Reden zurück auf den Schreibtisch. Er setzte sich wieder in den Sessel und verschränkte die Arme. Um erneut aufzustehen und an den Schreibtisch zu gehen. Noch einmal nahm er die Blätter in die Hand und legte sie wieder zurück. Merkwürdig, Margrethe hatte sich solche Sorgen gemacht, wie es Sanne wohl ging und ob sie sich vor zu Hause fürchten würde. Aber nun schien eher Allan nicht ganz beieinander zu sein, soweit sie es beurteilen konnte. Er drehte sich zu seiner Mutter um.

»Vielleicht kann das noch ein bisschen warten, Mutter. Ich finde, es ist ein bisschen viel auf einmal. Ich glaube, ich würde jetzt gern nach Hause fahren. Was meinst du, Sanne?«

Sanne nickte und stand auf. Margrethe meinte, sie wären doch gerade erst gekommen. Aber sie machte ihnen keine Vorwürfe, das gehörte sich nicht. Als sie sich verabschiedeten und sich umarmten, war Sanne beinahe zu herzlich; Margrethe musste sie geradezu auf Distanz halten. Allan dagegen war eiskalt, und das war fast noch schlimmer.

»Was ist denn los?«, erkundigte sie sich. »Du bist mir böse, Allan, das spüre ich. Wenn es etwas gibt, das du mir sagen willst, dann sag es jetzt. Ich werde es schon ertragen.«

Allan atmete tief durch. Margrethe blickte ihm in die Augen und bereitete sich auf das Schlimmste vor. Bevor er anfing, wandte er sich fragend an Sanne, als müsste sie ihm erst die Erlaubnis erteilen. Sie schüttelte jedoch den Kopf und er besann sich.

»Nein, es ist nichts.«

In diesem Augenblick fing die Standuhr an zu schlagen und Allan zuckte zusammen. Sanne ebenfalls, vermutlich, weil Allan so reagierte. Margrethe musste lachen, weil die beiden aussahen wie zwei verschreckte Küken. Was hatte es eigentlich mit dieser Standuhr auf sich? Wieso reagierte Allan so heftig auf ihr Schlagen? Jetzt nahm er Sanne bei der Hand und zog sie hinaus. Margrethe folgte ihnen, um zu winken. Könnte es mit dem Jagdgewehr zu tun haben? Vielleicht hätte Allan es gern, er hatte ja auch nachgesehen, ob es noch in der Uhr stand.

»Bist du an Vaters Jagdgewehr interessiert?«, fragte sie.

Aber er hörte sie nicht mehr, er war bereits gegangen. Vielleicht dachte er, sie hätte es Asger versprochen, und war deshalb sauer. Aber das hatte sie doch gar nicht getan.

Margrethe drehte sich um und ging im Wohnzimmer zur Standuhr: Sie nahm das Gewehr heraus und entschied, dass Allan es gern haben durfte. Er könnte es sich über den Schreibtisch hängen, vielleicht würde es ihn zu neuen Romanen inspirieren. Er schrieb ja gern über seinen Vater, nur war das, was er bisher geschrieben hatte, nicht besonders nett gewesen. Aber sie hatte gelernt, damit zu leben. Hauptsache, er schrieb nicht über sie. Jetzt hörte sie, wie das Auto angelassen wurde. Wieso diese Eile? Als sie in die Einfahrt lief, waren sie bereits abgefahren. Sie rannte auf die Straße und schwang das Gewehr über ihrem Kopf. Sahen sie sie denn nicht? Merkwürdig. Fast schien es, als würden sie Gas geben. Und nun kam auch noch Detlefsen mit seinem Stock angehumpelt. Er schaute sie so merkwürdig an, dass sie rasch wieder ins Haus ging. Was er sich wohl denken mochte. Hatte sie doch tatsächlich auf der Straße gestanden und ihren eilig davonfahrenden Kindern mit einem Jagdgewehr nachgewunken! Gut, dass sie nicht auch noch in die Luft geschossen hatte.

Margrethe stellte das Gewehr an seinen Platz und sank erschöpft in den Sessel. Der Besuch war nicht ganz so verlaufen, wie sie es sich gedacht hatte. Aber das konnte man auch nicht erwarten. Die Kinder hatten sich gefreut, sie zu sehen, das war das Wichtigste. Gewisse Dinge hätte sie vielleicht nicht erwähnen sollen. Aber sie nahm die Sache mit Vater und die Art, wie er gestorben war, nun mal relativ leicht, so wie Asger es ihr geraten hatte. So etwas war nicht einfach zu erklären, also ließ man es besser.

Margrethe nahm einen der letzten Kekse aus der Schale. Allan hatte fast das ganze Spritzgebäck aufgegessen. Ärgerlich, nun fiel ihr ein, dass sie den Portwein vergessen hatte. Sie hatte doch zur Feier des Tages ein Gläschen einschenken wollen. Sie stand auf und trat an die Anrichte, öffnete die große Tür und nahm die Flasche und ein Glas heraus. Dann prostete sie Sanne und Allan zu, sie hatte das Gefühl, als lächelten sie ihr von den Fotos zu. Hatte sie nun ehrlich geantwortet, als Allan sie fragte, ob die Bilder die ganze Zeit dort gestanden hätten? Ja, natürlich. Es gab keinen Grund zu erzählen, dass die Fotos mit der Rückseite zum Zimmer gestanden hatten.

◆

Sanne hing so eigenartig über dem Lenkrad, und nun gähnte sie auch schon wieder. Allan fühlte sich nicht sicher, wenn er mit ihr fuhr und sie sich so verhielt. Aber er wollte nichts sagen, denn er wusste, wie verletzt sie darauf reagierte. Er schaute auf die Uhr am Instrumentenbrett, sie hätten längst zu Hause bei Sanne sein müssen. Es kam ihm vor, als führen sie im Kreis.

»Wo sind wir«, fragte er.

Sanne zuckte die Achseln. Beide sahen sich um. Zu allen Seiten erstreckten sich die üblichen Äcker, und doch sahen sie nicht aus wie die Äcker, die sie kannten. Sie fuhren ein Stück weiter und kamen durch einen kleinen Ort, dessen Name ihnen nichts sagte. Sie mussten irgendwo falsch abgebogen sein. Völlig falsch. Dass Südjütland so groß sein konnte.

»Du wirst doch den Weg nach Hause finden?«, sagte er.

»Und wieso hast du nicht auch aufgepasst? Du hast nur dagesessen und kein Wort gesagt.«

Das stimmte, er war unkonzentriert gewesen, er hatte die ganze Zeit über ihren Besuch bei Mutter nachgedacht; darüber, wie die Wohnung aussah und was ihre Mutter gesagt hatte.

»Wenn ich den Weg zu Mutter finden konnte«, sagte Sanne, »dann kann ich auch den Weg zurück finden.«

Das klang so weit logisch. Und trotzdem gelang es ihr nicht. Hin und zurück war offensichtlich nicht dasselbe.

»Sanne«, fragte er, »was hast du genommen? Du hast doch etwas genommen, ich seh's an deinen Augen.«

»Nur eine Schlaftablette, zur Beruhigung.«

»Verflucht noch mal! Du nimmst eine Schlaftablette, wenn du Auto fahren sollst?«

Er bereute es sofort, sie angeschrien zu haben, dadurch wurde es erfahrungsgemäß nur schlimmer. Und so war es auch diesmal, plötzlich fuhr sie an den Straßenrand und blieb stehen.

»Nur eine Tablette«, sagte sie. »Aber wenn du der Ansicht bist, dass ich nicht mehr fahren kann, dann bleiben wir einfach hier stehen.«

Allan stieg aus, ging auf der Straße auf und ab und versuchte, einen klaren Gedanken zu fassen. Konnten sie den

Wagen stehen lassen und irgendwo hingehen? Oder eventuell ein Taxi rufen? Das wäre demütigend für Sanne. Verdammt, warum besaß er auch keinen Führerschein.

Er setzte sich auf einen Baumstumpf. Sanne blieb im Auto, sie rauchte. Wahrscheinlich kam sie gleich zu ihm. In der Zwischenzeit ging er in Gedanken noch einmal den Besuch bei Mutter durch. Das Wichtigste war ihre Bemerkung über Vaters Herz. Vater hatte also die Wahrheit gesagt, das war schon verrückt. Er erinnerte sich, wie er mit seinem Vater über Politik diskutiert hatte; ihre Meinungen lagen so weit auseinander, dass es regelmäßig im Streit endete. Vaters Argumente hielten nicht stand, er wusste einfach nicht genug, und Allan lernte so viel Neues auf dem Gymnasium. Aber es war auch nicht sonderlich komisch mit anzusehen, wie Vater zusammenbrach. Er konnte in die Küche laufen und Mutter vorjammern: »Ich komme einfach nicht mit, ich komme einfach nicht mehr mit.« Und wenn Mutter ihm nicht zu Hilfe kam, fasste er sich an die Brust und klagte über Schmerzen. Allan lachte ihm ins Gesicht und setzte ihm weiter zu, bis der Alte sich auf dem Boden wand. Allan ging davon aus, dass es sich um reines Theater handelte. Aber er hätte ihn ermorden können. Vaters Tod hatte also doch mit dem Herzen zu tun? Was Mutter über die Blutgerinnsel im Bein erzählt hatte, klang schon seltsam, aber die hatten nicht zu seinem Tod geführt.

Wie war Vater eigentlich ins Krankenhaus gekommen? Er war schon länger krank gewesen, hatte offenbar im Bett gelegen. Das Schlafzimmer lag unter dem Dach, wie hatten ihn die Sanitäter die Dachtreppe hinunterbekommen? Die Treppe war steil, hatten sie eine Bahre benutzen können? Und war Vater bei Bewusstsein, als sie ihn abholten? Hoffentlich nicht. Allan erinnerte sich an die Angst seines Vaters vor Krankenhäusern. Aber irgendwie mussten sie ihn die Treppe hinuntergebracht haben, und Allan musste wissen, wie. Eigentlich seltsam, dass es ihm so wichtig war, aber er wollte es unbedingt wissen.

Er schaute über die Felder und hoch zum Himmel, es war beinahe dunkel. Die ersten Sterne waren bereits aufgegangen. Plötzlich sah er eine Sternschnuppe. Was sollte er sich wünschen? Er wünschte sich herauszufinden, wie sein Vater gestorben war. Er musste sämtliche Details kennen, als wäre er selbst dabei gewesen. Dann bekäme er seinen Seelenfrieden. Hoffte er.

Allan stand auf, ging zurück zum Auto und setzte sich neben Sanne.

»Entschuldigung«, sagte er.

»Wir müssen zurück zur letzten Kreuzung«, erwiderte sie. »Und dann rechts abbiegen.«

Er nickte, denn so gedopt sah sie inzwischen nicht mehr aus.

»Aber ich will kein Wort mehr von dir hören.«

Er schüttelte den Kopf. Sie ließ den Motor an und wendete.

KAPITEL 4

Ein kleiner Junge inmitten wichtiger Unterlagen

Als Allan seine Mutter das nächste Mal besuchte, nahm er Charlotte und Frida mit. Sie sollte seine kleine Familie kennenlernen, sie sollte sehen, dass es tatsächlich jemanden gab, der ihn ertrug, ja, sogar liebte. Und der bereit war, sein Leben mit ihm zu verbringen. Er freute sich darauf, es seiner Mutter beweisen zu können.

Als sie in den Flur traten, fiel Margrethe ihrer Schwiegertochter auf der Stelle um den Hals. Etwas zu plötzlich in Anbetracht der Tatsache, dass sie sich nie zuvor gesehen hatten, aber seine Mutter brachte so etwas fertig. Einen Moment war er ziemlich stolz, solch eine Mutter zu haben.

Doch dann trat Margrethe einen Schritt zurück und nahm ihre Schwiegertochter in Augenschein. Mit großem Ernst wurde sie von Kopf bis Fuß taxiert. Das Ergebnis schien sie nicht zu beeindrucken – bis Charlotte ihr ein großes Lächeln schenkte. Da schlug Margrethe vor Begeisterung die Hände zusammen.

»Nein, was hast du für hübsche Zähne!«, rief sie aus.

Charlotte nahm es als Kompliment und lachte laut auf – und Margrethes Begeisterung steigerte sich, denn nun sah sie auch Charlottes Backenzähne. Allan war nicht mehr ganz so stolz auf seine Mutter, so etwas sagte man doch nicht als Erstes zu seiner Schwiegertochter? Zum Teufel, sie war schließlich kein Pferd auf einer Tierschau! Aber so war seine Mutter, und früher oder später hätte Charlotte es ohnehin erlebt.

Nun war Frida an der Reihe. Sie hatte sich hinter ihrer Mutter versteckt, aber Allan scheuchte sie vor: »Schau, das ist Papas Mama.«

»Ich habe mich ja so darauf gefreut, dich kennenzulernen«, sagte Margrethe und griff nach der Hand des kleinen Mädchens. »Was bist du doch für ein großes Mädchen.«

Frida interessierte am meisten das Pflaster, das die alte Dame an der Stirn hatte.

»Ich bin mit dem Fahrrad hingefallen. Das hat Aua gemacht, das kannst du mir glauben, ich bin ins Krankenhaus gekommen. Aber es war meine eigene Schuld. Ich habe mich nicht vorgesehen, und das ist wichtig. Auch wenn man so glücklich ist, dass man sich um so etwas nicht kümmern kann.«

Margrethe stupste das kleine Mädchen mit einem langen, krummen Finger.

»Und weißt du, warum Oma so glücklich war?«

Frida wusste es nicht.

»Weil Oma von dir Besuch bekommen sollte, deshalb.«

Frida versteckte sich wieder hinter ihrer Mutter.

»Geht's denn schon besser?«, erkundigte sich Charlotte.

Margrethe seufzte und zuckte die Achseln. Allans Eindruck nach war das Auge ein wenig abgeschwollen, und den Verband hatte das Pflaster abgelöst.

»Ihr solltet das Fahrrad mal sehen! Ich hoffe nur, dass die Versicherung bezahlt.«

»Aber wieso denn nicht?«, sagte Allan.

Er glaubte plötzlich, im Wohnzimmer ein Räuspern vernommen zu haben, aber das musste Einbildung sein. Dann hörte er es wieder, wie sein verstorbener Vater! Allan blickte zu Charlotte, auch sie hatte etwas gehört. Fragend schauten sie Margrethe an.

»Ja, ihr werdet's nicht erraten, von wem ich Besuch habe«, sagte sie. »Und er freut sich sehr, euch begrüßen zu können.«

Nun hörten sie Schritte in der Küche, schwere und etwas schleppende Schritte, genau wie *er* – Allan trat ein paar Schritte zurück.

»Ja, ihr werdet's nicht erraten«, sagte Margrethe noch einmal.

Allan bekam plötzlich kaum noch Luft. Dann wurde die Tür geöffnet und Asger zeigte sich im Türrahmen. Er sah seinen kleinen Bruder an.

»Ich hoffe, ich habe euch nicht erschreckt?«

Allan sackte vor Erleichterung beinahe zusammen.

»Nein, nein«, versicherte er, »ich dachte nur ... Ich weiß auch nicht, was ich dachte.«

»Asger hilft mir beim Ausfüllen einiger Unterlagen für die Gemeinde«, sagte Margrethe. »Da ist so viel zu erledigen und Vater kann ja nicht mehr helfen.«

»Ich bin gerade fertig geworden«, sagte Asger. »Und ich will auch nicht unhöflich erscheinen, aber ich bin praktisch auf dem Sprung.«

»Aber wieso denn?«, wollte Allan wissen. »Auf eine Tasse Kaffee wirst du doch noch bleiben können, es ist so lange her.«

Das zumindest stimmte.

»Leider, ein andermal. Ich muss mit meinen Schwiegereltern zum Speedway nach Vojens.«

Er gab allen reihum die Hand, auch Frida. Noch jemand, den sie kennenlernen sollte.

»Das ist Papas großer Bruder«, erklärte Allan.

»Du hast einen großen Bruder?«, fragte Frida und alle lachten nervös, denn eigentlich hätte sie das wissen müssen.

Aber andererseits, woher sollte sie es wissen?

»Ich bin noch eine Weile geblieben, um euch begrüßen zu können«, sagte Asger, »aber jetzt muss ich wirklich los.«

Er blieb stehen und schaute einen nach dem anderen an. Zu seiner eigenen Überraschung freute sich Allan, seinen Bruder wiederzusehen. Er hätte sich gern mit ihm ins Wohnzimmer gesetzt, ein bisschen geplaudert und sich über all das ausgetauscht, was passiert war, seit sie sich das letzte Mal gesehen hatten. Asger hatte ihm nie etwas getan. Im Gegenteil, als Kinder hatten sie sogar sehr viel gemeinsam. Unter anderem Kaninchen. Eigentlich vor allem Kaninchen, sehr viele Kaninchen. Als sie älter wurden und die Kaninchen geschlachtet waren, ging ihnen dann nach und nach der Gesprächsstoff aus. Und als Erwachsene fiel es ihnen schwer, ein Gespräch in Gang zu halten. Ihre Interessen waren einfach zu verschieden. Ebenso wie ihre Methoden, mit Vater umzugehen. Asger redete ihm nach dem Mund und verstand nicht, dass sein kleiner Bruder sich nicht auch so verhalten konnte. »Herrgott, der alte Idiot, gib ihm doch einfach recht«, sagte er, »dann ersparst du dir eine Menge Probleme.« In den vergangenen Jahren hatte Asger einmal die Woche zu Hause angerufen – immer Sonntagabend um acht –, um seinen Vater nach irgendetwas zu fragen, womit der sich auskannte. Zum Beispiel: »Wie wird eigentlich Butter hergestellt, Vater?« Denn natürlich hatten sie in der Meierei, in der Vater gelernt hatte, buttern müssen. Asger war vollkommen egal, wie Butter hergestellt wurde, aber Vater erzählte glücklich zum hundertsiebzehnten Mal von Butterfässern, Milchgerinnung und weiß der Teufel noch was. Und alles war gut. Beim nächsten Anruf lautete die Frage vielleicht: »Wie hast du eigentlich den 9. April erlebt, Vater, als die Deutschen einmarschiert sind?« Oder: »Gab es nicht mal eine Sonnenfinsternis, als du noch ein kleiner Junge warst, und hast du nicht gedacht, jetzt käme der Weltuntergang?« Man musste Vater nur ein Stichwort geben, dann ging der Rest von allein. Asger schaffte sich obendrein eine Schar Hühner an und Allan hatte den Verdacht, dass er es nur getan hatte, um Vater um Ratschläge und Hinweise zur Hühnerhaltung zu bitten. Vermutlich wurde es mit der Zeit immer schwerer, die richtigen Themen zu finden, und Vater wusste tatsächlich einiges über Hühner. Als Kind war er auf dem kleinen Hof seiner Eltern für die Hühner verantwortlich gewesen und er wurde nie müde, sein Wissen mitzuteilen. Damals hatten sie ihn den ›Hühnerkönig‹ genannt, und das war schließlich auch eine Art von König.

Eigentlich traurig, wie Asger sich verändert hat, dachte Allan. Obwohl es inzwischen viele Jahre her war, konnte er sich noch gut daran erinnern, wie sein großer Bruder sich Vater entgegengestellt hatte. Damals trug Asger lange Haare und ging auf die Technische Hochschule in Sønderborg. Als er an einem Wochenende nach Hause kam, fiel ihm Sannes Zustand auf, sie war vollkommen durcheinander. Wie sich herausstellte, schlief Vater mit ihr auf dem Sofa. Asger griff ein, Vater erhielt eine Abreibung und Sanne kam zu einer Familie in Pflege. Aber das ging nur kurze Zeit gut. Sanne wollte lieber zu Hause wohnen, und so oft hätten sie schließlich nicht auf dem Sofa gelegen, erklärte sie. Als es ernst wurde, wollte sie auf keinen Fall, dass Asger sich noch einmal einmischte. Oder irgendwelche anderen Leute. Sie wollte nur, dass alle glücklich waren, nicht zuletzt Vater. Nur änderte sich dadurch gar nichts.

Asger wurde Ingenieur und bekam einen Job bei einer Baufirma in Sønderborg. Die langen Haare ließ er sich schneiden, er heiratete und hatte fortan anderes im Kopf. Er mischte sich auch nicht mehr ein, sondern rief jeden Sonntagabend um acht Uhr zu Hause an. Schließlich sei Vater ja nicht mehr ganz gesund, erklärte er Allan ständig. Allan hatte nicht viel übrig für das doppelte Spiel seines großen Bruders; Asger stellte sich doch dümmer, als er war, es war geradezu würdelos.

So lebten sie sich immer mehr auseinander. Schließlich herrschte nur noch Schweigen und Verlegenheit zwischen ihnen. Wenn sie sich – so wie jetzt – gegenüberstanden, wirkte es schnell ein bisschen linkisch. Allan hatte dieses Gefühl bereits. Er spürte eine gewisse Ungeduld, wieso blieb sein älterer Bruder einfach so stehen und lächelte ihn an? Warum ging er nicht endlich? Jetzt hatten sie sich gesehen, sich die Hand gegeben, und Asger hatte Allans Familie kennengelernt. Man sollte gehen, wenn's am schönsten ist.

»Du willst zum Speedway?«, fragte Allan.

Asger nickte.

»Ja, ich muss jetzt wirklich aufbrechen. War nett, euch kennengelernt zu haben.«

Die ganze Runde lächelte, natürlich war es nett, sehr nett sogar.

»Wir sehen uns sicher bald wieder«, verabschiedete sich Asger, als er endlich ging.

Zum Glück gab er ihnen nicht noch einmal die Hand. Allerdings wurde heftig gewunken, als er in seinem dunkelblauen Kombi davonfuhr. Im Wohnzimmer warteten Kaffee und Kuchen.

»Sieht so aus, als würde es ihm gut gehen«, sagte Allan und wandte sich an Charlotte: »Jetzt hast du meinen älteren Bruder auch mal getroffen.«

»War ein bisschen kurz, oder?«

Allan und seine Mutter konnten wenig dazu sagen, und Frida hatte sich bereits vom Kuchen genommen.

»Er hat so viel zu tun«, sagte Margrethe.

Allan widmete sich dem Spritzgebäck, das, wenn so etwas überhaupt möglich war, noch besser schmeckte als beim letzten Mal. Er fragte mit vollem Mund: »Er hilft dir bei ziemlich vielen Sachen, oder?«

Margrethe antwortete nicht, tauchte einen Schmalzkringel in ihren Kaffee, lutschte daran und wollte von Charlotte wissen: »Hast du erkannt, dass sie Brüder sind?«

»Ja, aber ich habe es ja auch gewusst.«

»Ich kann es nicht sehen«, meinte Margrethe. »Die beiden sind so verschieden, wie Menschen es nur sein können. Aber sie haben beide ein Muttermal in der linken Achselhöhle, du hast Allans gesehen, nicht wahr? So eins hat Asger auch, das kannst du dir beim nächsten Mal ansehen. Und ihre Handschrift, die ist auch vollkommen identisch, das ist fast unheimlich ...«

Margrethe stand auf, ging zum Schreibtisch und kam mit ein paar Postkarten zurück. Sie reichte sie Charlotte, die sie nebeneinanderhielt und verglich. Charlotte nickte, es war tatsächlich verblüffend. Sie las eine Karte von Allan. Margrethe blickte ihr über die Schulter, plötzlich war sie neugierig geworden.

»Was schreibt er eigentlich?«

Allan musste an sich halten, um nicht aufzubrausen.

»Hast du sie nie gelesen, Mutter?«

»Doch, aber es ist so lange her ...«

»Ich glaub' nicht, dass du sie gelesen hast«, sagte er. »Wenn ich geschrieben habe, hast du mit Vater meine Schrift studiert und mit Asgers Schrift verglichen. Und wenn Gäste kamen, mussten sie sich das auch immer ansehen. Aber ihr habt nie wirklich gelesen, was wir geschrieben haben.«

»Doch, ich weiß ganz genau, dass wir sie gelesen haben.

Aber wir haben uns auch die Handschriften angesehen, ja, das haben wir, wir haben beides getan. Na, gib mal her...«

Sie nahm Charlotte die Postkarten aus der Hand und wollte sie auf der Stelle lesen, doch sie konnte ihre Lesebrille nicht finden. Dann eben ein andermal. Schließlich legte sie die Karten zurück auf den Schreibtisch.

»Wenn du in den Ferien warst, hast du oft geschrieben«, sagte Margrethe, »das muss ich dir lassen, Allan. Du hast gern geschrieben und abends hast du uns immer vorlesen wollen. Geschichten und Gedichte und sowas. Na ja, wir haben ja nicht viel davon verstanden, jedenfalls ich nicht. Aber Vater, der wusste Bescheid. Von ihm hast du dein Interesse an sowas. Wenn du versprochen hast, abends vorzulesen, freute er sich wie ein kleines Kind. Er hat verstanden, warum du schreibst. Aber manchmal hat er auch zu viel verstanden, das war dann wirklich nicht schön, denn er hat sich ja wiedererkannt. Schließlich war auch nicht alles so schmeichelhaft, was du so geschrieben hast, das kann man wohl ohne zu übertreiben sagen. Hinterher war er dann immer untröstlich. Ja, er hat sich das nicht anmerken lassen, nicht dir gegenüber, Allan. Aber mir gegenüber. Ich sage dir, er konnte die ganze Nacht daliegen und weinen. Ach ja, Herrgott, du bist in eine ziemlich schlimme Familie geraten, Charlotte.«

Margrethe bedachte ihre Schwiegertochter mit einem traurigen Lächeln, die sich fragend an Allan wandte. Wie sollte sie das verstehen? Meinte seine Mutter es ironisch, wenn sie von einer ›schlimmen Familie‹ sprach, oder war es der alten Dame ernst? Allan lachte kurz auf und schüttelte nur den Kopf, das war wahrscheinlich das Klügste.

»Irgendwas ist doch in jeder Familie«, erwiderte Charlotte.

»Ja, aber nicht so viel wie in unserer«, versicherte Margrethe. »Allan und sein Vater, die beiden hatten so viele Gemeinsamkeiten, und trotzdem konnten sie gar nicht miteinander. Überhaupt nicht. Wenn die zusammenrasselten, so richtig ernsthaft, war es ganz schlimm. Ich habe meinem Mann immer gesagt: Schlag die Kinder nicht, wenn sie groß sind. Es geht ja noch, solange sie klein sind, aber wenn sie erst mal groß sind, dann sind sie so empfindlich. Aber er wollte ja nicht hören.«

Frida krabbelte ihrer Mutter auf den Schoß.

»Ist Papa verhauen worden?«

»Ja, manchmal«, sagte Allan. »So war das früher, wenn man frech gewesen ist.«

»Bist du frech gewesen?«

Allan lachte. Dann brach er abrupt ab und hing seinen Gedanken nach.

»Was hast du gemacht, Papa?«

Frida hüpfte auf dem Schenkel ihrer Mutter herum und war sicher, dass ihr Vater etwas Ungeheuerliches getan haben musste, sie wollte es hören. Allan wusste nicht, was er sagen sollte und stopfte ihr einen Schmalzkringel in den Mund, das verschaffte ihm einen Moment Ruhe. Aber nicht sehr lange, dann fing Frida wieder an zu fragen. Charlotte setzte sich mit ihr auf den Fußboden und holte die Tasche mit den Spielsachen.

»Ja, kleine Töpfe haben auch zwei Ohren«, sagte Margrethe.

»Da hast du recht«, erwiderte Allan.

Sie schauten Charlotte und Frida zu, die auf dem Teppich mit Puppen spielten. Charlotte zog eine Puppe an und verstellte ihre Stimme, so dass sie wie ein kleines Mädchen klang. Margrethe wunderte sich.

»Nanu, muss man seine Kinder heute schon unterhalten?«

Charlotte verstand nicht, was sie meinte.

»Reicht es denn nicht mehr, wenn man ihnen zu essen, Kleidung und ein Bett gibt, in dem sie schlafen können? Muss man sie jetzt auch noch unterhalten?«

Wenn Allan darüber nachdachte, hatte Mutter in seiner Kindheit nie mit ihm gespielt. Auch Vater nicht, als Kinder spielten sie nur mit anderen Kindern.

»Bekommt sie denn kein Brüderchen?«

Allan wusste, dass diese Frage früher oder später kommen würde.

»Ich habe zu viel Arbeit«, sagte er. »Und ich habe ein bisschen spät angefangen. Jetzt bin ich zu alt.«

Margrethe sah ihn an. War ihr jüngster Sohn tatsächlich zu alt? Offenbar kam sie zu dem Ergebnis, dass er recht hatte.

»Ach ja«, seufzte sie, »die Zeit vergeht.«

»So ist es«, sagte er.

Dann begann die Standuhr zu schlagen, und diesmal erschrak Allan nicht, denn er hatte es erwartet, obwohl er nicht auf die Uhrscheibe gesehen hatte. Niemand sagte ein Wort, während die Stundenschläge den Raum füllten.

Allan freute sich auf den Tag, an dem Frida alt genug war, um ihr von früher erzählen zu können, ohne irgendetwas verheimlichen zu müssen. Dann würde er von den Prügeln erzählen, die er bezogen hatte. Und wie er versucht hatte, nicht zu weinen. Egal, was passierte, er hatte die Zähne zusammengebissen. Normalerweise hatte er die Schläge auf den blanken Hintern bekommen und hinterher die Hose hochgezogen und vor sich hin gepfiffen. Als er größer wurde und eigentlich zu groß war, um noch verhauen zu werden, hatte er seinen Vater manchmal gefragt, ob es geholfen hätte und ob er sich jetzt besser fühlte? Worauf der ihn aufgefordert hatte, die Hose wieder herunterzulassen. Dann hatte alles von vorn begonnen. Aber geweint hatte er nicht, denn genau das wollte Vater erreichen. Mutter und Sanne konnten nie zusehen, sie versteckten sich im Garten hinter einem Busch, wenn es so weit war. Wenn sie zurückkamen, erwartete sie bisweilen ein eigenartiger Anblick: Allan und sein Vater lagen auf dem Sofa und umarmten sich. Und nun weinte Vater. »Ich bin ein schlechter Vater«, jammerte er und Allen tröstete ihn: »Nein, das bist du bestimmt nicht.« Denn Allan ertrug es nicht, seinen Vater weinen zu sehen. Nachdem sich dieses Ritual oft genug wiederholt hatte, wurde Allan allmählich klar, dass sein Vater auf diese Weise seinen Willen durchsetzte. Und als sie sich eines Tages stritten und Vater schon anfangen wollte zu heulen, fing Allan als Erster an zu weinen. Ihm liefen die Tränen, als würde er ausgepeitscht, und sein Vater hatte keine Ahnung, was er anstellen sollte. Es wäre einfach zu viel gewesen, hätte er auch noch angefangen zu heulen, aber er konnte Allan deswegen auch nicht versohlen – also lief er in die Küche zu Mutter. Und blieb lange dort. Allan wartete ängstlich darauf, was nun passieren würde. Welche Strafe erwartete ihn? Schließlich kam seine Mutter und sagte sehr ernst zu ihm: »Ich weiß, was du getan hast, Allan. So etwas darfst du nie wieder tun. Versprichst du mir das?« Er nickte und war sich durchaus bewusst, eine Grenze übertreten zu haben. Und doch verstand er es nicht ganz: Denn was hatte er eigentlich getan, was war daran so falsch? Abgesehen davon, dass er seinen Vater bezwungen hatte? Aber genau das tat man offenbar nicht. Allan musste Vater gewinnen lassen, so wie Asger. Aber dazu konnte er sich nun einmal nicht durchringen.

Als Vater sich beim nächsten Mal in eine Ecke gedrängt fühlte und anfangen wollte zu winseln, vergaß Allan, was er seiner Mutter versprochen hatte. Er brach wieder als Erster in Tränen aus. Die Wirkung war verblüffend. Vater reagierte verwirrt und ratlos, und es half ihm auch nicht, sich bei Mutter auszuheulen. Immer häufiger und unmotivierter begann Vater nun zu schluchzen, Allan kam kaum noch mit. Eine Zeit lang fingen Vater und Sohn sofort an zu greinen, wenn sie sich allein in einem Zimmer aufhielten und auch nur die geringste Kontroverse zwischen ihnen entstand. Wie bei einem Duell in einem Cowboyfilm, doch statt der Sechsschüsser setzten sie die Augen ein. Wenn Allan den Abzug zu spät berührte, bemühte er sich doch zumindest, am lautesten zu jammern. Das zählte auch. Nie konnten sie sich entspannen, stets mussten sie auf dem Quivive sein. Ging es früher darum, im Chor zu weinen, handelte es sich nun darum, um die Wette zu heulen!

Allan seufzte so laut, dass es ihm selbst auffiel. Margrethe sah ihn an, als könnte sie seine Gedanken lesen. Offenbar hatte er eine Ermunterung nötig.

»Du hast es ja auf deine Weise geschafft«, sagte sie.

Er lächelte ihr zu, das war unglaublich lieb gesagt, so etwas konnte sie wirklich. Genau das hatte er hören wollen. Doch dann fügte sie hinzu: »Obwohl du in deinen Stücken und den Büchern ein bisschen viel über damals schreibst.«

Allan nickte, sie hatte ja recht. Er hatte kaum ein anderes Thema. Und doch hatte er das Gefühl, als müsste er sich verteidigen. Verflucht, sie hatten sich doch gerade darauf verständigt, dass er es richtig gemacht hatte.

»Du kannst mir glauben, Allan, hier bei uns in der Straße gibt es viele, die mir sagen, dass es nicht recht von dir ist. Du hättest warten sollen, bis ich tot bin, sagen sie. Aber nein, widerspreche ich dann, er schreibt, was er schreiben muss, er ist mein Sohn und ich liebe ihn trotzdem. Und das meiste entspricht ja der Wahrheit.«

Margrethe wandte sich Charlotte zu, die unter dem Kaffeetisch gerade einen Puppenkindergarten einrichtete.

»Ich vermute, von der Sache mit Sanne hast du gehört? Ihr Vater hat sich ihr gegenüber nicht so verhalten, wie sich ein Vater gegenüber seiner Tochter verhalten sollte. Was hat sich nicht alles auf diesem Sofa abgespielt ...«

Margrethe klopfte auf das rote Sofa, auf dem sie saß. Charlotte verlor das Interesse an den Puppen, nahm Frida auf den Arm und stand auf.

»Worüber redet ihr?«, wollte Frida wissen und betrachtete interessiert das Sofa. »Was ist mit dem Sofa?«

Charlottes Augen signalisierten ihrem Mann, dass er jetzt eingreifen und das Gespräch beenden musste. Aber Mutter ließ sich nicht so ohne Weiteres stoppen, wenn sie erst einmal angefangen hatte, das wusste Allan. Außerdem ging ihm der Gedanke nicht aus dem Kopf, dass dieses Sofa längst hätte ausgewechselt werden müssen.

»Ich glaube, wir gehen mal ein bisschen in den Garten«, sagte Charlotte.

»Ja, es ist so schönes Wetter«, sagte er. »Hinter dem Haus gibt es einen großen Rasen, ihr könnt ja den Ball mitnehmen.«

»Aber gebt auf die Rosen acht«, sagte Margrethe und stand ebenfalls auf. »Aber was rede ich, wir sollten über dich sprechen, Charlotte. Ich weiß ja doch überhaupt nichts über dich, also, du musst erzählen.«

Aber Charlotte und Frida hatten das Wohnzimmer bereits verlassen. Margrethe stand mitten im Raum, ein wenig ratlos, sie wusste nicht, ob sie den beiden folgen oder bei ihrem Sohn bleiben sollte.

»Habe ich zu viel gesagt?«

»Nein, nein«, erwiderte Allan. Er musste auf andere Gedanken kommen. Er ging zum Schreibtisch und strich mit dem Finger über Vaters Reden, die noch genauso dalagen wie beim letzten Mal. »Darf ich ein bisschen darin lesen?«

»Ja sicher, das habe ich doch gesagt. Du kannst auch noch in den Schubladen nachsehen.«

Margrethe zog ein paar Schubladen so weit auf, dass sie beinahe herausfielen, dann setzte sie sich wieder aufs Sofa, den Rücken gegen die Armlehne gestützt, die Beine hochgelegt. Sie wollte die Gelegenheit nutzen und ein wenig ausruhen. Allan hingegen sinnierte über eine handgeschriebene Notiz, die ganz oben auf dem Haufen lag.

»Hier steht etwas«, sagte er. »›Reise nur so weit fort, dass deine Seele nach Haus zurückfinden kann‹. Was meinte er damit?«

»Keine Ahnung«, antwortet Mutter und gähnte, dass ihr Gebiss einen Moment verrutschte.

Allan lächelte vor sich hin, sein Vater war nie im Ausland gewesen, er hatte nicht mal einen Pass. Zu weit zu verreisen, war also bestimmt keine akute Gefahr für ihn gewesen. Aber vielleicht sollte es nicht so wörtlich verstanden werden? Es könnte ja auf ihn gemünzt sein, vielleicht als eine Art Gruß? War Allan zu weit weg vom Heim seiner Kindheit gereist, konnte seine Seele nicht mehr zurückfinden? Im Bewusstsein des Vaters vielleicht. Allan wusste nicht, ob er weinen oder lachen sollte, seine Mutter hingegen hatte angefangen zu schnarchen.

Neben den Reden lag Vaters Taufschein, darunter der Totenschein. Allan hatte ihn bisher nicht gesehen. Er sah ihn sich lange an, jetzt gab es jedenfalls keinen Zweifel mehr, sein Vater war tot. Auch der Führerschein lag da. Allan nahm ihn und schaute sich das Foto seines Vaters genau an. Eingefallene Wangen, die Augen sahen aus, als bäten sie um Hilfe. Tatsächlich war es erschreckend, wie gequält sein Vater aussah. Das Foto war vor zwei Jahren aufgenommen worden, in der Zeit, als Allan das Haus nicht mehr betrat. Er erkannte die Brille wieder, es war dieselbe wie damals, nur schien sie jetzt zu groß zu sein. Weshalb hatte er sie nicht gewechselt? Wieso hatten sie überhaupt nichts verändert? Sie mussten es sich doch leisten können, das Haus war längst abbezahlt, und seine Mutter sagte, es läge Geld auf der Bank. Es handelte sich um nicht wenig, was sie von ihrer Rente zur Seite gelegt hatten. Allan hegte den Verdacht, dass sie gespart hatten, um es den Kindern zu vererben. Er erinnerte sich an das Gerede, früher, wenn einer der Alten in der Straße gestorben war: Wie groß war das Erbe an die Kinder? Wenn es nicht hinreichend ausfiel, war es peinlich, ja, geradezu eine Schande. Er hatte seinen Eltern vorsichtig zu erklären versucht, dass sie wegen ihm nicht zu sparen brauchten. Er kam ausgezeichnet allein zurecht, er war ein etablierter Schriftsteller. Aber sie schienen ihm nicht zuzuhören, meinten wohl, da hätte er sich nicht einzumischen. Und wenn er darüber nachdachte, verstand er sie gut: Sie taten es ja nicht für ihn oder seine Geschwister, sie taten es für sich. Wenn sie tot waren, sollten die Nachbarn gern die Augen aufsperren und sagen: »Teufel auch, so viel haben sie für ihre Kinder gespart?« Aber das setzte voraus, dass sie zur selben Zeit starben, und Mutter lebte ja noch; zunächst bekam sie das Geld. Wer wusste schon, ob sie es ebenso gut zusammenhielt, jetzt, wo sie allein war? Hoffentlich nicht. Im Übrigen gab es nicht mehr so viele alte Nachbarn, die die Augen aufsperren oder sich vielleicht sogar mokieren konnten, die meisten waren bereits tot. Abgesehen davon, dass Mutter auch nicht mehr die Jüngste war. Allan musste versuchen, es ihr zu erklären, wenn sie aufwachte. Er musste es ihr begreiflich machen.

Was lag sonst noch in den Schubladen? Eine Mappe, die Allan noch nie gesehen hatte; vorsichtig öffnete er sie. Ganz oben lag ein Zeitungsausschnitt der Wochenzeitung mit einem Foto von Vater. Er stand neben seinem Milchauto in der Einfahrt und klingelte mit der Glocke. Da waren sie wieder, diese ängstlichen Augen, wovor hatte er die ganze Zeit solche Angst? Er war es nicht gewohnt, für die Zeitung fotografiert zu werden, aber das allein konnte es doch nicht sein. Das Foto war anlässlich seines vierzigjährigen Jubiläums als Milchmann aufgenommen worden, ging aus dem Text unter dem Bild hervor. Allan konnte sich gut daran erinnern, es war mehr als neun Jahre her, also zu der Zeit, als er noch nach Hause kam. Hatte er nicht einen Blumenstrauß geschickt?

Es gab noch weitere Artikel in der Mappe, doch Allan musste nicht weiterblättern, er glaubte zu wissen, worum es ging: Vater und seine Hunde. Sie waren sein Ein und Alles gewesen und hatten mehr als einmal in der Zeitung gestanden. Zum Beispiel, wenn sie einen Wettkampf gewonnen und einen Pokal errungen hatten; Vaters Hunde gehörten zu den tüchtigsten in ganz Südjütland. Mit anderen Worten, sie waren die gehorsamsten. Wie kaum ein anderer Hund konnten sie auf Kommando bellen und ähnliche Tricks. Wenn er ihnen irgendetwas befahl, taten sie es tatsächlich. Egal was. Und damit nicht genug, sie konnten auch verlorene Dinge wiederfinden. Allan erinnerte sich, dass irgendwann ein Bauer anrief und erzählte, er hätte seine goldene Uhr in einem Kornfeld verloren und vergeblich versucht, sie wiederzufinden – ob Allans Vater sich überreden ließe, mit seinen berühmten Schäferhunden zu kommen? Allans Vater ließ sich gern überreden. Als Allan davon hörte, hatte er gefragt, ob er mitfahren dürfe, denn auch er konnte ziemlich gut verlorene Dinge wiederfinden. Aber davon wollte Vater nichts wissen. Er fuhr mit seinem besten Hund los und ließ ihn das

Gelände nach allen Regeln der Kunst absuchen – und natürlich fand der Hund die Uhr. Vater und der Hund kamen in die Zeitung. Der Hund stand vorn, er war ja die Hauptperson, Vater versteckte sich ein bisschen dahinter. Derartige Zeitungsausschnitte hatte Allan in der Mappe erwartet, doch als er, ohne darüber nachzudenken, einen Ausschnitt umdrehte und eine neue Seite überflog, bemerkte er nach der Hälfte des Textes, dass der Artikel keineswegs von einem Hund handelte. Sondern von ihm! Er fand auch ein Foto von sich. Und es war deutlich zu erkennen, dass er im Unterschied zu Vater gern fotografiert wurde. Der Artikel stammte aus einer Kopenhagener Zeitung, es war ein Interview, das Allan anlässlich eines neuen Romans gegeben hatte; es ging darum, wie es war, als Kind so oft geschlagen worden zu sein. Warum lag dieser Ausschnitt hier? Allan war fassungslos, er blätterte weiter, das nächste Blatt handelte ebenfalls von ihm, und auch die nächsten Blätter – Kritiken von Stücken und Büchern, Interviews, er kannte alles, hatte aber ganz sicher nicht damit gerechnet, es hier zu finden. In Vaters Versteck. Worte wie ›Familiengeheimnisse‹ und ›Missbrauch‹ tauchten an vielen Stellen auf, aber irgendwie las sich das hier alles anders. Was hatte sein Vater wohl empfunden, als er diese Artikel las? Auch im Rest der Mappe, in ungefähr dreißig weiteren Artikeln, ging es um Allan und seine trostlose Kindheit. Es gab keine anderen Fotos von Vater, auch keine Fotos der Hunde, die Zeitungsausschnitte drehten sich ausschließlich um Allan, Allan und nochmals Allan. Seltsam. Vater hatte eine Sammlung von Zeitungsausschnitten über den Sohn angelegt, den er nicht sehen wollte.

Allan drehte sich zum Sofa um, er konnte es nicht fassen, dass seine Mutter einfach schlief, er musste diese Entdeckung mit jemandem teilen.

»Mutter?«

»Hrmf«, kam es von ihr.

»Mutter!«

Margrethe erwachte mit einem Grunzen und schaute ihn verärgert an.

»Diese Zeitungsausschnitte ...«

»Was für Zeitungsausschnitte?«

»In Vaters Schreibtischschublade, jede Menge über mich. Und zwar aus Zeitungen, die ihr nicht abonniert habt. Woher kommen die? Sie stammen aus all den Jahren, in denen ich nicht zu Hause gewesen bin.«

Allan hielt seiner Mutter die Mappe hin und blätterte darin.

»Wahrscheinlich hat er sie von den Nachbarn bekommen«, vermutete sie. »Sie haben sie ihm gegeben, wenn er die Milch ausfuhr, und dann hat er sie aufgehoben.«

»Aber warum? Eigentlich müssten doch auch Fotos von Vaters Hunden da sein. Wo sind diese Zeitungsausschnitte? Ich kann mich doch erinnern, sie irgendwo gesehen zu haben ...«

»Keine Ahnung«, sagte sie und gähnte. Wieder verrutschte das Gebiss, diesmal sah es so aus, als würde es sich um dreihundertsechzig Grad drehen, dann schlummerte sie weiter.

Allan beugte sich erneut über die Schreibtischschubladen, durchsuchte alle. Erst hektisch, dann systematisch. Sollte Vater die Zeitungsausschnitte mit den Hunden wirklich weggeworfen haben? Es hätte ihn sehr gewundert. Die Pokale standen doch noch auf dem dreieckigen Wandregal. Irgendwo mussten diese Ausschnitte sein ... Aber nicht in den Schubladen.

Er ging im Haus herum, suchte hier und da und landete

im ehemaligen Kaufmannsladen. Alles sah noch genauso aus wie damals, nur ohne Waren. Noch immer standen die Regale an den Wänden, nun allerdings leer. Warum hatte sie niemand abgebaut? Seine Eltern hatten den Schlüssel doch schon vor vielen Jahren umgedreht. Auf der Theke stand die alte Kasse mit den kleinen Aufklebern: dem Dannebrog und den Klebebildchen vom Skamlingsbanken, dem mit hundertdreizehn Metern höchsten Berg Südjütlands. Auf einer Ablage unter dem Tresen stand die alte Holzkiste für das Kleingeld, die Vater immer mitgenommen hatte, wenn er Milch ausfuhr, daneben lag ein Stapel Papier. Allan legte ihn auf die Theke und blätterte ihn durch. Abrechnungen für die Steuer, Jahresabschlüsse und so etwas. Ein paar Bilder fielen heraus, es mussten die Hunde sein. Aber nein, sie zeigten ebenfalls Allan. Diesmal handelte es sich nicht um Zeitungsausschnitte, es waren alte Familienbilder. Allan auf einem Dreirad, Allan und seine Kaninchen, Allans erster Schultag. Wieso lagen diese Fotos hier? Zwischen den Seiten der Kassenbücher? Allan wurde immer seltsamer zumute. Er fand eine handgeschriebene Manuskriptseite, Allan erkannte seine eigene Handschrift. Er las den Text, es handelte sich um eine Seite aus einem Fernsehspiel, das er vor vielen Jahren geschrieben hatte und das nie produziert worden war. Er hatte es an einem Wochenende mitgebracht und in seinem alten Zimmer daran gearbeitet. Es ging um ein Ehepaar, das in einer Menge Blut herumschwamm und sich über Schweinekoteletts unterhielt. So etwas hatte er damals geschrieben. Das zu sehen, war komisch. So schrieb er vermutlich noch immer, nur etwas anders. Das Blatt sah aus, als hätte es im Papierkorb gelegen, es war zusammengeknüllt und dann wieder geglättet worden. Wahrscheinlich mit einem Bügeleisen. Vater hatte es heimlich aus dem Papierkorb geholt, gebügelt und zwischen seinen wichtigsten Unterlagen versteckt. Warum in Gottes Namen? Er hatte seinen Sohn ja nicht gerade dazu ermuntert, Schriftsteller zu werden, er hielt es für einen allzu unsicheren Broterwerb. Auch als Allan allmählich Erfolg hatte, fiel kein einziges anerkennendes Wort. Denn wer wusste schon, wie lange der Erfolg anhalten würde? Es gab keine Bilder von Sanne oder Asger. Allan fand Sannes altes Zeugnisheft, als sie den besten Durchschnitt der ganzen Schule hatte, sonst nichts. Und überhaupt nichts von Asger.

Allan musste es Charlotte zeigen. Aus dem Küchenfenster sah er sie mit Frida auf dem Rasen Ball spielen. Er klopfte an die Scheibe. Charlotte hörte es, nahm Frida bei der Hand und kam zum Haus.

»Ist irgendwas passiert?«, fragte sie, als sie hereinkamen.

Aber Allan führte sie nur ins Wohnzimmer. Er bat sie, leise zu sprechen, um seine Mutter nicht zu wecken. Dann nahm er die Sammlung mit den Zeitungsausschnitten und begann zu blättern.

»Das ist Papa!«, rief Frida und zeigte auf ein Foto.

Allan berichtete, dass er keine Bilder von Vaters Schäferhunden gefunden hatte. Charlotte hörte ihm zu, nickte und blickte ihm in die Augen.

»Dann hast du ihm wohl doch etwas bedeutet, oder?«

»Tja«, antwortete Allan und versuchte, nicht allzu kindlich stolz zu klingen.

Er nahm sie mit in den Laden und zeigte ihnen die Bilder, die aus den Abrechnungen gefallen waren. Und die Manuskriptseite, die jemand mit einem Bügeleisen geglättet hatte.

»So wie es aussieht, hast du ihm sogar recht viel bedeutet«, sagte Charlotte. »Wenn man es nicht besser wüsste, sollte man meinen, er hat dich geliebt.«

»Scheint so«, erwiderte Allan. »Allerdings war das eine merkwürdige Form von Liebe. Ich habe ihm einiges bedeutet. Vielleicht belassen wir es einfach dabei.«

»Mein Gott, Allan!«

Seiner Ansicht nach hatte sie nicht recht, und sie meinte es doch auch nicht wirklich ernst? Oder etwa doch? Er wusste es nicht.

»Wenn er mich so geliebt hat, wieso durfte er es mir nicht zeigen?«, fragte er.

»Weil es schwer war, weil ihr euch nicht vertragen habt ... Ja, du weißt doch am besten, weshalb.«

Ganz offensichtlich wollte sie all das jetzt nicht noch einmal diskutieren, sie schenkte ihre Aufmerksamkeit wieder Frida.

»Zumindest bin ich froh, dass du es auch gesehen hast«, sagte Allan. »Wenn du es nicht gesehen hättest, wäre ich nicht sicher gewesen, ob es tatsächlich wahr ist oder ich mir das alles nur einbilde.«

Charlotte und Frida probierten die alte Kasse aus, während Allan sich wieder über die Papiere seines Vaters und die Fotos beugte.

»Aber du hast es gesehen, nicht wahr?«

»Ja doch, ja«, antwortete Charlotte, »ich habe es gesehen.«

Er hatte es sich also nicht ausgedacht. Doch der Gedanke, dass sein Vater ihn auf die eine oder andere Weise geliebt hatte, war nur schwer zu fassen. Der Gedanke an das Gegenteil im Grunde genommen auch, aber daran hatte er sich gewissermaßen gewöhnt.

In diesem Moment kam Margrethe in den Laden, mit heiserer Stimme und vom Schlaf zerlegenen Haaren.

»Aber warum weckt ihr mich denn nicht? Ich kann doch nicht schlafen, wenn ich Gäste habe.«

Allan zeigte seiner Mutter, was er Charlotte gezeigt hatte.

»Ach, die paar Sachen«, sagte sie. »Mach dir da bloß nicht allzu viel vor. Am interessantesten fand er die miserable Kritik im Extra Bladet, in der stand, dein neues Stück sei eine ziemlich dünne Karnickelpisse. Die konnte er auswendig, über die hat er sich amüsiert, das kannst du mir glauben. Nein, du solltest da wirklich nicht zu viel hineininterpretieren, Allan. Wann möchtet ihr denn zu Abend essen?«

»Mutter, der Fund dieser Zeitungsausschnitte ist sehr wichtig für mich«, sagte Allan ganz leise, aber mit bebender Stimme.

»Ach ja?«, erwiderte sie.

Er musste sich wirklich beherrschen, um nicht irgendetwas zu sagen oder irgendetwas zu tun, was er später bereuen würde. Sogar Frida war still geworden und schaute ihn an.

»Außer dieser Sammlung von Zeitungsausschnitten habe ich einen Stapel Fotos von mir zwischen Vaters Papieren gefunden«, sagte er. »Hast du sie dorthin gelegt?«

»Nein«, antwortete Margrethe, »wie käme ich dazu?«

»Also muss er es gewesen sein. Und es gibt keine Bilder von seinen Schäferhunden. Nicht ein einziges. Soweit ich es übersehe, hat er sie weggeworfen, aber von mir hat er die Fotos aufbewahrt und zwischen seine wichtigsten Unterlagen gesteckt.«

Allan zeigte ihr noch einmal die Fotos; zum Teufel, jetzt musste sie es doch kapieren. Wie wichtig dies für ihn war.

»Ah ja, daher«, sagte sie. »Ich bin wahrscheinlich noch nicht ganz wach.«

Sie rieb sich die Augen und schaute auf den Papierstapel, dann auf ihren Sohn. Mitgefühl lag in ihren Augen, es tat ihm gut. Obwohl es sich wohl eher um Mitleid handelte.

»Ja, ja, Allan, ich verstehe, dass dir das etwas bedeutet.«

»Danke«, sagte er und nahm ihre Hand. »Danke, Mutter. So ist es.«

»So ist es«, wiederholte Allan und nun sah Margrethe die Tränen in seinen Augen.

Sie gab ihm ihr Taschentuch, das aus Hamburg.

»Das kommt einfach alles ein bisschen plötzlich«, schluchzte er und gab ihr das Taschentuch zurück. Armer Junge. Er tat ihr richtig leid. Hatte sie ihm nicht gerade zu erklären versucht, dass es nicht klug wäre, sich wegen dieser Ausschnitte allzu viele Illusionen zu machen? Vater hatte sie doch nur aufgehoben, um immer wieder daran erinnert zu werden, wie boshaft Allan sein konnte. Schließlich waren es keine Bagatellen, die er seinem Vater vorgeworfen hatte.

»Mein lieber kleiner Allan«, begann sie. Er sah sie an, als wollte er sie erwürgen.

Margrethe hielt den Mund. Wenn er die Zeitungsausschnitte als Liebeserklärung verstand und wenn sie ihm so wichtig waren, Herrgott, dann würde sie ihn bestimmt nicht vom Gegenteil überzeugen wollen.

»Du hast sicher recht«, sagte sie. »Ich koche uns jetzt was.«

Sie ging in die Küche. Was hatte der Junge nur? Er war tatsächlich sentimental, beinahe schlimmer als Asger. Wieso hatte sie solche Kinder? Entweder sie waren psychisch krank oder fürchterlich sentimental, sie fragte sich wirklich, was schlimmer war. Das hatten sie von ihrem Vater – beides. Hätte sie die Hundefotos erwähnen sollen? Dass sie oben in Vaters Nachttischschublade lagen? Aber vielleicht war es auch ganz gut so, sonst wäre der arme Junge noch völlig zusammengebrochen. Sie musste die Bilder aus der Schublade nehmen, bevor er sie fand.

Aber seine Frau war hübsch. Wer weiß, wo er sie gefunden

hatte, Glück gehabt hat er jedenfalls. Und wie gut, dass Vater nicht mehr da war. Als Allan das letzte Mal eine Freundin mit nach Hause brachte – hieß sie nicht Randi? –, hatte nicht viel gefehlt und es wäre vollkommen schiefgegangen. Vater hatte sich geradezu vergafft, man konnte es wahrlich nicht übersehen, er hatte bei ihrem Anblick regelrecht gesabbert, wirklich. Als sie gehen wollten und sich verabschiedeten, hat er nur Randi auf Wiedersehen gesagt, nicht Allan. Er hat vergessen, sich von seinem eigenen Sohn zu verabschieden! So etwas mochte Allan gar nicht und er brachte Randi auch nicht mehr mit nach Hause. Vater hatte sich aber auch total danebenbenommen, er hätte seine Begeisterung für das junge Ding schon ein bisschen für sich behalten können. Und so hübsch war sie trotz allem auch wieder nicht gewesen. Aber sie hatte große Brüste.

Doch jetzt lautete die einzige Frage, was sie zum Abendessen kochen sollte. Sie hatten nicht geantwortet, als sie fragte, also musste sie sich selbst etwas ausdenken. Aber das fiel ihr nicht schwer. Sie ging zum Kühlschrank und steckte die Hand tief hinein, dort hinten sollten eigentlich noch Weißkohlrouladen liegen, in der Pfanne gebraten schmeckten sie gut. Ja, da waren sie. So weit sie sich erinnerte, handelte es sich um eins von Allans Leibgerichten.

So wie er aß, ähnelte er einem kleinen Jungen. Margrethe hätte ihn gern aufgefordert, in Ruhe zu essen und zu kauen, bevor er die Stücke hinunterschluckte, aber sie ließ es. Sie musste aufpassen, was sie zu ihrem Sohn sagte, so viel hatte sie verstanden. Also überlegte sie sehr lange, bevor sie sagte: »Gifgaf.«

Sie zwinkerte Allan zu, doch der sah sie verständnislos an, offenbar begriff er es nicht. Frida fing an zu lachen.

»So hast du den Weißkohlauflauf als Kind immer genannt, Allan, kannst du dich nicht erinnern?«

Allan konnte sich tatsächlich nicht erinnern, aber Margrethe umso mehr.

»Und weißt du, was wir zum Nachtisch essen?«

»Eis«, sagte Frida.

»Nein, Gafgif!«, rief Margrethe und Frida machte ein skeptisches Gesicht, weil sie noch nie davon gehört hatte.

»Das wird dir bestimmt schmecken«, meinte Charlotte, »wart's einfach mal ab.«

»Ja, warte es einfach ab«, sagte Margrethe und räumte den Tisch ab, dann holte sie das Eis. »Gafgif ist dasselbe wie Eis, so hat es Allan genannt, als er noch ein Kind war. Erst Gifgaf, dann Gafgif, das war die beste Mahlzeit, die er sich vorstellen konnte. Und jetzt trau ich mich fast nicht zu sagen, was es zum Eis noch gibt.«

»Gifgaf?«, fragte Frida, aber da irrte sie.

»Gafgaf?«, versuchte es Charlotte, aber auch sie lag falsch. Es war schwer zu erraten und Margrethe wollte ihnen keine weiteren Hinweise geben. Schließlich gaben sie auf.

»Nun sag's schon, Mutter«, zischte Allan.

»Gufguf!«, rief sie.

Jetzt lachte Charlotte am lautesten, so laut, dass Allan sie so lange anstarrte, bis sie sich wieder beruhigt hatte. Er ist aber auch ein Sauertopf, dachte Margrethe. Dabei war er doch damals selbst auf die Idee gekommen, heiße Schokolade Gufguf zu nennen. Eigentlich hatte er sie ja gar nicht verdient, wirklich nicht. Aber natürlich bekam er trotzdem einen Klacks. Und welche Mengen er aß, an Appetit mangelte es ihm jedenfalls nicht. Ein bisschen so wie Vater, nur hatte er nicht die Zeitung neben dem Teller liegen; bei Vater lag sie immer neben dem Teller, wenn sie aßen. Aber darüber hinaus gab es keine besonders großen Unterschiede. Es überraschte Margrethe, wie sehr Allan inzwischen seinem Vater ähnelte; eigentlich war es ja komisch, nur würde Allan es bestimmt nicht gern hören. Und Margrethe wäre nicht im Traum eingefallen, es ihm zu sagen, aber amüsant war es schon.

Als Frida ins Bett musste und gute Nacht sagte, hatte Margrethe gehofft, einen kleinen Kuss auf die Wange zu bekommen. Das gehörte sich doch so, fand sie, und im Übrigen war es auch schön. Von Asgers Kindern hatte sie immer ein Küsschen bekommen, als sie noch klein waren. Aber bei Frida war es natürlich etwas anderes, sie kannte ihre Großmutter ja noch nicht so gut.

»Geh und sag Oma gute Nacht«, sagte Allan und stupste seine Tochter sanft an.

Frida ging auf Margrethe zu, scheu und mit ausgestreckter Hand – Margrethe fasste die Hand mit beiden Händen und drückte sie. Mehr passierte nicht, aber es war immerhin etwas. Dann zog Frida sich zurück und versteckte sich hinter ihrer Mutter.

»Bist du verlegen?«, fragte Charlotte lachend.

»Das wird schon«, meinte Allan und seine Mutter war ganz seiner Ansicht.

»Ja, ja, das wird schon, ich kann warten.«

Frida schüttelte sich ein bisschen, dann ging Charlotte mit ihr auf den Dachboden.

»Was für ein süßes Mädchen«, sagte Margrethe. »Sie ähnelt dir sehr. Und deine Frau mag ich auch. Bitte entschuldige, dass ich das mit den Zähnen gesagt habe.«

»Macht nichts, sie hat wirklich tolle Zähne.«

»Ja, ja, aber sie hat noch viel mehr. Ich bin ja so froh, dass du deine eigene kleine Familie gegründet hast.«

»Ich auch«, sagte Allan.

Und dann lächelte er schief und legte das Kinn auf die Brust, genau wie Vater, wenn er auf etwas stolz gewesen war und es nicht zeigen mochte.

»Ich wusste, dass du Vater geworden bist«, fuhr sie fort, »von Asger. Obwohl ich eigentlich nichts wissen durfte, wenn es nach Vater gegangen wäre. Er meinte, wir müssten nichts wissen.«

»Es steht übrigens auch in einem der Interviews, die in seiner Schreibtischschublade liegen«, sagte Allan.

»Tatsächlich? Ja, dann wusste er es auch. Aber wir haben nie darüber geredet. Wir redeten manchmal über Sanne, weil Vater sie einmal angerufen hat.«

»Ach? Das hat sie gar nicht erzählt.«

»Doch, doch, aber er hat sofort wieder aufgelegt. Er hat ihre Nummer gewählt, sie hat den Hörer abgenommen und Hallo gesagt, und er hat aufgelegt.«

Allan runzelte die Augenbrauen. Er versteht es offenbar nicht, dachte Margrethe. Sie hatte keine Lust, ihm zu erklären, warum Vater aufgelegt hatte; er wollte doch nur wissen, ob Sanne noch lebte, nichts weiter. Und ganz offensichtlich lebte sie noch. So. Allerdings verzieh sie ihm nicht, dass er angerufen hatte, als er allein im Wohnzimmer war, denn wenn Margrethe neben ihm gestanden hätte, hätte sie Sannes Atemzüge und ihr Hallo auch hören können, und das wäre doch sehr schön gewesen. Doch dann war es zu spät, schließlich konnte sie nicht auch noch anrufen und einfach auflegen, das wäre zu eigenartig gewesen, da hätte Sanne sicher Verdacht geschöpft. Margrethe hatte Vater immer wieder gefragt, wie sich Sannes Atemzüge und ihr Hallo angehört hätten. Konnte man etwas daraus schließen, gab es irgendeinen Hinweis, wie es ihr ging? Seiner Ansicht nach nicht. Aber wenn sie es gehört hätte, hätte sie bestimmt eine Menge daraus schließen können.

An diesem Abend begann sie, ihm dicke Käsescheiben mit Butter zu geben. Ohne Brot. Der Arzt hatte eigentlich gesagt, er solle sich bei Milchprodukten zurückhalten, denn sie würden das Risiko für Blutgerinnsel erhöhen, schließlich hatte er ja bereits eins im Bein gehabt, aber er mochte eine dicke Scheibe Käse mit Butter doch so gern. Er hatte sie einen Moment angesehen, als sie ihm den Käse und dazu eine Tasse lauwarme Sahne hinstellte. Genau das hatte er immer zu Mittag gegessen, damals, als er noch in der Molkerei arbeitete. Die Angestellten durften in der Molkerei essen und trinken, so viel sie wollten, ohne dafür bezahlen zu müssen. Auf diese Weise sparten sie ein Butterbrotpaket, damals in den Dreißigern eine wichtige Sache. So kam es zu dieser Gewohnheit. Und wenn Vater sich erst einmal etwas angewöhnt hatte, fiel es ihm sehr schwer, es sich wieder abzugewöhnen. Er hasste Veränderungen. Wenn sie ihm besonders fettarme Mahlzeiten zubereitete, stocherte er darin herum und man konnte kein Wort mit ihm reden. Allein vom Zusehen wurde man depressiv. Und als er dann Sanne angerufen hatte, ohne ihr vorher Bescheid zu sagen, damit sie mithören konnte, da hielt sie es für ihr gutes Recht, ihm zu geben, wonach er verlangte. Selbst, wenn es zu einem weiteren kleinen Blutgerinnsel führen sollte. Er hätte einfach ablehnen können, aber das tat er ja nicht. Er aß, ja, er verschlang die Scheibe Käse geradezu, und sie brachte ihm noch eine Portion. Hinterher hatte sie ein schlechtes Gewissen, denn was wäre, wenn sich dadurch sein Leben verkürzte? Doch am nächsten Tag tat sie es wieder, sie mästete ihn geradezu mit dem fetten Käse und der Butter, und er spülte mit Sahne nach. Und es dauerte auch nicht lange, bis ein weiteres Blutgerinnsel auftrat. Im selben Bein. Allerdings vertrug er wegen des Medikaments, das er für sein Herz nahm, keine schmerzstillenden Mittel, und das war weniger schön. Es mit anzusehen, war wirklich nicht komisch. Der Arzt kam mit den bekannten Ermahnungen, sie müssten den Speiseplan einhalten, sagte er. Margrethe versprach und tat es auch. Jedenfalls eine Zeit lang. Bis Svend zu Besuch kam. Svend hielt es für Unfug, den Milchmann so hungern zu lassen, seiner Meinung nach war das doch das reinste Kaninchenfutter, davon könnte er nicht satt werden. Das nahm dem armen Kerl ja den letzten Lebensfunken und sterben müsste er ohnehin irgendwann. Es dauerte nicht lange und sie servierte ihm wieder das, was er gern aß; und nun war alles wieder wie vorher. Er wollte es doch auch so. Im Stillen hoffte sie auf ein rasches Ende, auch in seinem eigenen Interesse. Aber es zog sich. Hin und wieder kam Svend mit ein bisschen Sahne, die er nur ungern wegschütten wollte. Ebenso gut könnte der Milchmann sie trinken. Erst nach dem siebten Blutgerinnsel kam er nicht mehr aus dem Krankenhaus nach Hause. Margrethe erinnerte sich, wie sie ihn das letzte Mal abgeholt hatten. In seinem Mund steckte ein Stückchen Käse, das die Rettungssanitäter entfernen mussten, bevor sie ihm die Sauerstoffmaske aufsetzen konnten.

»Mutter?« Margrethe erschrak sich, sie hatte nicht mehr an Allan gedacht und alles um sich herum vergessen.

»Ja?«

»Ich würde gern wissen, wie Vater gestorben ist«, sagte Allan. »Beim letzten Mal hast du ein bisschen erzählt, aber es gibt da ein paar Dinge, die ich nicht verstehe.«

»Frag nur«, sagte sie, »was möchtest du denn gern wissen?«

So, wie sie sich fühlte, war sie bereit, auf alles zu antworten. Sie hatte nichts zu verbergen.

»Wie kam er eigentlich die Bodentreppe hinunter?«

Margrethe war einigermaßen überrascht über diese Frage. Allan musste sie wiederholen.

»Wie kam er die Bodentreppe hinunter? Als er mit dem Krankenwagen abgeholt wurde? Vater lag doch im Schlafzimmer oben auf dem Dachboden und sie sind mit einer Bahre gekommen. Aber die Bahre werden sie doch kaum die Treppe hochgeschafft haben. Und schon gar nicht mit Vater darauf wieder hinunter?«

Sie war verblüfft, dass er nichts anderes wissen wollte. Zumindest diese Frage konnte sie mühelos beantworten.

»Sie haben die Bahre unten an die Treppe gestellt und haben ihn dann geholt. Sie haben ihn hinuntergetragen.«

»Wie?«, fragte Allan. »Hat ihn einer am Kopf und einer an den Beinen gepackt? Ich muss das wissen, Mutter, ich weiß auch nicht, warum.«

»Sie haben ihn hochgehoben und seine Arme über ihre Schultern gelegt, jeder an einer Seite, und dann jeweils eine Hand unter seinen Hintern. Sie haben ihn sozusagen auf den Händen getragen.«

»Auf den Händen«, wiederholte Allan.

Sie nickte und er saß noch lange da und grübelte. Die Standuhr begann zu schlagen, neun Uhr. Margrethe schaltete den Fernseher ein, Zeit für die Nachrichten. Nicht sonderlich höflich, wenn man Besuch hatte, aber da Allan ohnehin nur Löcher in die Luft starrte, konnte sie doch ebenso gut schauen, ob sich irgendwas Neues auf der Welt ereignet hatte.

»Ah ja, dann wurde er also herausgetragen«, sagte Allan schließlich. »Erinnerst du dich, Mutter, das hat er immer gesagt. Sollte er sein Haus einmal verlassen, als alter Mann, dann müsse man ihn hinaustragen. Und so ist es dann gekommen. Und sogar auf Händen!«

»Tja«, sagte Margrethe und konzentrierte sich auf den Fernseher.

Aus den Augenwinkeln sah sie ihn friedlich lächeln. Offenbar fand er schön, was sie erzählt hatte. Er hatte sich geradezu beruhigt. Und daran gab es ja auch nichts auszusetzen.

KAPITEL 5

Wie ist Vater eigentlich gestorben?

Allan versuchte sich vorzustellen, wie sein Vater von zwei starken Männern die Bodentreppe hinuntergetragen wurde, auf Händen, ging das überhaupt? Auf der schmalen Treppe konnten sie doch gar nicht nebeneinander gehen, sie hätten schräg hintereinander gehen müssen, mit Vater in der Mitte. Je mehr er sich das vorzustellen versuchte, desto deutlicher war ihm, dass es kein schöner Anblick gewesen sein konnte. Und was hatte Vater wohl für ein Gesicht gemacht? Er hatte doch solche Angst vor Krankenhäusern. Hatte er vielleicht sogar geahnt, dass er nicht wieder nach Hause kommen würde?

»Wie hat es Vater aufgenommen, dass sie ihn abholten?«, fragte Allan seine Mutter. »Hat er etwas gesagt, zum Beispiel, als sie ihn die Treppe hinuntertrugen oder später im Krankenwagen?«

»Ob er etwas gesagt hat?«

Eigentlich wollte Allan wissen, ob sein Vater zu irgendeinem Zeitpunkt nach ihm gefragt hatte, ob er vielleicht seinen Namen genannt hatte. Aber so direkt mochte er seiner Mutter das nicht sagen.

»Nein, er war doch vollkommen benebelt durch das Fieber«, sagte Margrethe. »Er wusste kaum, wo er war. Und im Krankenwagen haben sie ihm eine Spritze gegeben, da ist er eingeschlafen.«

»Und als ihr ins Krankenhaus gekommen seid?«

»Im Krankenhaus haben sie ihn natürlich untersucht, sie

haben gesagt, er hätte wieder ein Blutgerinnsel. Wieder im Bein. Und wieder im rechten, aber nun sei auch noch Wundbrand dazugekommen. Sie würden das Bein amputieren und ihn dann entlassen, haben sie gesagt.«

Allan gefiel es nicht, dass seine Mutter seufzte und die Augen verdrehte bei der Vorstellung, dass man Vater wieder hätte entlassen können.

»Aber dann bekam er die Lungenentzündung. Und bevor sie ihn operieren könnten, müssten sie erst die Lungenentzündung in den Griff bekommen, haben sie gesagt, aber das war nicht so leicht. Weil die Lungenentzündung einfach nicht abklingen wollte. Immer, wenn sie glaubten, es sei überstanden, ging es wieder los. Und sie mussten von vorn anfangen mit dem Penizillin. Es hatte gar keinen Sinn, ich habe versucht, es ihnen klar zu machen. Vater ging es zu schlecht, es hatte keinen Sinn, ihm ein Bein abzusägen und ihn dann nach Hause zu schicken. Sollte er etwa wie ein Sack Kartoffeln vor dem Fernseher sitzen? Es war ohnehin schwer genug, ihn aus dem Sessel zu hieven, auch mit zwei Beinen. Wie wäre es wohl geworden, wenn er nur noch ein Bein gehabt hätte?«

»Wie ein Sack Kartoffeln? Aber Mutter, man ist doch kein Sack Kartoffeln, bloß weil man nur ein Bein hat.«

»Na ja, dann eben wie ein Krüppel. Das hätte er nicht gewollt, Allan, du weißt, was er von Krüppeln gehalten hat.«

»Habt ihr ihn gefragt?«

»Die Spritzen haben ihn doch benebelt, also, das war ein bisschen schwierig. Aber wir haben ihn gefragt. Und er hatte genug, das habe ich ihm angesehen. Trotz allem kannte ich deinen Vater, vergiss das nicht, ich wusste, was er sagen wollte, auch wenn er nichts gesagt hat.«

Sie wandte sich wieder dem Fernsehprogramm zu. Dänemarks Beteiligung am Krieg im Irak wurde diskutiert, und nicht alle Studiogäste waren damit einverstanden, auch nicht im Parlament von Schloss Christiansborg. Mutter schnaubte verärgert.

»Die wissen doch nicht, worüber sie reden«, sagte sie.

Es überraschte Allan, seine Mutter so zu erleben, normalerweise interessierte sie sich nicht für Politik und schon gar nicht für Außenpolitik. Jetzt wurde ein Foto von Saddam Hussein gezeigt. Sie ballte eine Faust und drohte dem Bildschirm.

»Dieser Scheißkerl«, schimpfte sie, »das ist doch ein Tyrann, die sind doch froh, dass sie ihn los sind. Das hat Hawas auch gesagt, ja, so heißt er, einer der Ärzte, er kommt aus dem Irak. Er hat gesagt, es wäre nett von uns, dass wir uns an dem Krieg beteiligen. Es wäre eine freundliche Anteilnahme, Allan, so wie du auf die Karte für den Strauß zu Vaters Beerdigung geschrieben hast. Es ist dasselbe, nur auf eine andere Weise. Ich wünschte, du hättest ihn kennengelernt, er war so nett und verständnisvoll, ich glaube, du würdest ihn mögen.«

Sie starrte ins Leere, mit einem Blick, fast ein bisschen verliebt, fand Allen.

Dann wandte sie ihren Blick wieder dem Fernseher zu, denn nun wurden Bilder aus Bagdad gezeigt. Männer mit Turbanen im Gebet, sie knieten in einer Moschee nebeneinander auf Teppichen. Mutter fasste sich instinktiv ans Knie, gut, dass sie nicht so beten musste.

»Die glauben auch an Gott«, erklärte sie, »so wie wir. Na ja, sie nennen ihn Allah, aber das hat nichts zu bedeuten, es ist derselbe wie bei uns. Zu dem wir auch beten. Sie glauben auch nicht, dass wir Menschen immer alles bestimmen dürfen, Allan. Gewisse Dinge müssen wir den höheren Mächten überlassen.«

»Was zum Beispiel?«

Darauf antwortete sie nicht, sie blickte ihn beinahe beleidigt an, so viel musste er doch verstehen. Im Grunde hatte er sie auch verstanden, aber er fühlte sich bei der ganzen Geschichte zunehmend unwohler.

»Hast du mit diesem Iraker über solche Dinge gesprochen?«

»Mit Hawas? Natürlich. Wir konnten über alles sprechen. Er hat sich Zeit genommen, sehr viel mehr Zeit als die anderen Ärzte. Er hat sich eines Nachts zu mir gesetzt und dann haben wir geredet. Am meisten natürlich ich, ich konnte kaum aufhören. Aber er hat zugehört. Und am nächsten Tag kam er wieder und wir haben weitergeredet. Er schien mich zu verstehen, Allan, eigentlich als Einziger von den Ärzten. Obwohl er doch nur Assistenzarzt ist. Er hat sich in meine Situation versetzt. Wie es gewesen ist, als Vater noch lebte, und wie es für mich sein würde, wenn er wieder nach Hause käme. Und als ich fertig war, hat er erzählt. Seine Eltern waren geflohen, als Saddam im Irak an die Macht kam, sie wollten nicht unter einem Tyrannen leben ...«

»Na und? Was hat das alles mit Vaters Tod zu tun?«

Mutter blickte auf den Teppich, sie öffnete und schloss den Mund ein paar Mal, das Gebiss klapperte, aber kein Laut kam über ihre Lippen. In Allan keimte ein Verdacht.

»Wie ist Vater eigentlich gestorben?«, fragte er. »Sag schon.«

Jetzt wollte er der Sache auf den Grund gehen, immerhin ging es hier um seinen Vater. Und er spürte, dass Mutter gern etwas erzählen wollte, es sich aber verbiss.

»Darüber sprichst du besser mit Asger«, sagte sie. »Ich glaube, das ist vernünftiger, sonst sage ich noch irgendetwas Falsches.«

»Irgendetwas Falsches? Und wieso mit Asger? Warum kannst du es mir denn nicht sagen? Du kannst mir doch einfach erzählen, wie es gewesen ist.«

Aber aus ihr war kein Wort mehr herauszubekommen. Er versuchte es noch ein paar Mal, aber sie war der Ansicht, sie hätte bereits zu viel gesagt. Er hielt das Asthmaspray in der Hosentasche umklammert. Charlotte kam ins Wohnzimmer und setzte sich neben ihn. Niemand sagte etwas, aber sie merkte Allan an, dass hier etwas nicht stimmte.

»Worüber redet ihr?«, fragte sie ganz leise.

Allan wusste nicht, wo er anfangen sollte, er rang nach Luft. Mutter saß dicht vor dem Bildschirm, den sie hastig ausgeschaltet hatte, als Charlotte das Zimmer betrat.

»Jetzt musst du mir aber von dir erzählen«, sagte sie zu ihr. »Ich weiß doch gar nichts von dir. Woher stammst du? Dass du nicht aus Südjütland bist, höre ich, aber es ist keineswegs so, dass es mir etwas ausmachen würde ...«

Charlotte wollte gerade antworten, als die Standuhr einsetzte, sie entschloss sich, die Schläge abzuwarten.

»Ah ja«, sagte Margrethe, als man sein eigenes Wort wieder verstehen konnte, »Asgers Frau stammt ja aus Brænderup. Also wirklich, Allan, besuch Asger und frag ihn nach Vater, ich will einfach sicher sein, dass du es auf die richtige Weise erfährst, das habe ich ihm versprochen. Ich habe bereits viel zu viel erzählt. Besuch ihn und frag deinen Bruder. So geheimnisvoll ist das Ganze ja ohnehin nicht.«

Diesen Eindruck hatte er ganz und gar nicht.

»Wovon sprecht ihr eigentlich?«, erkundigte sich Charlotte noch einmal.

Doch nun wollte Mutter plötzlich ins Bett. Es war ein langer Tag, erklärte sie, und sie wäre schließlich keine fünfundsiebzig mehr.

»Wie schön, dass du nun deine eigene Familie hast«, sagte sie noch einmal zu ihrem Sohn, dann ging sie.

Allan berichtete, was seine Mutter ihm erzählt hatte, und er erklärte Charlotte auch, wie er diese Geschichte interpretierte. Es sei ziemlich einfach, meinte er. Deshalb musste er nicht mit Asger reden, zwei und zwei konnte er selbst zusammenzählen. Mutter hatte den Iraker dazu gebracht, das Beatmungsgerät abzuschalten. Sie haben seinen Vater umgebracht, ja klar, in Gottes und Allahs Namen. Charlotte unterbrach ihn, ein Arzt würde bei so etwas nicht mitmachen, meinte sie. Allan sprühte sich Asthmaspray in den Mund und versuchte, sich zu beruhigen. Es gelang ihm tatsächlich. Alles erschien ihm weniger gefährlich, wenn er neben Charlotte saß, als würde sich die Wirklichkeit zum Besseren wandeln. Genau das gefiel ihm so an ihr, sie hatte die richtige Bodenhaftung und schaffte es, ihn zur Besinnung zu bringen, wenn seine Fantasie allzu sehr mit ihm durchging. Er wurde schon ruhiger, wenn sie nur seine Hand nahm. Es könnte ja auch noch andere Erklärungen geben, meinte sie, konnte er sich, aus dem, was Margrethe erzählt hatte, überhaupt ein Bild machen? Sie war fünfundachtzig und stand zu dem Zeitpunkt, als Vater starb, vermutlich unter Schock. Der irakische Assistenzarzt hätte nichts unternehmen können, ohne vorher zumindest einen weiteren Arzt zu konsultieren, und um Allans Vater hatte es ja wirklich sehr schlecht gestanden. Das durfte Allan nicht vergessen, vermutlich wäre sein Vater ohnehin gestorben. Charlotte beschwor ihn, mit seinem großen Bruder Asger zu reden, so wie seine Mutter es vorgeschlagen hatte. So bald wie möglich. Das Ganze war sicher weniger mysteriös als er dachte. Sie sollten zu Bett gehen, sie wären beide müde, auch Allan, obwohl er das Gegenteil behauptete.

Als sie sich auf der kleinen Toilette die Zähne putzten, unterhielt Allan Charlotte mit der Geschichte über das Badezimmer, aus dem nie etwas geworden war. Abgesehen von der primitiven Dusche im kalten Keller, unter die Allans Vater nur widerwillig ging. Wahrscheinlich war das ja einer der Gründe, warum seine Mutter die Schlafzimmertür nachts normalerweise abgeschlossen hatte und Vater auf dem Sofa schlafen ließ. Und er wollte gerade von Sanne und Vater auf dem roten Sofa erzählen, als Charlotte ihm eine Hand auf den Mund legte, um ihn zu unterbrechen. Als er endlich still war, küsste sie ihn.

◆

Margrethe lag in ihrem Bett und hörte die jungen Leute die Treppe hinaufkommen. Sie flüsterten und lachten, als sie ins Gästezimmer gingen, wirkten beinahe aufgekratzt. Wie schön, so etwas zu hören. Also ging es Allan wieder gut. Ihm schien Vaters Tod doch einigermaßen nahezugehen, mehr, als Margrethe gedacht hatte. Deshalb fiel es ihr auch so schwer zu entscheiden, was sie über die letzte Zeit im Krankenhaus erzählen sollte und was nicht, schließlich ging es ja trotz allem um seinen Vater. Aber offenbar hatte sie die richtige Mischung gefunden. Als Allans Fragen ein wenig zu aufdringlich wurden, hatte sie auf die Bremse getreten und ihn an Asger verwiesen. Sie hatte es richtig gemacht, sie durfte zufrieden mit sich sein. Ja, mit gewissen Dingen konnte man im Laufe der Jahre einfach besser umgehen. Allan hatte jetzt so gute Laune, dass er sogar mit seiner Frau herumalbern konnte, und damit nicht genug – nach einer Weile hörte Margrethe das Bett nebenan rhythmisch knarren. Also hatte Allans Frau auch etwas davon.

Margrethe fragte sich, ob sie wohl noch einmal mit einem Mann schlafen würde? Ehrlich gesagt hatte sie keine sonderlich große Lust mehr auf Sex, sie hatte vermutlich bekommen, was ihr zustand. Trotzdem musste sie an Svend denken. Sollte sie sich überreden lassen, wenn er etwas von ihr wollte? Die Kinder durften dann aber nichts davon erfahren. Aber Svend brauchte sie doch ohnehin nur zum Kochen und zum Waschen seiner Unterwäsche, und das wollte sie auf keinen Fall! Vor allem nicht mehr kochen, sie hatte in ihrem Leben genug gekocht. Die Kerle wollten immer so fettes Essen, am liebsten mit brauner Soße und Kartoffeln, ihr wurde bereits bei dem Gedanken übel. Seit sie allein lebte, hatte sie sich nur von Gemüse und Knäckebrot ernährt, gern mit einem Schnaps dazu, denn nun brauchte sie sich ja vor niemandem mehr rechtfertigen. Na, nebenan waren sie jetzt offenbar fertig. Nun lagen sie da, umarmten sich und atmeten schwer. Gleich würden sie süß schlafen.

Und was würde sie sagen, wenn Svend mit Blumen käme? Im Stillen rechnete sie damit, denn das hatte er getan, als er die Witwe von Hans Andersen umwarb. Würde sie ihn hereinlassen? Eine Tasse Kaffee könnte sie ihm ja anbieten, und ein bisschen über Wind und Wetter und die Kinder könnten sie auch plaudern. Aber irgendetwas störte sie an den Blumen, die Leute in der Straße könnten das mitkriegen. Sie würde sich bei Svend bedanken und ihm dann vorschlagen, dass er damit doch besser auf den Friedhof gehen und sie auf das Grab seiner Frau legen sollte. Sie war erst vor zwei Jahren gestorben und es lagen nie Blumen auf ihrem Grab. Das ging doch nicht. Danach könnte er zurückkommen, dann würde sie ihn hereinlassen. Und sie würde ihn bitten, die Holzschuhe erst im Flur auszuziehen. Wenn sie auf der Treppe standen, so wie bei der Witwe von Hans Andersen, wüssten die Leute sofort, dass sie Besuch hatte, und dann würde das Gerede losgehen. Wie lange er blieb, ob er wohl übernachtete und so weiter, darüber sollten sich die Leute gar nicht erst den Kopf zerbrechen müssen.

Sie dachte an Svends Holzschuhe und sein Bäuchlein, das eigentlich zu groß war, aber so groß auch wieder nicht. Und seine Goldzähne, auf die er so stolz war.

Etwas ließ sie aufschrecken: Schritte auf der Treppe, Türen, die auf- und zuklappten. Der Wecker zeigte halb drei. Was um alles in der Welt ging da vor? Sie stieg aus dem Bett und ging hinunter ins Wohnzimmer, dort war offensichtlich niemand. Jemand hatte die Schreibtischschublade herausgezogen, und die Haustür stand sperrangelweit offen. Sie legte sich einen Pullover um die Schultern, trat auf die Straße und entdeckte Allan ein Stück entfernt auf dem Bürgersteig. Er stützte sich an einen Laternenmast, was war mit ihm? Hatte er getrunken?

»Allan, was machst du denn da?«, rief sie und ging ihm entgegen.

Sie sah, wie er den Mund öffnete und wieder schloss, aber er sagte kein Wort. Hatte er etwa im Kühlschrank den Schnaps entdeckt und ein wenig zu tief ins Glas geguckt? Wäre ja nicht schlimm, aber er hätte ruhig vorher fragen können.

»Ich bekomme in diesem Haus keine Luft«, flüsterte er mühsam, als sie ihn erreicht hatte. »Die Fenster lassen sich nicht mehr öffnen, ich hatte das Gefühl, zu ersticken.«

»Ja, die Fenster sind alt, sie hätten längst ausgetauscht werden sollen«, sagte sie und hakte sich bei ihm ein. »Aber Vater wollte kein Geld mehr dafür ausgeben.«

Er roch nicht nach Schnaps, aber es pfiff und rasselte in

seinem Brustkasten, es war wohl doch das Asthma. Sie gingen zurück zum Haus, er gebückt wie ein alter Mann.

»Es dauert nicht mehr lange, dann ziehe ich aus. Und das neue Haus wird Fenster haben, die sich öffnen lassen, und ein Badezimmer mit Fußbodenheizung.«

»Das klingt gut, Mutter.«

Sie freute sich, dass zumindest er sie darin unterstützte, das alte Haus zu verkaufen. Vielleicht würde er ihr sogar helfen, ein neues zu finden, denn es sah nicht so aus, als würde Asger sich darum kümmern wollen.

»Wieso müssen wir in Sannes altem Zimmer schlafen, wieso können wir nicht in mein altes Zimmer?«

»Bei dir gibt es nicht genug Platz und in Sannes Zimmer stehen eben zwei Betten«, antwortete sie.

Sie setzten sich an den Küchentisch und Margrethe dachte daran, ihm anzubieten, in seinem alten Zimmer zu schlafen. Aber irgendwie kam es ihr doch zu albern vor. Sie wusste auch nicht, was es mit seinem Asthma zu tun haben sollte, in welchem Zimmer er schlief, denn die Fenster ließen sich in keinem der Räume öffnen.

»Leg du dich jetzt wieder zu deiner Frau und deinem Kind«, sagte sie, »und versuch, ein wenig zur Ruhe zu kommen. Sonst müssen wir noch den Notarzt rufen.«

Allan schüttelte den Kopf und seufzte schwer, dann stieg er die Bodentreppe hinauf. Sie ging hinter ihm und lächelte vor sich hin; er stützte sich auf das Geländer und blieb mehrmals stehen, drehte sich um und blickte sie unendlich traurig an. Als wäre er auf dem Weg zum Schafott.

Das blaue Bett, in dem sie lagen, hatte Sanne gehört. Die Lampe auf dem Nachttisch stammte auch noch von damals, und den Spiegel an der Wand hatte sie als Schminkspiegel benutzt. Genug, um Allan das Gefühl zu geben, dass es noch immer Sannes Zimmer war. Wenn er den Kopf ein wenig drehte, sah er die Fensterbank, auf der sie immer im Schneidersitz gesessen hatte. Wenn sie rauchte, hatte das Fenster meist einen Spalt offengestanden. Es wäre schön, wenn es sich auch jetzt einen Spalt weit öffnen ließe.

Er legte sich neben Charlotte und küsste ihr vorsichtig auf die Wange. Sie reagierte nicht, entweder schlief sie oder sie tat so, damit er sie in Ruhe ließ. Er schaute hinüber zu seiner Tochter. Sie schlief jedenfalls gut, kein Zweifel. Frida sollte ihren Vater nicht so erleben, die Sache mit dem Asthma würde sie nur beunruhigen. Und dass er mitten in der Nacht aufstand und ruhelos umherirrte, verwirren. Außerdem erinnerte es ihn zu sehr an seinen eigenen Vater. Wenn Allan die Augen schloss, sah er seinen Vater im Wohnzimmer auf und ab gehen, ganz allein. Und dann rannte er plötzlich die Treppe hinauf und rüttelte an der Schlafzimmertür. Die abgeschlossen war. Und abgeschlossen blieb, auch wenn er noch so lange klopfte. Zurück ins Wohnzimmer. Auf dem Fußboden auf und ab und die Standuhr schlug und schlug. Vater hatte psychische Probleme, er hätte eigentlich in ärztliche Behandlung gehört, aber das war damals nicht üblich. Wieso schloss seine Mutter die Tür ab, anstatt nach unten zu gehen und ihn zu trösten? Wieso erlaubte sie, dass Sanne Abend für Abend hinunterging und mit ihm auf dem Sofa schlief? Eine vierzehnjährige Tochter hat nicht bei ihrem Vater zu schlafen, und schon gar nicht bei einem derart gestörten Vater. Wusste Mutter nicht, was dort unten vor sich ging? Oder wollte sie es gar nicht wissen? Eigentlich merkwürdig, Allan hatte sie nie gefragt. Er hatte sich wohl nicht getraut. Und Sanne traute sich schon gar nicht, er hatte vergeblich versucht, sie zu überreden.

Er hätte damals nicht versprechen sollen, sich um Sanne zu kümmern, als sie das letzte Mal entlassen wurde. Aber sie hatte ihn so inständig darum gebeten und der Arzt und der Psychiater hatten sie dabei unterstützt. Es wäre ein harter Schlag für sie, wenn sie wieder eingeliefert würde, hatten sie gesagt. In Wahrheit wollten sie in Augustenborg doch nur ein Bett sparen, denn Betten sind in Krankenhäusern teuer. Damals hatte er es nicht verstanden. Er wusste ja auch nicht, wie schwer es würde, sich um sie zu kümmern. Ihr ging es immer schlechter und er wusste nicht, was er unternehmen sollte, er hatte Angst, etwas falsch zu machen. Allmählich hatte er sich daran gewöhnt, dass sie wirres Zeug redete; immer wieder ging es um Vater und das Sofa, das Jagdgewehr und die Schäferhunde, alles Dinge, die ihm nicht unbekannt waren. Und manchmal war es ja auch gar nicht so wirr, dann konnten sie sich auch zusammen darüber lustig machen, tatsächlich hatte Allan nie so viel gelacht wie zusammen mit Sanne. Sie verstand ihn wie niemand sonst in der Familie. Aber er mochte es überhaupt nicht, wenn er ihr eine Geschichte von sich erzählte, die sie am anderen Tag als ihre eigene ausgab. Es kam ihm einigermaßen unheimlich vor, denn sie erzählte es ziemlich überzeugend. Sie konnte nicht zwischen ihm und ihr unterscheiden, und wenn er müde war, hatte er manchmal selbst Zweifel. Dann wurde er wütend auf sie, ja, er bekam regelrecht Angst – und das führte wiederum bei ihr zu Angstattacken. Sie riss sich die Haare aus, drückte Zigarettenkippen auf ihren Armen aus und am schlimmsten war es, wenn ihre Zunge anschwoll und blau wurde. Er hatte den Verdacht, dass sie sich nachts auf die Zunge biss, aber er mochte sie nicht fragen. Sie dürfe auf keinen Fall allein bleiben, hatte man ihm in der psychiatrischen Klinik erklärt, sie wäre eine Gefahr für sich selbst; und er hatte es geglaubt. Aber nach und nach wurden die Lebensmittel knapp. Und der nächste Kaufmann war vier Kilometer entfernt. Er hatte versucht, sie zu überreden, mit dem Fahrrad dorthin zu fahren, dann hätte er sie im Auge behalten können, aber sie wollte das Bett nicht verlassen. Sie könnte nicht, behauptete sie, ihr Körper fühlte sich ganz kalt und starr an. Schließlich fuhr er allein. So schnell er konnte. Als er eine Stunde später zurückkam, war sie aufgestanden. Sie stand da und bügelte eine Bluse ... Er war ziemlich überrascht, denn eigentlich verstand er es nicht, so schlecht konnte es ihr also doch nicht gehen. Und sie erklärte ihm, er hätte ihr eine Hand aufs Bein gelegt, als er ging, und diese Berührung hätte ihre Blutzirkulation angeregt. Ihr Körper hätte sich erwärmt, so dass sie aufstehen konnte. Ihr Blut könnte nicht zirkulieren, wenn er nicht Hand an sie legte, behauptete sie, seine Berührung gäbe ihr Leben. Es ging ihm nicht aus dem Kopf.

Als es ihr am nächsten Tag wieder schwerfiel, aus dem Bett zu kommen, stand ihm der Schweiß auf der Stirn, denn etwas sagte ihm, dass er sie besser nicht berühren sollte. Als sie es merkte, reagierte sie gekränkt und es wurde nur noch schlimmer. Sie hatte eine unheimliche Fantasie und glaubte, hinter ihrem Rücken läge jemand und versuchte sie zu erwürgen, just wenn sie einschlafen wollte. Sie fragte ihn, wer das wohl sein könnte. Vielleicht ihr Vater, schlug er vor, doch da war sie anderer Ansicht, angeblich handelte es sich um einen jungen Mann.

Eines Abends fragte sie Allan sogar, ob er dieser junge Mann wäre. Und als er nein sagte, lächelte sie ihn so merkwürdig an, als wüsste sie es besser. Im Gästezimmer hatte er Angst, ins Bett zu gehen. Lieber saß er mit dem Gesicht zur Tür auf einem Stuhl, es hätte ja sein können, dass sie hereinkam, während er schlief. Und ihm etwas antat. Zum Beispiel mit einem Brotmesser. Oder einem Fleischklopfer. Wenn er wach war, konnte er sie vielleicht zur Vernunft bringen oder einigermaßen Widerstand leisten. Aber sicher war er sich da nicht, und da die nächsten Nachbarn weit entfernt wohnten, würde es auch nichts nützen, um Hilfe zu rufen.

Als er sich lange genug mit allen denkbaren Gewaltfantasien auseinandergesetzt hatte, hatte er seine Sachen gepackt und war aus dem Fenster geklettert. Er verschwand, ohne sich zu verabschieden. Vier Kilometer lief er bis zum nächsten Bahnhof. Glücklicherweise war der letzte Zug noch nicht gefahren, aber es war ein trauriges Gefühl, im Zug nach Kopenhagen zu sitzen und zu wissen, dass man einen psychisch kranken Menschen sich selbst überlassen hatte. Einen Menschen, der um alles in der Welt nicht allein sein durfte und für den man die Verantwortung übernommen hatte.

Am nächsten Tag hatte er Sanne natürlich angerufen, und als sie nicht ans Telefon ging, hatte er sich bei ihrem Arzt gemeldet. Es war ihm gelungen, den Arzt davon zu überzeugen, hinauszufahren und nach ihr zu sehen. Allerdings war es ein hartes Stück Arbeit gewesen, denn der Arzt hatte anderes zu tun. Außerdem war es ja gar nicht sicher, ob sie überhaupt zu Hause war. Es könnte sein, dass sie sich versteckte. Wie sich herausstellte, hatte sie sich nicht versteckt, keineswegs. Als der Arzt eintraf, lief sie nackt auf einem Feld herum und rief nach ihrem kleinen Bruder. Mit ein paar Bauern auf den Fersen.

»Allan!«, hatte sie gerufen.

Es war kaum auszuhalten, er hatte das Gefühl, als würde er es noch immer hören: »Allan!«

Aber das war nicht Sannes Stimme. Charlotte rüttelte ihn wach und versuchte, sich bemerkbar zu machen.

»Du seufzt und stöhnst«, sagte sie, »ich halte das nicht länger aus. Sei so nett und leg dich ins Wohnzimmer.«

»Ja«, sagte er.

Er stand auf und trollte sich, schließlich wollte er ihr nicht zur Last fallen. Und unten gab es schließlich ein Sofa, direkt neben der Standuhr.

◆

Margrethe stand zur üblichen Zeit auf, setzte Wasser für den Kaffee auf und schaltete das Radio ein, das auf Radio Syd eingestellt war. Sie begann ihre Morgengymnastik. Und hörte auf einmal vom Sofa: »Guten Morgen, Mutter.«

Sie griff sich ans Herz und stützte sich auf den Wohnzimmertisch.

»Allan«, rief sie aus, »wieso liegst du denn hier?«

»Meine Frau sagt, ich schnarche.«

Sie schaute ihn prüfend an, offenbar war sie nicht sicher, ob er die ganze Wahrheit sagte.

»Hauptsache, es ist alles in Ordnung, Allan?«

»Ist es, Mutter. Alles ist gut. Ich bekomme bloß keine Luft in diesem alten Haus.«

Wie gewöhnlich musste er überdramatisieren; und ein bisschen Luft schien er ja zu bekommen, so wie er sich streckte. Er hätte lieber daran denken sollen, wie es seiner alten Mutter erging, wenn man sie derart erschreckte.

»Mach nur deine Gymnastik«, forderte er sie auf.

Das war leichter gesagt als getan, aber nun ja, sie konnte höchstens tot umfallen. Vielleicht würde er sich dann ein andermal etwas mehr vorsehen. Sie begann mit ein paar Armschwüngen, gefolgt von Kopfrollen; nicht alle Übungen gelangen, aber sie absolvierte sie so gut sie konnte. Und er sah ihr geduldig dabei zu. Es war inzwischen viele Jahre her, dass sie für jemanden aufgetreten war, fast siebzig Jahre; damals hatte sie an einem Wettkampf in Skærbæk teilgenommen.

Allan blieb sitzen, bis sie mit ihrem Programm fertig war. Dann schaltete sie das Radio ab. Irgendetwas wollte er sie fragen, das sah sie ihm an.

»Wie viel hast du über die Sache mit Vater und Sanne gewusst?«

Er nickte in Richtung Sofa, und sie wusste genau, was er meinte. Die Antwort musste einen Moment warten, bis sie wieder zu Atem gekommen war.

»Wie viel ich gewusst habe? Na ja, ich habe es wohl geahnt, Allan. Aber um ehrlich zu sein, ich habe deinen Vater nicht mehr ertragen. Bereits damals hatte ich seine psychischen Nerven satt. Und ich brauchte schließlich auch meinen Nachtschlaf.«

Er guckte sie so seltsam an, fand sie; der Mund zog sich auf der einen Seite ganz hinunter und nun fiel ihr auf, wie tief seine Stirnfalten tatsächlich waren. Hatte sie schon wieder etwas Falsches gesagt? Es handelte sich doch nur um die Wahrheit, außerdem war das so lange her. Zum Glück hörte sie Stimmen auf der Treppe, Charlotte und Frida schauten herein, wünschten einen guten Morgen und liefen zur Toilette.

»Ja, dann können wir ja bald frühstücken«, sagte Margrethe.

»Wie konntest du einfach dabei schlafen, Mutter? Sanne wurde krank, ihr ganzes Leben ist zerstört ...«

»Ich glaube, das war von vornherein kaputt. Mit Sanne war schon immer etwas nicht in Ordnung, schon seit ihrer Geburt.«

»Aber deshalb musste man sich ja erst recht um sie kümmern.«

»Ich hatte nicht die Kraft dazu, Allan.«

Nun ließ er den Mund wieder so hängen, das sollte er sich abgewöhnen, es ließ ihn dümmlich aussehen.

»Es war nicht gerade ein Vergnügen, mit deinem Vater verheiratet zu sein, wenn du es wirklich wissen willst. Ich hatte schon oft meinen Koffer gepackt. Aber wo sollte ich denn hin? Mit drei Kindern? Es waren andere Zeiten damals. Ich bin wegen euch bei ihm geblieben.«

»Wegen uns? Aber Mutter ...«

Es war an der Zeit, mit diesem Gerede über die alten Zeiten aufzuhören, dachte Margrethe und ging in die Küche. Charlotte interessierte es nicht und für Frida war es erst recht nichts. Jetzt kamen sie von der Toilette zurück und setzten sich an den Küchentisch. Ganz im Ernst: Was gab es da überhaupt zu reden? Zugegeben, es war nicht alles so glücklich verlaufen, aber die Kinder hatten doch Kleider am Leib und Essen auf dem Tisch gehabt; und selbst wenn Allan hin und wieder von seinem Vater eins in den Nacken bekam, hatte es ihm doch nicht wirklich geschadet. Immerhin war er in Kopenhagen ein bekannter Mann geworden. Einer, der Bücher und Stücke über die Kindheit schrieb, mit der er so unzufrieden war. Und wer weiß, wie viel er damit verdiente, aber das ging sie natürlich nichts an.

»Ich finde, wir sollten uns einen netten Tag machen«, erklärte sie.

»Das wäre wunderbar«, sagte Charlotte. »So wie es aussieht, gibt es schönes Wetter.«

»Du hättest die Schlafzimmertür nicht abschließen sollen«, klang es aus dem Wohnzimmer. »Er hat oft davor gestanden und geklopft, was glaubst du, wie es ihm dabei ging?«

»Komm jetzt frühstücken«, erwiderte Margrethe. Sie setzte sich neben Charlotte und Frida und schenkte Kaffee ein.

»Essen wir heute Gufguf?«, fragte Frida.

Margrethe reichte ihr die Schachtel mit den Schokoladentäfelchen und wunderte sich: Das Kind nahm zwei Tafeln für ein halbes Brötchen. Ziemlich reichlich, und ihre Mutter sagte nichts dazu. Aber sie hatte sich nicht einzumischen. Charlottes Gedanken waren offenbar ganz woanders. Jetzt stand sie auf, ging zu Allan ins Wohnzimmer und zog die Tür zu. Und dann begannen sie zu flüstern, mein Gott, wie sie tuschelten. Eigentlich war das ziemlich unhöflich. Gut, dass Frida mit den Schokoladentäfelchen beschäftigt war. Zum Glück konnte man nicht hören, was sie sagten. Doch als Margrethe die Marmelade aus dem Küchenschrank neben der Tür holte, ließ es sich nicht vermeiden, dass sie hörte, worüber die beiden sprachen. Charlotte wollte nach Hause, und zwar auf der Stelle, aber Allan meinte, er müsse bleiben. Er müsse herausfinden, wer es getan hatte, sagte er. Was denn getan? Seltsam. Margrethe trat ins Wohnzimmer, diese Geschichte musste geklärt werden.

»Wer was getan hat?«, wollte sie wissen.

»Ich will wissen, was ihr mit meinem Vater gemacht habt. Ich habe das sichere Gefühl, dass irgendetwas Furchtbares passiert ist.«

Charlotte stand auf und ging zu ihrer Tochter, die nach ihr rief.

»Aber, liebster Allan ...«

»Doch. Und ich muss wissen, wessen Schuld es ist.«

»Wessen Schuld? Du klingst, als hätte jemand deinen Vater umgebracht.«

Sie stieß ein Lachen aus, also wirklich, doch er blickte sie nur an, ohne eine Miene zu verziehen. Er meinte es tatsächlich ernst! Um Himmelswillen, wieso akzeptierte er nicht einfach, dass sein Vater tot war, und ließ es gut sein? Sie mussten doch zusehen, dass das Leben weiterging, das hatten sie sich schließlich versprochen.

»Ich hingegen möchte wissen, wann der Zug nach Kopenhagen abfährt«, rief Charlotte aus der Küche.

»Fahren wir jetzt nach Hause?«, fragte Frida.

Es schien so. Eigentlich wollten sie doch erst morgen fahren, so hatte es Margrethe jedenfalls verstanden.

»Ich bleibe noch ein bisschen«, sagte Allan. »Wenn du nichts dagegen hast, Mutter?«

»»Tja«, erwiderte sie.

Seltsam war das schon, ein Teil fuhr heim, der andere blieb. Sie waren doch verheiratet, das war kein gutes Zeichen. Und sie hatte sich so gefreut, dass Allan seine eigene Familie gegründet hatte. Es wäre so gut für ihn gewesen, wenn er jemanden gefunden hätte, der ihn einfach nur lieb hatte, so wie er war. Aber das war natürlich nicht so einfach, wenn er sich so aufführte. Er musste lernen, sich mit den Dingen abzufinden, die sich ohnehin nicht mehr ändern ließen.

Allan brachte Charlotte und Frida zur Haltestelle des Bahnbusses. Natürlich begleitete er sie, schließlich gab es ja auch Gepäck zu tragen. Außerdem wollten sie sich nicht im Streit trennen, darin waren sie zum Glück einer Meinung. Eine der wenigen Gemeinsamkeiten.

Frida freute sich, nach Hause zu kommen, allerdings verstand sie nicht, warum ihr Vater nicht mitfuhr. Kam er jetzt nie wieder nach Hause?

»Papa kommt in ein paar Tagen nach«, sagte Allan. »Er muss hier nur noch etwas erledigen.«

»Was denn?«

»Ich muss noch ein bisschen mit Oma reden und mit meinem großen Bruder Asger. Es ist lange her, seit wir uns das letzte Mal unterhalten haben.«

Als sie an die Bushaltestelle kamen, setzten sich Allan und Charlotte auf eine Bank und zwinkerten in die Sonne. Die Kastanien waren aufgeblüht und die Vögel sangen, der Frühling war endlich gekommen. Jedenfalls nach Südjütland. Aber bei so viel Schönheit, spürte man immer auch einen Stich im Herzen, fand Allan. Eigentlich eigenartig. Als würde sich hinter all der Schönheit noch irgendetwas verbergen.

Frida pflückte Löwenzahn, sie wollte ihrem Vater einen Strauß schenken. Normalerweise beschenkte sie ihre Mutter, doch diesmal war der Strauß für ihn bestimmt. Offenbar meinte sie, ihn ein wenig aufmuntern zu müssen. Allan hatte nichts dagegen.

Charlotte hatte nichts dagegen, wenn er noch ein bisschen in Südjütland blieb. Ihm schien es ja offenbar wichtig, herauszufinden, was mit seinem Vater passiert war. Allerdings hoffte sie auch, dass er die Sache klären würde, damit sie aus der Welt war, ein für allemal.

»Ich glaub, ich schaff das schon«, sagte er.

»Wo willst du eigentlich ansetzen? Ich meine, ganz konkret. Willst du mit Asger sprechen?«

»Das werde ich als Erstes tun, ja.«

»Und wird es dich der Antwort näherbringen?«

»Ich kann es zumindest versuchen. Ich werde ihm auf den Zahn fühlen müssen. Das Problem ist, dass Mutter ihn bestimmt schon angerufen und vorbereitet hat. Wahrscheinlich spricht sie gerade mit ihm, während wir hier sitzen.«

Frida brachte ihrem Vater die Blumen, einen großen,

schönen Strauß, außerdem wollte sie noch ein bisschen auf seinen Schoß. Allan bereute es beinahe, dass er nicht mit ihnen fuhr. Aber doch nur beinahe.

»Wieso fährst du nicht ins Krankenhaus?«, sagte Charlotte. »Du solltest mal mit diesem Iraker sprechen.«

Merkwürdigerweise war ihm dieser Gedanke bisher nicht in den Sinn gekommen. Na ja, vielleicht als Idee, aber tatsächlich nicht als ein Gedanke, der sich ernsthaft in die Tat umsetzen ließ.

»Glaubst du wirklich, er würde mit mir reden?«

»Ja, sicher«, erwiderte sie. »Du kannst sie auch fragen, ob du den Krankenbericht deines Vaters einsehen kannst. Soweit ich weiß, hast du das Recht dazu.«

Ein Gedanke, der es wert war, dass man ihn verfolgte. Charlotte hatte immer wieder ausgesprochen gute Einfälle, und zum Glück äußerte sie sie auch.

Jetzt kam der Bahnbus, sie standen auf und griffen nach ihrem Gepäck. Allan spürte eine gewisse Erleichterung, nun sah er einen Weg, er musste nur handeln. Geh objektiv vor, wie ein Detektiv, folge unermüdlich den Spuren. Charlotte war eine gute Ehefrau, wirklich. Sie umarmten und küssten sich, Charlotte und Frida stiegen ein und lösten einen Fahrschein. Und dann musste Frida natürlich pinkeln.

Wieso hatte sie das nicht vorher gesagt? Sie hätten sie natürlich auch fragen können. Charlotte nahm sie am Arm und ging mit ihr in den Wartesaal, in dem es auch Toiletten gab.

»Entschuldigung«, sagte Allan zu dem Fahrer, der es relativ gelassen hinnahm.

»Wenn sie in dem Alter müssen, dann müssen sie«, erwiderte er. »Wir sind gut in der Zeit.«

Dann griff er zu einem Boulevardblatt und blätterte es auf dem Lenkrad auf. Das ist das Schöne an der Provinz, dachte Allan, es gibt Zeit genug. Und die Leute waren in der Regel so freundlich, dass man selbst Lust bekam, freundlich zu sein und irgendetwas zu sagen, einfach nur so. Das war fast noch das Beste – einfach die Leere ausfüllen.

»Wird ein schöner Tag heute«, sagte Allan.

Der Fahrer nickte, lächelte und schaute einen Moment vor sich hin: »War's gestern auch.«

Obwohl er lächelte, zeigte sich in seinem Gesicht auch ein Schmerz, als wäre es fast schon zu viel des Guten. Haben wir es wirklich verdient, dass es uns so gut geht? Mein Gott, heute scheint schon wieder die Sonne! Allan kannte dieses Gefühl, er mochte es nicht sonderlich.

Der Fahrer blickte wieder in die Zeitung. Natürlich in den Sportteil. Es war mehrere Tage her, dass er Zeitung gelesen hatte, fiel Allan ein, das passierte selten. Vielleicht gab es ein neues Buch oder ein neues Stück von einem seiner Kollegen? Ein Konkurrent, der verrissen wurde, das war immer wieder erfrischend. Möglicherweise wurde aber auch jemand gefeiert, einer von denen, die es nicht verdienten. Allan konnte dann vor Ärger regelrecht schwindlig werden; zumindest das blieb ihm erspart, solange er sich in Südjütland aufhielt. Er hatte das Gefühl, all diese Dinge waren so weit weg, dass sie ihn nicht erreichen konnten. Andererseits gab es hier genügend andere Dinge ...

Endlich kamen Charlotte und Frida zurück. Charlotte sah blass aus, fand er, sie sagte irgendetwas über die Toiletten, während sie in den Bus stieg.

»Da waren überall Pillermänner und Scheiden an die Wände gemalt«, erklärte Frida.

»Na sowas«, sagte Allan.

»Ja, die Jugendlichen hier im Ort«, sagte der Fahrer. »Wenn sie mit der Schule fertig sind, wissen sie nichts mit sich anzufangen.«

»Na so was«, sagte Allan noch einmal, damit hatte er zumindest nicht zu viel gesagt.

»Wird Zeit, dass ein bisschen Industrie hierherkommt, damit die Räder wieder rollen können«, erklärte der Fahrer, in seinen langen, rollenden R's waren die Räder förmlich zu hören.

Allan schaute in den Bus, in dem tatsächlich ein junger Mann mit Baseballkappe saß und den Kopf einzog, eigentlich sah er ziemlich friedlich aus. Der Fahrer faltete die Zeitung zusammen und legte sie beiseite, schloss die Türen und fuhr los. Charlotte und Frida winkten aus den Fenstern. Allan winkte zurück, bis er sie nicht mehr sehen konnte. Dann sah er sich den Fahrplan an, der an der Mauer neben dem Wartesaal hing. Er wollte wissen, wann ein Bus zum Krankenhaus fuhr. Erst in ein paar Stunden, also konnte er noch nach Hause gehen und den Löwenzahnstrauß in eine Vase stellen. Obgleich es möglicherweise ein bisschen kindisch klang, freute er sich, seiner Mutter zu erzählen, wer ihm den Strauß geschenkt hatte.

Erst musste er sich noch rasch die Toiletten ansehen, waren diese Graffitis wirklich so schlimm? Eigentlich schon. Frida hatte sie ziemlich gut beschrieben, es gab Pillermänner und Scheiden in den unterschiedlichsten Größen und Ausformungen, und nicht einmal sonderlich gut gezeichnet. Und nicht nur auf den Toiletten, auch der eigentliche Wartesaal war voller Zeichnungen. Vermutlich saßen dort Leute und warteten auf ihren Bus, zumindest im Winter. Viele ältere Menschen und wahrscheinlich auch die Frommen von der Inneren Mission. Quer über eine Wand hatte jemand ›Erschießt die Schwulen!‹ geschmiert. Darunter stand mit einer anderen Schrift: ›Warum?‹ Und darunter eine dritte Schrift: ›Warum nicht?‹ Überall flog Toilettenpapier auf dem Boden herum und es stank aus den WC-Schüsseln, sie mussten verstopft sein. Wieso kümmerte sich niemand darum? Allan musste das Fenster öffnen, um frische Luft zu bekommen. Und natürlich sangen draußen die Vögel in den höchsten Tönen. Es sah schlimmer aus als alles, was er in Kopenhagen oder sonst irgendwo gesehen hatte. Die Jugendlichen hier im Ort mussten sich wirklich sehr langweilen. Er mochte gar nicht daran denken, auf was für Ideen sie kommen konnten, wenn sie älter wurden. Und wenn keine Industrie käme, damit die Räder wieder rollen konnten. Oder wenn sie sich nicht zusammenrissen und rechtzeitig fortzogen. So wie es Allan zum Glück gelungen war.

Es war nicht schwer, Einblick in die Krankenakte seines Vaters zu bekommen. Er hatte sich mental vorbereitet, bevor er im Krankenhaus anrief, er hatte geglaubt, er müsse sich erklären und laut werden, aber das war überhaupt nicht notwendig gewesen. Die Krankenschwester, die er am Apparat hatte, unterbrach ihn ziemlich schnell und erklärte, er könne sofort kommen. Es klang fast so, als würde sie Allan und seine Familie kennen und hätte bereits auf seinen Anruf gewartet, aber das konnte eigentlich nicht sein. Wahrscheinlich bekamen sie häufig derartige Anfragen.

Als Allan eintraf und seinen Namen nannte, wurde er in ein kleines Büro geführt. Die Krankenakte lag auf dem Schreibtisch, er bedankte sich und schloss die Tür, um ungestört lesen zu können. Aber schon, als er den Namen seines Vaters auf der ersten Seite sah, bekam er Herzklopfen, es fiel ihm schwer, sich zu konzentrieren. Er konnte durchaus die einzelnen Worte entziffern, doch die Sätze zerfielen und ergaben keinen Sinn. Auch wusste er nicht genau, worauf er achten sollte. Irgendwo fiel ihm das Wort *Respirator* auf, aber dort stand nichts davon, dass man ihn vorzeitig abgestellt hatte. Wahrscheinlich wurde so etwas auch nicht festgehalten, und schon gar nicht, wenn es keinen Beweis dafür gab.

Allan stellte fest, dass sein Vater in den vergangenen neun Jahren ziemlich oft im Krankenhaus gelegen hatte. Von der Sache mit dem Bruch hatte ihm seine Mutter erzählt, aber tatsächlich gab es weit mehr. Das war neu für Allan, wieso hatte seine Mutter nichts davon erzählt? Unter anderem war Vater auf der Treppe gefallen und hatte sich das Schlüsselbein gebrochen; soweit Allan wusste, war das ziemlich schmerzhaft. Bei einem weiteren Sturz hatte er sich eine Platzwunde am Kopf zugezogen. Zwei Mal war er auf irgendeine Diät gesetzt worden. Das erste Mal wurde sogar sein Magen ausgepumpt, hatte er vielleicht etwas verschluckt ...? Dann stieß er auf die Beschreibung eines Stücks Käse, vier mal sechs Zentimeter groß. Sein Vater konnte doch nicht ein derart großes Stück Käse in den falschen Hals bekommen haben? Das musste er näher untersuchen. Am Ende stand der Name des Arztes, von dem Mutter erzählt hatte. Hawas und noch irgendetwas, das sehr irakisch klang. Allan trat auf den Korridor, fand eine Schwester und bat, mit Hawas sprechen zu dürfen. Es gäbe ein paar Dinge in dem Bericht, die er nicht verstünde und sich gern erklären lassen würde, sagte er. Die Krankenschwester bot ihre Hilfe an, was verstand Allan denn nicht?

»Was ist mit meinem Vater passiert?«, fragte er und erschrak über seine kleinlaute und belegte Stimme.

»Was passiert ist?«, wiederholte die Schwester.

»Ja, oder besser, wie ist es passiert. Ich würde gern mit jemandem diese Krankenberichte durchgehen. Da steht irgendwas über ein Stück Käse ...«

Die Schwester versprach, Hawas zu finden, aber es würde

eine Weile dauern, er war im Augenblick in einem anderen Teil des Gebäudes beschäftigt. Allan ging zurück ins Büro. Er würde solange warten, erklärte er, er hätte es nicht eilig.

Er setzte sich und schaute aus dem Fenster. Das Krankenhaus lag an einem von Laubwald begrenzten Fjord; alles wirklich sehr schön, und doch wirkte es keineswegs beruhigend auf ihn. Vielleicht, weil er so auch oft im Psychiatrischen Krankenhaus von Augustenborg gesessen hatte, wenn Sanne eingeliefert werden musste. Auch dort hatte er die hübsche Aussicht genossen und so war es allmählich dazu gekommen, dass er die Schönheit der Natur mit seelischer Unruhe verband. Was ja, trotz alledem, nicht unmittelbar beabsichtigt ist. Aber so empfand er es. Er beschloss, auf den Parkplatz zu schauen und die Autos zu zählen. Bei vierundzwanzig ging es ihm langsam wieder besser, als ihm einfiel, dass im Krankenbericht seines Vaters das Wort ›Parkplatz‹ erwähnt wurde, wo stand das gleich? Allan blätterte die Unterlagen durch. Und fand die Stelle. Vater war einem Krankenpfleger entwischt, als er in die Röntgenabteilung gebracht werden sollte, stand da. Eine Suchaktion wurde eingeleitet. Schließlich hatte der Krankenpfleger den Patienten gefunden, der verwirrt auf dem Parkplatz herumlief. Allan erinnerte sich, wie seine Mutter damals die Zeit genossen hatte, als sie mit Blinddarmentzündung ins Krankenhaus eingeliefert worden war. Dass ihr das Essen ans Bett gebracht wurde, dass man nicht selbst abwaschen musste, sie hatte oft darüber gesprochen. So etwas hatte sie zum ersten Mal erlebt. Einfach mal ein bisschen herauszukommen. Sie fand neue Freundinnen, mit denen sie sich nachts Kissenschlachten lieferte. Als Mutter nach Hause kam, war sie ein ganz neuer Mensch gewesen. Immer wieder hatte sie Allan erklärt, die Zeit im Krankenhaus wäre die schönste Zeit ihres

Lebens gewesen. Und umgekehrt? Wenn Vater im Krankenhaus war, irrte er auf dem Parkplatz herum und erbrach große Stücke Käse.

Es klopfte an der Tür, Allan sagte »Herein«, und dann stand der irakische Assistenzarzt in der Tür. Ein kleiner untersetzter Herr mit braunen, freundlichen Augen. Allan dachte sofort, Mutter hatte recht, ein ansehnlicher Mann. Der dunkle Teint und das lockige schwarze Haar passten gut zu dem weißen Kittel. Ja, der Arztkittel schien überhaupt erst so zu seinem Recht zu kommen.

Allan stellte sich vor und gab ihm die Hand.

»Hawas«, sagte der Iraker. »Endlich bist du gekommen.«

KAPITEL 6

Der Klumpen im Hals

Hawas schloss die Tür und setzte sich auf die Schreibtischkante. Er hatte etwas Vertrautes, trotz der Hautfarbe, der großen Nase und der kräftigen Augenbrauen.

»Ich habe mit deiner Mutter geredet«, sagte er. »Auch mit deinem Bruder, aber meist mit deiner Mutter. Sie waren beide hier, als dein Vater krank war, und sie haben viel über dich gesprochen.«

Er sprach ausgezeichnet Dänisch. Aber Mutter hatte ja erzählt, dass seine Eltern in den Achtzigern nach Dänemark geflüchtet waren.

»Über mich? Sie haben über mich gesprochen?«

Hawas nickte und die dunkle, etwas altmodische Hornbrille glitt die Nase hinunter. Allan zuckte zusammen, er hatte das Gefühl, diese Brille schon einmal gesehen zu haben.

»Sie berichteten von deinen Büchern, nun ja, leider habe ich sie nicht gelesen. Aber eine der Krankenschwestern hier in der Abteilung hat es getan; und sie sagt, du hättest eine ganz besondere Art von Humor. Du verschonst offenbar niemanden.«

Allan lächelte und spürte, wie seine Wangen anfingen zu glühen. Ausgesprochen irritierend. Er fühlte sich schnell geschmeichelt, aber hier ging es schließlich nicht um ihn.

»Meine Mutter hat mir gewisse Dinge über die Umstände des Todes meines Vaters erzählt. Wenn ich mir allerdings die Akte ansehe ...«

»Was hat deine Mutter denn erzählt?«

Die Frage kam Allans Ansicht nach ein wenig schnell, allerdings wirkte Hawas dabei vollkommen ruhig.

»Dass sie ein gutes und langes Gespräch mit dir geführt hat. Du erinnerst dich vielleicht, sie wollte ihn nur ungern wieder mit nach Hause nehmen. Und dafür hättest du ein gewisses Verständnis gehabt, sagte sie. Nicht wie die anderen Ärzte. Du hättest dich zu ihr gesetzt und ihr zugehört, und am nächsten Tag wärst du noch einmal gekommen ...«

Er hielt inne, es gelang ihm nicht, den Satz zu beenden.

»Und kurz darauf war dein Vater tot«, sagte Hawas. »Glaubst du, ich hätte dabei ein wenig nachgeholfen?«

»Das kann ich mir nicht vorstellen. Aber ich habe das Gefühl, dass irgendetwas nicht so ist, wie es sein sollte.«

»Das ist immer so bei euch«, sagte Hawas und verschränkte die Arme, deutlich irritiert. »Wenn du wüsstest, wie viele Leute hierherkommen, die nicht verstehen, warum einer ihrer Angehörigen tot ist, und dann den Arzt verdächtigen, einen Fehler begangen zu haben. Und immer sind es diejenigen, die nicht rechtzeitig gekommen sind.«

Allan war nicht gekommen, um zur Rechenschaft gezogen zu werden, sondern um Hawas zur Rechenschaft zu ziehen. Er nahm den Krankenbericht vom Schreibtisch und begann darin zu blättern, während Hawas fortfuhr.

»Wieso bist du nicht früher nach Hause gekommen, Allan? Als dein Vater krank war? Er lag acht Tage hier und er war sehr krank. Er lag im Sterben.«

»Und nun?«

»Ja, du bist wie gesagt nicht der Erste und es geht auch nicht darum, dass ich nicht mit dir reden will.«

Das hörte Allan gern, und nun lächelte Hawas ihn an. Plötzlich wollte Allan sich gern verteidigen.

»Mein Vater wollte mich nicht mehr sehen«, sagte er, »Ja,

das klingt vielleicht sonderbar, aber er konnte mich nicht ertragen. Ich habe das sogar schriftlich, er hat mir einen Brief geschrieben.«

»Stand in dem Brief, dass du nicht zu kommen hättest, wenn er alt wäre und im Sterben läge?«

»Nein.«

Hawas nickte nachdenklich.

»Um es ganz direkt zu sagen, ich habe mir nichts aus ihm gemacht. Ich fand es geradezu erleichternd, dass ich ihn nicht mehr sehen musste.«

Nun war es heraus. Es klang hart, aber so war es nun mal.

»Und wieso bist du jetzt hier?«

Es hätte zu weit geführt, dem Arzt alles zu erklären. Allan hielt den Bericht in die Höhe, er wollte zum eigentlichen Grund seines Kommens zurück. Aber Hawas unterbrach ihn.

»Jetzt ist es zu spät, mein Freund. Verstehst du? Manchmal ist es einfach zu spät.«

Er schob die Brille wieder an ihren Platz auf der Nase. Sie war viel zu groß für ihn. Und plötzlich begriff Allan, was ihm an Hawas so vertraut vorkam. Die Brille! Sie sah genauso aus wie die Brille seines Vaters. Wenn er es nicht besser wüsste, hätte er schwören können, dass es sich um die Brille seines Vaters handelte.

»Ich will wissen, wie mein Vater gestorben ist«, sagte er. »Du musst es mir etwas genauer erzählen. Dann gehe ich auch wieder. Aber ich brauche ein paar Details. War er irgendwann bei Bewusstsein?«

»Ja, in den ersten paar Tagen, an denen er hier lag. Und willst du auch wissen, ob er nach dir gefragt hat?«

Allan schüttelte den Kopf, als läge ihm diese Frage unendlich fern, aber in Wahrheit hatte er gerade danach fragen wollen. Nun erkundigte er sich stattdessen: »Hatte er Schmerzen?«

»Nicht während seines Aufenthalts hier. Wir haben ihm Morphium gegeben.«

Sonst hätte er also Schmerzen gehabt, das hätte Allan sich auch selbst denken können. Wie oft hatte er nicht darum gebetet, sein Vater möge eines schmerzvollen Todes sterben? Seine Gebete waren erhört worden. Aber es verschaffte ihm nicht die erwartete Befriedigung; jetzt war er dankbar, dass es Morphium gab.

»Woran ist er gestorben?«

»Herzversagen als Folge einer Lungenentzündung. Schau in die Akte.«

»Ja, aber wenn ich darin lese, hören sich gewisse Dinge ein bisschen merkwürdig für mich an.«

Hawas schüttelte resignierend den Kopf. Die Brille rutschte ihm wieder auf die Nase, Allan konnte seine Augen nicht davon lassen.

»Ach, meine Brille«, sagte Hawas plötzlich. »Du meinst, du hättest sie schon einmal gesehen? Das stimmt, sie gehörte deinem Vater. Deine Mutter hat sie mir geschenkt. Ich hatte meine eigene verlegt und habe ungefähr die gleiche Stärke. War es falsch von mir, sie anzunehmen? Willst du sie haben? Ich gebe sie dir gern.«

Er reichte Allan die Brille, aber Allan stieß die Hand fort. Er fasste es nicht, der irakische Assistenzarzt hatte Vaters Brille auf der Nase! Was hätte Vater wohl davon gehalten? Er, der Angst vor Einwanderern hatte, vor allem vor denen mit einem anderen Glauben. Dass Mutter so etwas fertigbrachte. Wie respektlos. Wie gefühllos. Nun konnte er nicht mehr an sich halten, er krümmte sich zusammen und verbarg das Gesicht in seinen Händen.

»Weine nur, mein Freund«, tröstete Hawas, »weine nur. Du bist nicht der Erste.«

Er kam näher und legte Allan einen Arm um die Schulter. Der Ärmel seine Kittels rutschte hoch und entblößte einen behaarten Unterarm. Allan gab seinen Widerstand auf, legte den Kopf an Hawas Brust und heulte.

»Ihr Dänen weint nicht genug. Und ihr weint immer, wenn es zu spät ist.«

Sofort riss Allan sich zusammen, der Auftritt wurde ihm jetzt doch zu demütigend. Vielleicht erzählte Hawas es hinterher den Schwestern, und dann wussten es in kürzester Zeit alle: Der ›bekannte‹ Autor brach zusammen und weinte salzige, südjütländische Tränen an der Schulter eines irakischen Assistenzarztes!

»Ich muss wissen ... ich muss wissen«, schluchzte er.

»Nein, musst du nicht. Du musst nach Hause zu deiner Mutter. Grüß sie von mir. Sie ist eine gute Frau, Allan, du darfst ihr keine Vorwürfe machen. Und wenn sie im Sterben liegt, wirst du bei ihr sein, versprichst du es mir? Du wirst dich richtig verabschieden.«

Allan nickte und wischte sich die Augen aus. Hawas blickte auf seine Armbanduhr, legte eine Hand auf die Klinke und reichte Allan die andere zum Abschied. Aber er durfte noch nicht gehen, Allan war doch überhaupt noch nicht fertig.

»Nur eine Sache noch«, sagte er und wies auf eine Seite des Krankenberichts, jetzt hatte er die Stelle endlich gefunden. »Dort steht, man hätte ihm den Magen ausgepumpt. Hatte mein Vater sich an einem Stück Käse verschluckt?«

»Davon weiß ich nichts, das war vor meiner Zeit«, sagte Hawas und schritt bereits den Flur hinunter.

Aber Allan lief ihm nach: »Was war mit diesem Käse?«

»Geh nach Hause, Allan«, hörte er Hawas noch sagen, bevor der Arzt in einem Aufzug verschwand. »Geh nach Hause zu deiner Mutter.«

Ein paar Krankenschwestern beobachteten Allan verstohlen, und als er sich umdrehte, sah er einen alten Mann auf sich zuhumpeln. Er kannte ihn vom Sehen, einer von Mutters Nachbarn.

»Nein, bist du es, Allan? Was machst du denn hier? Tja, du erinnerst dich wahrscheinlich nicht mehr an mich.«

Selbstverständlich erinnerte Allan sich, vor ihm stand Detlefsen. Unglaublich, dass er noch lebte, lange würde es sicher nicht mehr dauern.

»Nein, ich glaube nicht ...«

»Ich war ein Freund deines Vaters. Bis ich begriff, was für ein Kerl er war, dank deiner Schreiberei. Dann war er nicht mehr mein Freund, und damit habe ich wohl nicht zu viel gesagt. Unglaublich, seine Kinder zu missbrauchen, da kann man mal sehen. Und ich dachte, ich würde ihn kennen, wir haben zusammen in der Molkerei gelernt. Und wir hatten beide Schäferhunde. Er hatte ein gewaltiges Händchen für seine Hunde, nie ein böses Wort, und sie parierten trotzdem. Bei uns anderen kam es schon mal vor, dass wir mit unseren Hunden schimpften, ja, ich habe meinen sogar mal geschlagen. Aber er hat das nie getan, nein, seine Hunde hat er nicht geschlagen.«

Das ist jetzt aber ein bisschen viel, dachte Allan. Das klang ja nach einer wahren Liebeserklärung. Was konnten die Hunde denn, was er nicht konnte? Er wollte nichts mehr davon hören, aber Detlefsen war noch nicht fertig.

»Als meine letzte Hündin Hüftgelenksdysplasie bekam, hat er sie über der Lende massiert und die Schmerzen verschwanden. Das hat besser geholfen als die Pillen des Tierarztes. Er hat immer gern hereingeschaut, wenn er seine Milch ausfuhr; und wenn die Hündin Schmerzen hatte, hat er sie auf den Schoß genommen und massiert. Glaubst du, er wollte etwas dafür haben? Wenn er fertig war, guckte ihn der Hund so dankbar an, das war ihm Lohn genug. ›Man hilft doch, wo man kann‹, hat er gesagt, mit ein paar Milchflaschen jongliert und irgendwas aus dem Gesangbuch zitiert. Ich konnte ihn gut leiden, muss ich ehrlicherweise gestehen. Aber wenn ich's recht bedenke, habe ich ihn wohl doch nicht richtig gekannt. Weshalb bist du hier, bist du auch krank?«

»Nein. Ich bin hier ... na ja, eigentlich wegen meines Vaters.«

»Tja, aber der ist doch tot. Hast du das nicht gewusst?«

Allan nickte, natürlich wusste er das. Detlefsen blieb stehen und wartete auf eine Erklärung. Allan wollte noch etwas sagen, etwa, dass es nicht seine Absicht gewesen wäre, einen Keil zwischen die Freundschaft von Detlefsen und Vater zu treiben. Aber er brachte kein Wort über die Lippen, er war kurz davor, sich auch an Detlefsens Schulter auszuweinen. Er lief zum Aufzug und fuhr hinunter zum Ausgang.

◆

Margrethe kniete vor dem Kühlschrank und durchwühlte das Gefrierfach, als es hinter ihr ans Küchenfenster klopfte. Sie schaute sich um und sah draußen die Silhouette eines Mannes. Direkt hinter ihr, er konnte ihr direkt in den Schritt sehen! Gut, dass sie eine Hose angezogen hatte, und nicht den Rock. Wer wusste denn, wie lange er schon dort stand. Teufel auch! Es war ihr schwer genug gefallen, in die Knie zu gehen, sollte sie jetzt schon wieder aufstehen? Sie schloss die Klappe des Gefrierfachs, das war wichtig, es durfte nicht offen stehen. Langsam kam sie auf die Beine und zog mit Mühe das Fenster auf. Dort stand Svend, natürlich, er lächelte und ließ seine Goldzähne in der Sonne blitzen.

»Spricht etwas gegen einen Besuch?«

»Ach, du bist es, Svend. Nein, schon gut.«

Sie mochte ihn nicht abweisen, er nahm es sich immer so zu Herzen. Und eilig hatte sie es im Grunde nicht. Es war noch nicht Mittag, und bis zum Abend würde sie die Frikadellen schon noch finden und braten.

»Ich habe immer wieder an die Haustür geklopft«, erklärte Svend, »aber du hast nicht aufgemacht. Du hörst offenbar nicht mehr so gut?«

»Nein«, sagte sie, »wahrscheinlich nicht.«

Aber so schlecht hörte sie nun auch wieder nicht; vermutlich hatte er absichtlich nur vorsichtig geklopft, wollte gar nicht, dass sie es hörte. Denn dann hatte er ja einen Vorwand, um ums Haus zu gehen und in die Fenster zu gucken.

Bevor sie ihn einließ, musste sie sich allerdings noch ein wenig hübsch machen. Sie trat vor den Spiegel, der auf dem Kühlschrank stand, um ihr Haar ein bisschen zu richten. So lange konnte Svend durchaus warten. Vieles konnte man ihm nachsagen, aber warten, das konnte er. Er hatte ein Menschenalter lang gewartet. So, nun wurde es nicht mehr besser mit den Haaren, sie öffnete noch rasch den Kühlschrank und gab der Gefrierfachklappe einen kleinen Tritt, damit sie auch bestimmt zu war. Dann ging sie in den Flur. Damals mit der Gefriertruhe war es schon einfacher gewesen, da hatte sie nicht auf den Knien rutschen müssen, um zu sehen, was drin war. Andererseits hatte sie sich immer auf einen Stuhl hocken müssen, um sich bis zum Boden der Gefriertruhe hinunterbeugen zu können. Und einmal hatte sie unglücklicherweise Übergewicht bekommen und war hineingefallen. Fast wäre sie nicht wieder herausgekommen. Und als es ihr endlich gelungen war, hatte sie eine Flasche Schnaps unter dem Arm, von dem sie dachte, dass sie ihn längst ausgetrunken hätten.

Als sie die Haustür öffnete, stand Svend mit den Holzschuhen in der Hand auf der Treppe. Sein Gesichtsausdruck ließ sich nur als erwartungsvoll beschreiben. Aber er hatte keine Blumen mitgebracht. Margrethe verlor auf der Stelle die Lust, ihn hineinzubitten. Sie blieb in der Tür stehen und ließ ihn nicht an sich vorbei.

»Wenn es dir nicht passt, komme ich ein andermal«, sagte er.

»Ja, das solltest du vielleicht tun, Svend«, erwiderte sie, »vielleicht ist das wirklich besser.«

»Ich wollte ja nur hören, wie's dir so geht.«

Er stieg in die Holzschuhe, legte den Kopf schief und setzte diese leicht bekümmerte Miene auf, die sie nicht ertragen konnte.

»Na ja, mir geht's gut. Wieso auch nicht?«, sagte sie, aber nun vergaß sie ja schon wieder, dass sie erst kürzlich ihren Mann verloren hatte, also fügte sie hastig hinzu: »Das Leben geht weiter, muss es doch auch. Und außerdem ist Allan jetzt bei mir.«

»Ach ja, er ist noch hier?«

»Die beiden Mädels sind nach Hause gefahren, aber Allan ist noch geblieben. Er wollte Asger besuchen, sie haben sich in den letzten Jahren ja nicht so oft gesehen, bestimmt haben sie sich viel zu erzählen.«

»Ja, das ist wohl so. Und die Mädchen wollten nicht mit?«

»Nein, sie sind schon vorgefahren. So ist das heutzutage mit den jungen Leuten, da sollte man sich nicht den Kopf zerbrechen, sie müssen nicht mehr alles gemeinsam machen.«

Wie sollte sie ihm das auch erklären, sie verstand es ja selbst kaum.

»Aber jetzt haben sie mich auch mal gesehen. Und Südjütland. Und, na ja, sie haben wohl genug gesehen.«

Svend nickte nachdenklich und blieb in der Tür stehen. Blickte einen Moment hinüber zu seinem Haus, unternahm aber keinerlei Anstalten zu gehen; wie lange wollte er eigentlich so stehenbleiben?

»Ja, das ist heutzutage anders als zu unserer Zeit. Aber es war sicher schön für dich, deine Kinder wiederzusehen. Dass du das noch erleben darfst. Es muss dir doch ein wenig Seelenfrieden geben ... na ja, und Mut machen, um weiterzukommen, im Leben und so. Nicht wahr, Margrethe?«

Sie erwiderte nichts. Ständig redete er davon, dass sie weiterkommen müsste, dabei wusste sie doch genau, was ihm im Kopf herumging. Aber daraus wurde nichts.

»Allan müsste jeden Moment zurückkommen«, sagte sie.

»Ich habe den Jungen schon immer gern gemocht«, sagte Svend. »Er hatte es schwer mit seinem Vater, ich weiß.«

»Der leider nicht mehr ist.«

»Ja. Und Allan kommt damit zurecht?«

Zwinkerte Svend jetzt etwa mit einem Auge? Ziemlich frech. Na ja, das durfte er ruhig sein, nur verhielt es sich ja nicht ganz so, wie er dachte.

»Allan ist ziemlich neugierig, was mit seinem Vater passiert ist. Er will wissen, wie er gestorben ist.«

»Ach ja?«

Svend wurde ernst, sie ebenfalls. Sie blickten auf die Straße, es war niemand in der Nähe, dennoch senkte sie die Stimme.

»Ja, mehr als ich dachte.«

Eine Weile hingen beide ihren Gedanken nach. Es war nicht leicht, die richtigen Worte zu finden.

»Das legt sich von allein«, meinte Svend.

»Wollen wir's hoffen. Denn sonst ...«

»Ach, du wirst sehen, er beruhigt sich auch wieder. Er ist ein guter Junge, und jetzt müssen wir alle nach vorn sehen. Auch er.«

Hoffentlich hatte Svend recht. Im Wohnzimmer klingelte das Telefon. Sie konnte gerade noch rechtzeitig den Hörer abnehmen, bevor am anderen Ende der Leitung aufgelegt wurde. Offenbar etwas Wichtiges. In der Tat. Es war Asger. Er hätte ein Haus für sie gefunden, sagte er. Oben in der Stadt, neben der Kirche. Wenn es ihr gefiel, könnte sie sofort einziehen.

»Wie ist das Badezimmer?«

Allan überquerte den Parkplatz, um zur Bushaltestelle auf der gegenüberliegenden Straßenseite zu kommen, hier hatten sie seinen Vater gefunden, als er damals zum Röntgen gebracht werden sollte. Hier war er herumgeirrt. Wie sich das wohl anfühlte, wenn ein so großes Stück Käse im Hals festsaß? Vier Zentimeter an der einen und sechs Zentimeter an der anderen Seite, stand im Bericht – das war jedenfalls nicht normal. Könnte Vater selbst auf die Idee gekommen sein, ein so großes Stück Käse zu verschlucken? Vielleicht sollte Allan erst einmal diesen Punkt klären, bevor er nach Hause zurückfuhr. Hawas hatte erklärt, dass sich der Vorfall vor seiner Zeit am Krankenhaus ereignet hatte, aber bestimmt gab es jemanden, mit dem Allan reden konnte.

Er drehte um, ging zurück zum Haupteingang und nahm den Fahrstuhl nach oben. Dort wandte er sich an die erstbeste Krankenschwester. Ob sie wohl so freundlich wäre, einen

Arzt zu rufen, einen anderen als Hawas, am liebsten Hawas' Vorgesetzten? Es gäbe da ein paar Fragen, auf die er keine befriedigende Antwort bekommen hätte.

Die Schwester erwies sich diesmal als ziemlich abweisend, sie war offenbar der Ansicht, es wäre für heute genug. Sie ließ ihn stehen. Allan folgte ihr bis zu einem Büro, in dem vier Schwestern saßen, er setzte sich zu ihnen und verschränkte die Arme. Es half nichts, dass sie ihn baten, auf den Flur zu gehen, er wiederholte sein Anliegen: Sie sollten einen Arzt holen.

»Weshalb bist du mit dem Gespräch mit Hawas nicht zufrieden?«, wollte eine der Schwestern wissen.

»Er trug die Brille meines Vaters«, erwiderte Allan.

Als Erklärung klang das möglicherweise etwas seltsam, und hinter seinem Rücken wurde tatsächlich gelächelt und getuschelt, aber das war ihm egal. Denn schließlich holten sie einen Arzt, einen anderen als Hawas.

»Worum geht's denn?«, erkundigte er sich.

»Um ein Stück Käse«, erklärte Allan.

Auf dem Korridor wurde gelacht, ein paar Patienten hatten sich versammelt; sie klammerten sich an ihren Tropfstativen fest, starrten in Allans Richtung und schüttelten den Kopf. Auch Detlefsen tauchte wieder auf. Er schob die anderen beiseite, um näher heranzukommen, er wollte nichts versäumen, schließlich war er ein Bekannter der Familie. Als Allan Detlefsen sah, schien er ein wenig zur Besinnung zu kommen. Er wandte sich an den neuen Arzt und sagte so leise und ruhig, wie es ihm möglich war: »Ich möchte dir in der Krankenakte meines Vaters gern etwas zeigen, wenn du ein paar Minuten Zeit hast.«

Das war konkret und verständlich, der Arzt nickte. Vermutlich hatte das Krankenhauspersonal Sorge, dass es zu weiteren Szenen kommen könnte, dachte Allan. Jedenfalls bekam er seinen Willen. Allan und der Arzt gingen in das Büro, in dem der Krankenbericht noch immer auf dem Schreibtisch lag. Allan schloss die Tür und gab dem neuen Arzt die Hand. Er stellte sich vor, der neue Arzt ebenfalls. Er war nicht so ansehnlich wie Hawas, dafür hieß er aber Hagensen, ein ausgesprochen verständlicher Name.

Allan berichte kurz über das Gespräch mit Hawas, das allerdings nicht sonderlich hilfreich gewesen war, denn Allans Frage betraf einen Vorfall, der einige Jahre zurücklag, vor Hawas' Zeit. Wo stand das noch mit dem Stück Käse? Allan musste den Krankenbericht erneut durchblättern. Dann fand er die Stelle, zeigte darauf und Hagensen begann zu lesen. Während er las, studierte Allan Hagensens Gesichtsausdruck. Seiner Miene nach zu urteilen, war Allan auf etwas gestoßen, was nicht ganz koscher war. Hagensen kratzte sich unablässig am Kinn, während er las. Dann legte er die Unterlagen beiseite und schaute Allan ernst und mitfühlend an. Vor allem das Mitgefühl tat gut.

»Ein Stück Käse hatte sich in der Speiseröhre quergesetzt, dein Vater hat offenbar versucht, es herunterzuschlucken ...«

»Offenbar, ja, ich bin froh, dass du dieses Wort benutzt. Sechs mal vier Zentimeter, das ist schon ein ziemlich großes Stück, oder? Wieso sollte man versuchen, es zu schlucken? Ich habe den Verdacht, dass jemand versucht hat, es ihm in den Hals zu stopfen. Und es sollte mich nicht wundern, wenn meine Mutter es gewesen wäre.«

Hagensen nickte, er schien Allan ernst zu nehmen.

»Hast du sie gefragt?«

»Das führt zu nichts. Habt ihr sie hier im Krankenhaus gefragt, wie so etwas geschehen konnte?«

Hagensen schaute noch einmal in die Akte und zuckte die Achseln.

»Das geht hieraus nicht hervor, aber das wird man schon getan haben.«

»Findest du nicht, es wäre an der Zeit, die Angelegenheit näher zu untersuchen?«, fragte Allan. »Seid ihr denn überhaupt nicht auf die Idee gekommen, jemand könnte versucht haben, ihn umzubringen?«

»Das ist vielleicht ein wenig drastisch«, erwiderte Hagensen. »Dein Vater war leicht senil und möglicherweise nicht ganz zurechnungsfähig.«

»Dann hätte doch jemand helfen müssen. Man kann doch nicht zulassen, dass er sich irgendwelche Dinge in den Mund stopft und beinahe daran erstickt. Ihr müsst euch doch eure Gedanken gemacht haben.«

Hagensen dachte eine Weile nach – das machte es für Allan noch schlimmer. Der Arzt nahm ihn ernst, er saß da und wägte das Für und Wider ab. Es war also nicht nur eine fixe Idee in Allans Kopf!

»Wie gesagt, ich finde, du solltest zunächst einmal mit deiner Familie reden«, sagte der Arzt. »Vielleicht haben sie eine Erklärung, vielleicht ist es gar nicht so, wie du glaubst. Und letztendlich kannst du jederzeit zu den Behörden gehen. Wenn du den Verdacht hegst, dass jemand versucht hat, deinen Vater umzubringen, dann solltest du mit der Polizei sprechen.«

»Verflucht, ihr müsst doch gesehen haben, dass mein Vater misshandelt wurde!« Allan brüllte beinahe.

Hagensen erhob sich und blickte zur Tür. Vielleicht stand jemand draußen und horchte, vielleicht kam gleich jemand herein, um ihn vor diesem Wahnsinnigen ›zu retten‹.

»Soweit ich es beurteilen kann, hatte sich die Lebensqualität deines Vaters deutlich verringert«, sagte der Arzt schließlich. »Und er hatte große Schmerzen, vor allem in seinem Bein.«

Allan erinnerte sich daran, dass seine Mutter erzählt hatte, dass Vater nichts Schmerzstillendes einnehmen konnte; es vertrug sich nicht mit den Medikamenten, die er für sein Herz bekam.

»Hat er sehr gelitten?«

»Ja, das nehme ich an«, erwiderte Hagensen.

»Versucht man sich selbst umzubringen, indem man ein großes Stück Käse verschluckt?«

»Man kann jedenfalls ausgesprochen autodestruktiv werden. Wir kennen Beispiele von Menschen, die Schlimmeres geschluckt haben. Und vielleicht hatte deine Mutter keine Chance, ihn daran zu hindern.«

»Vielleicht, vielleicht, vielleicht, ich will Gewissheit, ich will Bescheid wissen!«, rief Allan.

»Dann geh zur Polizei und sieh zu, dass eine Untersuchung eingeleitet wird.«

Allan stand nun ebenfalls auf, er hatte sich beruhigt, er wusste jetzt, was er zu tun hatte. Er kannte den nächsten Schritt: die Polizei.

»Wir haben deinem Vater damals helfen können. Wir haben den Käse aus der Speiseröhre gesaugt.«

Allan überhörte die letzte Bemerkung; das war ja wohl auch das Mindeste, was man hatte erwarten können.

Als sie über den Korridor gingen, kam Hawas ihnen entgegen, er ging lächelnd vorbei und nickte, wobei er die Brille an ihren Platz schob. Allan war froh, dass er seinen Verdacht nicht geäußert hatte, dass Hawas seinem Vater den Todesstoß gegeben hatte – auf dringliche Aufforderung von Mutter und Asger. Aktive Sterbehilfe war eine ernsthafte Anschuldigung, und hätte er dieses Thema Hagensen gegenüber angesprochen, wäre das Gespräch sofort beendet gewesen. Das musste warten.

Allan nahm den Aufzug und ging zur Bushaltestelle. Diesen Fall sollte sich die Polizei näher ansehen, so viel war klar. Dass Vater versucht haben sollte, sich umzubringen, war außerhalb seiner Vorstellungskraft, außerdem hätte er dazu das Jagdgewehr benutzt. Und das stand noch dort, wo es immer gestanden hatte, in der Standuhr. Wenn er die alten Leichenreden für seinen Sohn herauslegen konnte, wäre er auch in der Lage gewesen, sich zu erschießen, wenn er es denn hätte sein sollen.

◆

»Wiedersehen und danke für deinen Anruf«, sagte Margrethe, dann legte sie auf und setzte sich auf den Stuhl neben dem Telefon.

Vermutlich gab es nicht mehr allzu viele Menschen, die sich für einen Anruf bedankten. Eigentlich hatte sie Verständnis dafür, sie würde auch bald damit aufhören.

»Wer war denn das?«, erkundigte sich Svend.

Margrethe schrak zusammen, was machte Svend denn hier, in ihrem Wohnzimmer? Sie musste vergessen haben, die Haustür zu schließen.

»Der Anruf«, sagte er. »Du hast so ernst geklungen. Ist was passiert?«

»Nein, es war nur Asger. Er hat versprochen, mir zu helfen, eine andere Wohnung zu finden. Und jetzt wird ein Reihenhaus verkauft, oben in der Stadt, direkt gegenüber der Kirche. Ich bin vorgemerkt. Ich kann es haben, wenn ich will.«

»Das ist doch mal eine gute Nachricht.«

Margrethe nickte und lächelte tapfer, so gesehen hatte er ja recht. Und ganz falsch war es auch nicht, wenn sie behauptete, Asger hätte angerufen, um ihr das zu erzählen. Allerdings hatten sie zwischendurch auch über etwas anderes gesprochen. Sie hatte Asger gefragt, ob Allan ihn besucht hätte, aber er hatte sich nicht bei ihm gemeldet. Asger wusste überhaupt nicht, wovon sie sprach.

»Ich bin nur ein bisschen durcheinander«, entschuldigte sie sich.

»Natürlich«, sagte Svend. »Hat er sonst noch was gesagt?«

»Nein, was denn?«

Sie stand auf, ging in den Flur, zog ihre Jacke an und legte das Halstuch um. Sie wollte sich das Haus sofort ansehen, es würde sie auf andere Gedanken bringen. Svend begleitete Margrethe bis zur Einfahrt, hielt sie aber zurück, als sie ihr Fahrrad aufschließen wollte.

»Du fährst nicht mit dem Rad«, sagte er. »Ich fahre dich.«

Wenn er diesen Ton anschlug, blieb ihr nichts anderes übrig, als das Fahrrad stehenzulassen und ihm zu gehorchen. Svends Auto stand auf der gegenüberliegenden Straßenseite, fast schien es auf sie gewartet zu haben. Svend hielt ihr die Tür auf, als sie einstieg, er wusste einfach, was sich gehört.

Während der Fahrt sagten beide kein Wort. Sie dachte an Allan; wenn er nicht bei Asger war, wo war er dann? Sollte er doch nach Kopenhagen gefahren sein? Hals über Kopf, um bei seiner Frau und seiner Tochter zu sein? Aber dann hätte er doch angerufen. Das konnte er natürlich immer noch tun.

Svend parkte den Wagen auf dem Parkplatz vor der Kirche. Sie wollten zwar nicht in die Kirche, aber das war in Ordnung, schließlich gab es genügend Platz. Svend stieg aus und lief um den Wagen, um Margrethe herauszuhelfen. Es war fast zu viel des Guten, und als er sie auch noch unterhaken wollte, schob sie ihn vorsichtig beiseite. Sie konnte nicht gut laufen, aber was würden die Leute sagen, wenn sie hier Arm in Arm daherkämen?

Margrethe stellte sich neben Svend, um durch ein Fenster in das Haus zu sehen. Das Fenster saß ein bisschen hoch, sie musste sich auf die Zehenspitzen stellen. Svend schirmte die Sonne für sie ab. Sie sah ein Badezimmer, wie sie es sich immer gewünscht hatte: mit einem großen Schrank, einem Waschbecken mit zwei Hähnen – also gab es warmes und kaltes Wasser –, einer Toilette und einer Dusche mit geblümtem Vorhang. Vornehme Verhältnisse, das Badezimmer war ebenso vornehm wie bei Asger; sollte sie es wirklich versuchen?

»Wahrscheinlich gibt es auch eine Fußbodenheizung«, meinte Svend, »heutzutage ist das doch normal.«

Eine Heizung im Fußboden? Ja, warum nicht.

»Das ist doch sicher teuer?«

»Du kannst sie einfach abstellen, wenn du willst«, erwiderte Svend. »Zum Beispiel im Sommer. Du kannst es aber auch lassen, du hast doch Geld.«

Da war etwas dran. Wenn das alte Haus verkauft wurde und die Anzahlung für das neue bezahlt war, bliebe noch immer eine hübsche Summe übrig, hatte Asger gesagt.

»Nein, ich habe kein Geld«, widersprach sie.

Sie gingen um das Haus herum, an der Rückseite führte eine Terrassentür ins Wohnzimmer, davor lag ein kleiner Garten. Svend fasste an die Klinke der Terrassentür, so wie er auch die Haustür ausprobiert hatte, doch die Hintertür war ebenfalls abgeschlossen.

»Wir könnten zum Makler fahren und uns den Schlüssel geben lassen«, schlug er vor.

»Nu' ma' sutje«, erwiderte Margrethe, »es gibt keinen Grund, übereifrig zu werden. Dann geht der bloß mit dem Preis rauf.«

Sie schaute durch die großen Fenster ins Wohnzimmer. Es war unmöbliert, so dass sie ganz ungezwungen ihre eigenen Möbel aufstellen konnte, zumindest in der Fantasie. Aber es fiel ihr schwer zu entscheiden, wo die Standuhr stehen sollte; mit musste sie auf jeden Fall, sonst ging es gar nicht. Doch, es gab eine Stelle, die für die Standuhr wie geschaffen war: Die Ecke links vom Fenster. Aber wo sollte dann der Fernseher stehen? Auch dafür musste ein Platz gefunden werden.

»Was sagst du dazu?«, wollte Svend wissen. »Könntest du dich hier zurechtfinden?«

»Vielleicht schon«, antwortete sie.

»Bist du sicher, dass du es kaufen kannst?«

»Ja, ja, ich könnte morgen einziehen, hat Asger gesagt. Er hat mit dem Makler gesprochen, ich stehe ganz oben auf der Liste. Die Frage ist nur noch, ob ich es haben will.«

»Aber du willst es doch, oder?«

Sie zuckte die Achseln, man sollte nichts überstürzen. Dann trat sie noch einmal ans Wohnzimmerfenster, schaute hinein und überlegte erneut, wo die Standuhr stehen sollte. Schließlich wusste sie es, sie konnte in der Ecke links vom Fenster stehen, und der Fernseher ebenso. Der Fernseher könnte vor der Standuhr stehen. Nur ein wenig verschoben; das müsste man zwar noch einmal ausprobieren, aber eigentlich war da Platz genug. Als sie in ihren Überlegungen so weit gediehen war, schienen die letzten Zweifel verschwunden.

»Ja«, sagte sie, »ich denke, ich will es.«

»Bist du glücklich?«

Sie überlegte und lächelte. Ja, eigentlich schon. Sie würde leben wie Gott in Frankreich, sie würde in einem Schloss wohnen.

»Du hast es verdient«, sagte Svend. »Und du hast es nicht weit bis zur Bushaltestelle.«

Er führte Margrethe ums Haus und wies auf die Kirche, vor der gerade der Bus hielt. Der Busfahrer stieg aus, aber nur, um einem alten Mann aus der Tür zu helfen. Er ging am Stock und wie sich herausstellte, handelte es sich um Detlefsen. Der Bus fuhr an, nun sah er sie und winkte. Sie winkten zurück. Und er kam doch tatsächlich zu ihnen herüber. Wollte wohl hören, was Svend und Margrethe hier machten, hier hatten sie doch eigentlich gar nichts verloren.

»Wollt ihr euch ein Haus kaufen?«, fragte Detlefsen, als er näher kam. »Und endlich zusammenziehen?«

Er meinte es sicher nicht ernst, denn die beiden Männer lachten. Margrethe lachte nicht. Sie war der Ansicht, Detlefsen sollte sich was schämen, so kurz nach dem Tod ihres Mannes solche Witze zu reißen.

»Ja, ja, dann bekommst du endlich dein Badezimmer«, sagte er zu Margrethe.

»Mit Fußbodenheizung«, fügte Svend hinzu.

Und Detlefsen nickte und lächelte, denn wenn jemand es verdiente, dann Margrethe. Sagte er. Und Svend sagte dasselbe, obwohl er es bereits ein paar Mal gesagt hatte, jetzt war es aber gut. Sie wusste genau, was die beiden dachten: Sie hätte längst ein Badezimmer haben können, wenn ihr Mann nicht ein derartiger Geizhals gewesen wäre. Die beiden beglückwünschten sie und Detlefsen versprach, den Schnaps mitzubringen, wenn sie auf die Idee kommen sollte, ein Einweihungsfest zu feiern.

»Übrigens habe ich Allan im Krankenhaus getroffen«, sagte er plötzlich. »Ich wollte meine Schwägerin besuchen, die leider Krebs hat. Sie geben ihr jetzt Hormonspritzen, die den Krebs in Schach halten sollen. Aber ich glaube, sie haben ihr ein bisschen viel gegeben, denn ihr wachsen am ganzen Körper Haare. Auch im Gesicht, sie sieht aus wie ein Affe.«

In dem Moment, als Margrethe die Worte Krankenhaus und Allan hörte, konnte sie sich denken, was passiert war. Mit einem Schlag war sie dahin, die Magie des neuen Hauses.

»Du hast Allan getroffen?«

»Ja, als ich gegangen bin. Ich wusste nicht, wen er besuchen wollte. Als ich ihn fragte, sagte er irgendwas über seinen Vater. Aber der ist doch tot, Allan, habe ich gesagt. Das war ihm durchaus klar. Keine Ahnung, was er dort wollte.«

Margrethe schaute weg, sie wollte nicht mehr hören, doch dann wandte sich Detlefsen an Svend und fuhr fort: »Er ist mit dem Fahrstuhl runtergefahren, aber dann kam er wieder rauf und wollte mit einem Arzt reden, obwohl er gerade erst mit einem gesprochen hatte. Er wolle der Sache auf den Grund gehen, hat er gesagt. Welcher Sache auch immer er auf den Grund gehen wollte, jedenfalls ging es um ein Stück Käse.«

»Ein Stück Käse?«, wiederholte Svend.

Alle drei blickten eine Weile ins Gras, als wüsste keiner so recht, wie sie das Gespräch fortsetzen sollten.

»Ich glaube, ich möchte jetzt nach Hause«, sagte Margrethe.

Svend nahm ihren Arm, nun erlaubte sie es, nun brauchte sie es, da konnte Detlefsen sich denken, was er wollte. Sie gingen zum Auto. Es würde ihr guttun, nach Hause zu kommen; sie würde sich ein wenig aufs Sofa legen, vielleicht ein bisschen fernsehen. Hauptsache, es kam ein deutsches Unterhaltungsprogramm, das wäre jetzt genau das Richtige. ›Lustige Musikanten‹ zum Beispiel.

»Wir sind mit demselben Bus zurückgefahren«, rief Detlefsen ihnen nach. »Er ist unten am Schlosspark ausgestiegen.«

Dann war Allan bereits zu Hause. Dann wurde also nichts aus dem deutschen Unterhaltungsprogramm, dachte Margrethe.

»Du solltest sehen, dass du bald umziehst«, sagte Svend, »dann bringt Allan es nicht übers Herz, dir etwas zu tun.«

Sie seufzte schwer während der Rückfahrt.

»Ich komme bestimmt nicht in das neue Haus. Ich komme wahrscheinlich ganz woanders hin. Wo Gitter vor den Fenstern sind.«

Svend lachte auf und schüttelte den Kopf. So schlimm würde es schon nicht kommen. Aber vielleicht wollte er sie auch nur aufmuntern.

»So eine alte Frau«, sagte er. »Was hast du denn schon getan, wofür man dich ins Gefängnis stecken könnte.«

Sie antwortete nicht, er wusste es doch ganz genau.

»Wenn du ins Gefängnis kommst, komme ich auch ins Gefängnis.«

Das hielt sie für keinen sonderlich großen Trost. Was würden die Nachbarn bloß denken. Das also hatte der Herrgott für sie im Ärmel versteckt, viel schlimmer hätte es nicht kommen können.

KAPITEL 7

Das Feuer im Garten

Margrethe wusste nicht recht, was Svend umtrieb. Er blieb hinter ihr stehen, obwohl sie sich bereits verabschiedet hatten.

»Soll ich nicht besser noch mit hereinkommen?«, flüsterte er ihr über die Schulter ins Ohr.

Sie schüttelte den Kopf, hiermit musste sie allein zurechtkommen. Sie würde es schaffen. Sie musste lediglich ein wenig Mut fassen. Die Haustür war nicht verschlossen, Allan musste also irgendwo im Haus sein. Sicher wartete er auf sie, um ihr noch ein paar Fragen zu stellen.

Margrethe trat in den Flur und zog ihren Mantel aus, Svend folgte ihr vorsichtig. Sie hatte doch gerade gesagt, dass er nicht mit hereinkommen sollte, aber wenn er absolut wollte, war es auch egal. Hauptsache, er hielt sich im Hintergrund und ließ sie reden.

Jetzt hörten sie, wie in der Küche ein Stuhl zurückgeschoben wurde. Die Tür zum Flur ging auf und Allan streckte den Kopf heraus und sagte ihnen Guten Tag. So wie es aussah, hatte er sich ein spätes Mittagessen zubereitet, sie wünschte ihm guten Appetit. Er setzte sich wieder und blickte nicht auf, als Margrethe und Svend in die Küche kamen. Dabei müsste er sich doch wundern, dass sie Svend mitgebracht hatte.

Plötzlich schaute er auf und sagte: »Ja, ich hatte Hunger. Wollt ihr auch etwas?«

Natürlich nicht. Svend und Margrethe blieben nebeneinander stehen und schauten ihn an.

»Na«, sagte sie, »wie geht's Asger?«

»Ich war nicht bei ihm.«

»Ja, das habe ich gehört. Du hast mich angelogen. Was hast du im Krankenhaus verloren?«

Jetzt musste er erst einmal sein Glas Bier austrinken, bevor er antworten konnte; er ließ sich viel Zeit, das musste sie schon sagen.

»Ich wollte eigentlich nur dem irakischen Assistenzarzt guten Tag sagen, von dem du mir erzählt hast. Hawas. Ein ansehnlicher Mann, Mutter, da hast du recht.«

»Und worüber habt ihr euch unterhalten?«

»Na ja, so über dies und das. Nichts Besonderes. Aber wie ich sehen konnte, hast du ihm Vaters Brille geschenkt.«

Margrethe zuckte erschrocken zusammen, die Brille hatte sie vollkommen vergessen. Hätte sie ihm die Brille vielleicht doch nicht geben sollen? Allan aß weiter und war nicht sonderlich mitteilsam. Svend nickte Margrethe aufmunternd zu, jetzt musste sie weiterreden, aber sie konnte nicht.

Svend half ihr, sich zu setzen. Dann übernahm er.

»Und was kam dabei heraus?«

Allan schnitt sich eine Scheibe Käse ab, sehr langsam. Er sah Margrethe an, blickte dann auf den Käse, und schaute wieder auf zu Margrethe.

»Du kannst doch einfach mich fragen«, sagte sie, »wenn du etwas wissen willst.«

Endlich legte er das Besteck beiseite, schluckte und fragte: »Wie konnte sich Vater an einem so großen Stück Käse verschlucken? Ich versteh das nicht, und du hast auch nichts davon erzählt.«

»Das war er selbst. Allan, er hat versucht, es herunterzuschlucken. Du weißt doch, wie er alles in sich hineingestopft hat, und mit den Jahren ist es immer schlimmer geworden.«

Sie wurde ein wenig laut, aber der Junge glaubte ihr ja nicht, das sah sie ihm an.

»Im Übrigen hat er bestimmt gedacht, es wäre Butter.«

»Butter?«

»Ja, Butter. Er war am Schluss so verkalkt, dass er im Kopf ganz steril war...«

»Senil«, korrigierte Svend.

»Du hättest auf ihn aufpassen müssen«, sagte Allan. »Fette Kost vertrug er nicht, das wusstest du doch, das stand im Krankenbericht.«

»Herrgott, er aß Butter und Käse doch so gern. Ich konnte schließlich nicht ständig hinter ihm her sein.«

Allan dachte nach, seine Stirn glich einem Waschbrett. Sie war drauf und dran zu sagen, dass es nicht gut wäre, so lange zu denken, bis man Kopfschmerzen bekommt und aussieht wie ein alter Mann, aber sie hielt sich zurück. Er mochte es nicht, wenn sie so etwas sagte. Stattdessen ging sie zu ihm und tätschelte zärtlich seinen Kopf.

»Hören wir doch auf damit, was? Wir können ihn ja nicht zurückholen, leider. Heute Abend mach ich dir Hoppelpoppel eins, oder Hoppelpoppel zwei, wenn du noch weißt, was das ist. Hoppelpoppel eins sind Frikadellen, weiße Soße und Kartoffeln ...«

Aber Allan schob sie beiseite und fuhr sie geradezu gereizt an; es war gar nicht nett.

»Und all die anderen Male, bei denen er mit Platzwunden am Kopf und gebrochenen Knochen eingeliefert wurde? Fiel er wirklich so oft die Treppe herunter?«

»Er war am Ende ziemlich unsicher auf den Beinen. Du weißt doch, dass er einige Blutgerinnsel hatte, vor allem in dem einen Bein.«

»Ja, aber das ist doch klar, weil du ihn mit Käse, Butter und

Sahne vollgestopft hast! Man könnte meinen, dass du ihn loswerden wolltest.«

Auf einmal wurde es ganz still, was wollte er damit andeuten? Gut, dass Svend mit hereingekommen war; er trat jetzt ganz nah an Allan heran und beugte sich drohend über ihn.

»Redet man so mit seiner Mutter? Nach allem, was sie für dich getan hat? Verstehst du denn überhaupt nichts? Sie wollte doch nur ...«

Svend hielt inne, der Mund blieb ihm halb offen stehen, und das war wohl auch besser so. Er hatte mehr als genug gesagt. Margrethe zog Svend am Ärmel, er stellte sich wieder neben sie.

»Wir haben niemanden umgebracht«, erklärte Margrethe.

Auch Svend schüttelte energisch den Kopf und schnaufte verärgert. Allerdings schien der Junge ihnen noch immer nicht recht zu glauben.

»Es war überhaupt nicht nötig, Allan«, versuchte es Margrethe.

Aber auch das half nichts, Allan riss nur die Augen auf und sah aus, als hätte er ein Gespenst gesehen. Wieder tätschelte sie ihm ein wenig den Kopf, denn ihr Gespräch nahm eine vollkommen falsche Richtung. Doch Allan schlug ihr auf die Finger, so dass Svend dazwischengehen musste.

»Schlägst du deine Mutter jetzt etwa auch noch?«

Allan murmelte eine Entschuldigung und blickte auf den Tisch – das wollte er offenbar doch nicht auf sich sitzen lassen. Trotz allem. Dann stand er auf und ging zur Bodentreppe. Mit einem Mal drehte er sich zu Svend um.

»Hast du ihr etwa geholfen? Damit du sie für dich bekommen kannst?«

Svend war sofort bei ihm, packte Allan am Kragen und schüttelte ihn. Erstaunlich, wie stark Svend noch war, so ein alter Mann, das hätte Margrethe ihm wirklich nicht zugetraut. Und Allan war plötzlich nicht gar mehr so vorwitzig, zur Abwechslung bekam er regelrecht Angst. Aber es half ja nichts, daher mischte Margrethe sich ein, bevor Svend ihm noch eine Tracht Prügel verabreichte. So weit wollte sie es dann doch nicht kommen lassen.

Allan riss sich los und rannte die Treppe hoch in sein altes Zimmer, Margrethe rief ihm nach: »Er hat es selbst so gewollt! Du kannst Asger fragen!«

Seltsam, was immer sie auch sagte, sie hatte das Gefühl, dass sie damit alles nur schlimmer machte und Allan sich immer mehr in seinen Wahn hineinsteigerte.

»Ihr beiden habt es zusammen gemacht!«, schrie er ihnen von oben zu.

Svend lief die Treppe hinauf, aber Allan schaffte es bis in sein Zimmer und verschloss die Tür. Wieder war Margrethe überrascht über Svends Kondition, es gab nicht viele Männer in seinem Alter, die eine Treppe so hinauflaufen und dann so heftig an einer Tür rütteln konnten. Allans Vater hätte es jedenfalls nicht gekonnt.

Margrethe bat Svend, wieder herunterzukommen, sie wollte wirklich nicht, dass er die Tür einschlug. Sie flüsterte ihm zu, es hätte doch keinen Sinn, sich so aufzuregen; je mehr er sich erregte, desto mehr wäre Allan davon überzeugt, dass er recht hatte mit seiner Version.

»Dass er uns überhaupt so etwas zutraut«, sagte sie, als sie wieder in der Küche saßen, »das hätte ich nicht gedacht. Dass man sich so etwas von seinem eigenen Sohn anhören muss.«

»Na ja, ein bisschen ist ja was dran«, flüsterte Svend. »Dem müssen wir in die Augen sehen, Margrethe.«

»Ein bisschen, vielleicht«, erwiderte sie. »Aber doch nicht so!«

»Nicht ganz so, nein.«

Beide starrten vor sich hin und dachten vermutlich an dasselbe, dann schüttelten sie beide den Kopf, als wollten sie diese Gedanken verdrängen. Sie räusperten sich, passiert war passiert, nun ging es darum, nach vorn zu blicken.

»Wenn er wieder runterkommt«, sagte Svend, »dann erzählst du ihm von dem neuen Haus. Und denk an das Badezimmer und die Heizung im Boden. Ich glaube, er wird sich freuen, das zu hören. Er findet, dass du es dir verdient hast.«

Margrethe nickte, eine gute Idee, wieso hatte sie Allan nicht gleich von dem neuen Haus erzählt? Vielleicht hätte es dem Gespräch eine andere Wendung gegeben. Plötzlich fing sie an zu weinen, sie war selbst überrascht, aber so hatte sie es sich wirklich nicht vorgestellt, wenn ihr Sohn wieder nach Hause kam. Svend legte den Arm um sie und sie ließ sich umarmen, ja, sie genoss es sogar. Zum ersten Mal saßen sie so zusammen, wie Eheleute, es war ein schönes Gefühl. Wenigstens hatte sie Svend. Doch dann fingen seine Finger an, Stellen zu berühren, die sie nicht berühren sollten, und küssen wollte er sie auch. Sie schob ihn fort, stand auf und bat ihn zu gehen, so höflich, wie es nur ging. Und natürlich bedankte sie sich, als er ihr versicherte, dass sie ihn jederzeit anrufen könne, wenn etwas wäre.

Als Svend gegangen war, überlegte Margrethe, ob er ihr geholfen oder nur alles schlimmer gemacht hatte. Was für ein Temperament dieser Mann hatte. Jedenfalls wirklich imponierend mit anzusehen, wie er sich rein körperlich hielt, man sollte nicht glauben, dass er schon achtzig war. Oder tatsächlich über neunzig Kilo wog.

Sie schlug dreimal mit dem Kochlöffel gegen den Heizkörper und wartete. Allan musste jetzt auf den Boden stampfen, als Zeichen, dass er sie gehört hatte und herunterkommen würde, so hatten sie es immer gemacht, wenn das Essen bereitstand. Aber es kam keine Antwort. Auch nicht, als sie an der Treppe seinen Namen rief. Sie musste bis an seine Tür kommen; dass er so etwas überhaupt übers Herz brachte!

»Allan! Wir essen jetzt«, sagte sie, als sie wieder zu Atem gekommen war.

Und sie beließ es nicht dabei, sie flötete mit ihrer süßesten Stimme: »Es gibt Hoppelpoppel ei-heins.«

»Ich hab keinen Hunger«, tönte es von drinnen, und obendrein ziemlich barsch, dafür gab es doch gar keinen Grund.

Margrethe ging wieder nach unten und stellte das Essen in den Ofen, irgendwann würde er schon Hunger bekommen. Sie kannte ihn doch. Sie probierte eine Frikadelle – so sollten sie sein. Hoffentlich kam sie in dem neuen Haus mit dem Herd zurecht. Es gab so viel neue und schwierige Dinge zu bedenken.

Dann ging sie durch die Zimmer, um zu entscheiden, welche Möbel sie mitnehmen wollte. Svend hatte recht, sie musste den Umzug rasch hinter sich bringen. Wenn sie erst einmal in dem neuen Haus mit dem vornehmen Badezimmer wohnte, das sie wahrlich verdient hatte, dann würde Allan es nicht wagen, ihr zu nahe zu kommen.

Die Standuhr musste natürlich mit. Aber auch das Sofa und der Esstisch. Und der größte Teil der Bilder an der Wand, nicht alle, so viel Platz gab es wahrscheinlich nicht. Den gestickten Bibelspruch, den ihre Mutter ihr geschenkt hatte, würde sie mitnehmen. ›Der Herr ist mein Hirte, mir wird nichts mangeln‹, stand darauf. Was hatte Mutter in Deutschland sich für Mühe gegeben, um es in richtigem Dänisch zu schreiben; ihre Mutter hätte es ja lieber gesehen, wenn sie den Satz auf Deutsch hätte sticken können, aber damals wohnte Margrethe ja schon in Dänemark. Ständig hatte Mutter kleine Fehler gemacht, mal stand da ›Härte‹ statt ›Hirte‹, dann ›er wird mich nicht mangeln‹ statt ›mir wird nichts mangeln‹, aber schließlich stimmte es. Es war nichts dagegen zu sagen, dass ihre Mutter Bildmotive bevorzugte. In aller Regel Pferde, eigentlich merkwürdig, denn sie hatte ihren Fuß nie in einen Stall gesetzt, sie saß immer nur am Radio und hörte klassische Musik. Und dabei stickte sie Bilder mit wilden Pferden, eins nach dem anderen. Sie sahen richtig lebendig aus, auf einem Bild bäumte sich ein Pferd auf und verdrehte die Augen. Als Kind hatte Margrethe sich nicht getraut, es sich anzuschauen, so unheimlich sah das aus. Erst wenn man ganz nah herantrat, konnte man erkennen, dass es eine Stickerei war.

Margrethe klebte kleine Zettel an alle Möbel, die sie mitnehmen wollte. Um den Rest könnten sich die Kinder streiten. Oder sie auf den Müll werfen, denn das Haus musste ja leer sein und ordentlich aufgeräumt, wenn irgendwann mal neue Bewohner einzogen.

Sie holte ein paar große Pappkartons aus dem Keller und warf Vaters alte Sachen hinein, obwohl manches eigentlich noch gar nicht so alt war. Genauso machte sie es mit seinen Papieren, sie nahm die Schreibtischschubladen mit ins Wohnzimmer und kippte sie einfach in einen der Pappkartons. Die wichtigsten Unterlagen hatte Asger in einem Stapel geordnet, den sie natürlich liegen ließ, doch den Rest trug sie zusammen mit seinen alten Kleidungsstücken in den Garten und schichtete alles zu einem großen Haufen. Es war nicht schwer, ihn anzustecken, er brannte beinahe von allein. Und je höher die Flammen schlugen, desto wohler wurde ihr. Behaglich lief es ihr den Rücken hinunter – es war lange her, dass sie sich so wohl gefühlt hatte.

Als Margrethe in die Flammen blickte, überkam sie das beruhigende Gefühl, dass sich mit der Zeit alles regeln würde. Jetzt musste sie nur noch das neue Haus beziehen, dann würde Allan sehen, wie glücklich sie war, und sich mit ihr freuen. Sie drehte sich um und schaute zum Haus hinauf, es kam ihr vor, als hätte sie seinen Schatten am Küchenfenster gesehen.

Allan stand in der Küche und sah, wie Margrethe unten im Garten Abfall verbrannte. Er musste ans Mittsommernachtfeuer denken, es fehlte eigentlich nur die Hexe. Einen Augenblick sah es so aus, als sei seine Mutter von den Flammen eingeschlossen, doch es war nur eine Sinnestäuschung. Jetzt guckte sie zu ihm hinauf und er trat einen Schritt zur Seite.

Es roch gut aus dem Herd und er wollte wissen, was sie gekocht hatte. Wenn er sich eine einzelne Frikadelle nahm, würde sie es schon nicht merken; aber er hatte Hunger und konnte es nicht lassen. Er löffelte sich auch ein paar Kartoffeln, ein bisschen weiße Soße und etwas Rotkohl auf den Teller. Er zerdrückte alles mit der Gabel, und heraus kam Hoppelpoppel eins.

Mit vollem Mund näherte er sich wieder dem Fenster. Was verbrannte Mutter da eigentlich? Ein Busch stand im Weg, er konnte es nicht richtig erkennen. Wenn Mutter und Vater früher im Garten etwas verbrannten, war es immer so gemütlich gewesen. Damals waren es Gartenabfälle und Pappkartons aus dem Laden. Als kleiner Junge hatte er mitgeholfen, doch als er älter wurde, hatte er nur noch in einem Gartenstuhl gesessen und seinen Eltern zugesehen. Wie sie sich unendlich lange mit dem Feuer beschäftigten, unglaublich fleißige Menschen, alles atmete Frieden. Familienfrieden.

Jetzt sah er den Löwenzahnstrauß auf der Fensterbank. Den Frida ihm gepflückt und den er selbst in eine Vase gestellt hatte. Ob sie wohl schon im Bett lag?

Er nahm sein Handy aus der Tasche und rief zu Hause an. Frida lag schon im Bett, ihr konnte er also nicht mehr Gutnacht sagen. Aber es war schön, Charlottes Stimme zu hören. Sie war natürlich neugierig, wie es ihm in Südjütland erging.

»Doch, alles ist gut«, sagte er. »Ich mache gewisse Fortschritte bei meinen Nachforschungen. Sieht so aus, als hätten sie meinen Vater zu Tode gequält, so in aller Stille. Vor allem Mutter, aber auch ihr Nachbar Svend scheint mitgeholfen zu haben. Er ist scharf auf sie, das war schon immer so, er will sie für sich haben. Ich weiß nicht, was ich machen soll, aber sie waren es. Die beiden und dieser irakische Assistenzarzt, der hat ihm den Todesstoß versetzt ...«

Entweder glaubte Charlotte ihm das alles nicht oder sie wollte es sich nicht anhören. Jedenfalls unterbrach sie ihn.

»Übrigens hat das Königliche Theater angerufen, sie würden gern mit dir sprechen.«

Oh nein, das hatte er vollkommen vergessen. Er hatte noch nichts geschrieben, er musste dringend anfangen.

»Ich rufe sie an«, sagte er. »Es dauert nicht mehr lange, bis ich wieder nach Hause komme. Dann fange ich an. Ich muss hier nur noch ein bisschen aufräumen.«

Charlotte lachte nicht. Aber eigentlich hatte er es ja auch ernst gemeint.

»Was ist mit deiner Mutter«, erkundigte sich Charlotte, »wie geht's ihr? Was macht sie gerade?«

»Verbrennt Abfall im Garten. Ich kann sie von hier aus sehen.«

»Gartenabfälle?«

»Ja, nehme ich an.«

»Willst du ihr nicht helfen?«

»Nein, he, das ist gar kein Gartenabfall. Sie schleppt Pappkartons zum Feuer ... das sind Klamotten und Papier, ein Blatt wirbelt auf und fliegt fort ... jetzt hat sie es erwischt und wirft es wieder ins Feuer.«

»Papier? Was für Papier?«

Ja, was für Papier eigentlich? Allan beschlich plötzlich ein fürchterlicher Verdacht. Er lief ins Wohnzimmer und entdeckte Vaters herausgezogene Schreibtischschubladen, sie waren gähnend leer. Er brach das Gespräch ab und lief um das Haus herum in den Garten. Er musste sich dieses Feuer ansehen.

»Mutter? Was machst du da?«

»Aufräumen, Allan«, antwortete sie und stocherte mit einer Forke im Feuer. »Hast du die Frikadellen gefunden? Haben sie dir geschmeckt?«

»Verdammt, du verbrennst doch wohl nicht etwa Vaters Begräbnisreden? Die hat er mir doch rausgelegt!«

Sie glich einem großen Fragezeichen; nie hatte sie so dumm und gleichzeitig so ehrlich ausgesehen.

»Aber, Herrgott, wolltest du diesen alten Kram etwa lesen?«

»Die Reden waren von ihm für mich. Und wo sind die Papiere, in denen die Bilder von mir steckten ...?«

Ihr Blick richtete sich auf das Feuer. Allan stöhnte verzweifelt auf. Margrethe bekam regelrecht Angst vor ihm, jetzt kam er auf sie zu, änderte aber im letzten Moment die Richtung und ging zum Feuer.

»Ich werde umziehen«, erzählte sie hastig, »ich bekomme ein Haus oben im Ort, mit Badezimmer und Fußbodenheizung ...«

Er hörte überhaupt nicht zu, bückte sich, kratzte eine Handvoll Erde vom Boden und warf sie in die Flammen. Dann durchwühlte er mit seinen bloßen Händen die Glut. Er versengte sich die Haare und die Kleidung, es knisterte, irgendetwas hatte er aus den Flammen gezogen, was war es nur? Ihm flimmerte es vor Augen, Mutter löschte die Glut an seinem Pullover.

»Allan, ich wusste doch nicht, dass ich das noch hätte aufheben sollen.«

Er schlug nach ihr, lief hinauf zum Haus und hielt die Hände unter den Hahn mit kaltem Wasser. Was hatte er eigentlich aus dem Feuer gerettet? Vorsichtig breitete er es auf dem Fußboden aus. Eine alte Hose von Vater, mit Hängearsch, halb verbrannt. Und was war mit den Papieren? Den Reden? Alles weg. Wie konnte Mutter so etwas nur tun? So gefühllos, er hatte das alles bisher nur kurz in Augenschein genommen, er wollte es später in aller Ruhe durchgehen. Er hatte die Papiere nach Kopenhagen mitnehmen, an einem geheimen Ort deponieren und sie bewahren wollen. Nun waren sie für immer verloren. Hatte es sie überhaupt gegeben?

Er musste noch einmal Charlotte anrufen.

»Entschuldigung, aber ich muss dich noch etwas fragen, ein letztes Mal, zur Sicherheit.«

»Ja«, sagte sie schläfrig am anderen Ende der Leitung.

»Du hast doch die Fotos von mir und meinen Kaninchen gesehen, die zwischen den Unterlagen meines Vater lagen, oder?«

»Ja, sicher«, antwortete sie.

»Also bilde ich mir das nicht nur ein.«

Pause, komm schon, sag etwas!

»Nein, das bildest du dir nicht ein.«

Er seufzte erleichtert.

»Sag es bitte noch mal.«

Sie sagte es noch einmal, vielleicht mit einer etwas müden Stimme, aber nicht wütend. Nicht wirklich wütend.

»Gott sei dank, Dankeschön«, sagte er.

Gut, dass er sie hatte, sie war eine gute Ehefrau, eigentlich unentbehrlich, wenn er richtig darüber nachdachte.

Seine Mutter stand in der Tür, sie traute sich nicht herein.

»Entschuldigung, Allan«, sagte sie. »Wie dumm von mir. Aber ich wusste nicht, dass es dir so viel bedeutet ...«

Er nickte und versuchte es mit einem Lächeln, denn sie sah aus, als würde sie es aufrichtig bereuen. Vermutlich hatte sie tatsächlich das Bedürfnis, sich von allem zu trennen, was sie an Vater erinnerte, er durfte ihr also nicht allzu böse sein.

»Ich habe nicht alles verbrannt, im Schreibtisch sind noch Papiere, willst du sie sehen?«

Allan schüttelte den Kopf, er wusste genau, um welche Papiere es sich handelte. Aber sie war bereits auf dem Weg ins Wohnzimmer. Er nahm sich noch eine Frikadelle aus dem Herd und versuchte, sich ein wenig zu beruhigen. Als sie zurückkam, brachte sie ihm wie erwartet Vaters Führerschein, seine Geburtsurkunde, den Totenschein und weitere Urkunden. Er blätterte alles höflich durch, stutzte aber beim Totenschein. Irgendetwas an dem angeführten Zeitpunkt des Todes irritierte ihn.

»Hier steht, dass Vater fünf Minuten nach fünf gestorben ist«, sagte er. »Ich dachte, es sei gegen sechs gewesen, das hat Trine jedenfalls erzählt. Ich erinnere mich deshalb so genau, weil ich exakt zu diesem Zeitpunkt einen Asthmaanfall hatte.«

»Dass du noch immer dieses dumme Asthma hast. Und

wir dachten, das verwächst sich. Ja, du hast wirklich dein Päckchen zu tragen.«

Sie strich ihm übers Haar und fing an, den Küchentisch zu decken. Hatte sie nicht zugehört? Vater war eine Stunde früher gestorben, das war eine wichtige Information. Dasselbe musste in der Krankenhausakte gestanden haben, aber da hatte ihn dieses seltsame Stück Käse beschäftigt. Dann gab es doch keinen Zusammenhang zwischen Vaters Tod und Allans Asthma.

Es sei denn, das Asthma hätte schon früher eingesetzt. Es dauerte ja immer eine Weile, bis sich so ein Anfall hochgearbeitet hatte. Je mehr er darüber nachdachte, desto sicherer war er, dass der Anfall bereits kurz nach fünf begonnen hatte. Mit ein bisschen Husten und so. Also passte es doch zusammen, dachte er, sogar noch besser als vorher.

Er sah sich den Totenschein noch einmal an, er wollte wissen, was als Todesursache vermerkt war. Dort stand: Herzstillstand als Folge einer Lungenentzündung. Genau wie im Krankenbericht. Was das genau bedeutete, würde er schon noch herausfinden. Er wusste, was er als Nächstes zu tun hatte. Der Gedanke, dass der Schuldige früher oder später gefunden und seiner gerechten Strafe zugeführt würde, ließ ihn ganz ruhig werden.

Er setzte sich an den Küchentisch, steckte sich eine Frikadelle in den Mund und verspeiste sie vor den Augen seiner Mutter. Ihr schien es jetzt auch ein wenig besser zu gehen. Dass sie ihm gern beim Essen zusah, wusste er. Er bekam so etwas Sanftes in den Blick, wenn er schluckte.

Am nächsten Morgen wurde Allan zeitig geweckt. Er hörte Türen, die auf- und wieder zuklappten, dann die Stimme seines großen Bruders. Er drehte sich um. Er mochte es nicht, wenn ihn jemand schlafen sah. Auch seine nächsten Verwandten nicht. Ja, vor allem seine nächsten Verwandten nicht.

»Wieso liegst du denn hier auf dem Sofa?«, fragte Asger.

»Seine Frau sagt, er schnarcht.«

»Aber seine Frau ist doch abgereist, sie ist in Kopenhagen.«

Jetzt kam auch Margrethe näher – Allan tat, als würde er schlafen. Er konnte ihnen nicht erklären, dass er Albträume bekam, wenn er in Sannes Zimmer schlief, und er ging davon aus, dass es in seinem alten Zimmer nicht besser sein würde.

Asger räusperte sich und Margrethe zupfte an der Bettdecke. Dann zogen sie sich wieder zurück. Sie gingen durchs Wohnzimmer, verpackten Dinge in Pappkartons und raschelten mit Plastiktüten. Und hin und wieder kamen sie zum Sofa, wohl um zu sehen, ob er noch immer schlief.

»Ich schlafe nicht«, sagte er schließlich, denn allmählich hielt er es nicht mehr aus.

»Wäre es dann nicht eine gute Idee aufzustehen?«, fragte Asger. »Ich habe mir für den Umzug einen Laster geliehen, aber bei ein paar Sachen brauche ich Hilfe.«

Dazu wurde Allan also gebraucht, allerdings wusste er nicht recht, ob er sich wirklich einspannen lassen wollte. Außerdem ging er davon aus, dass Mutter gar nicht alle Möbel brauchte.

»Ihr habt's aber eilig, was?«

»Mutter möchte gern umziehen«, sagte Asger. »Je eher, desto besser. Sie freut sich sehr darauf.«

»Wie ein kleines Kind«, sagte Margrethe. »Und bitte, Allan, entschuldige die Sache gestern, ich habe Vaters Sachen zu schnell verbrannt. Es gibt übrigens auch noch ein paar Dinge oben auf dem Dachboden, die ich mir noch gar nicht angesehen habe, Asger auch nicht. Nimm dir einfach, was du brauchen kannst. Und jetzt gibt es Frühstück.«

»Ich habe eigentlich gar keine Zeit«, erklärte Allan. »Ich muss noch etwas erledigen.«

Er stand auf und griff zu seinem Handy, das neben der verkohlten Hose seines Vaters auf dem Boden lag. Margrethe und Asger sahen sich erschrocken an, sie schienen ein schlechtes Gewissen zu haben. Allan ging auf die Toilette, um zu telefonieren, aber es nahm niemand ab. Es wunderte ihn, denn es musste doch jemand an den Apparat gehen, wenn man die Polizei anrief? Aber hier im Ort passierte normalerweise nicht sehr viel, er würde es also später noch einmal versuchen.

Als Allan wieder ins Wohnzimmer kam, erkundigte sich Asger: »Wieso bist du eigentlich hiergeblieben und nicht mit deiner Familie nach Hause gefahren?«

»Ich will herausfinden, wie Vater gestorben ist, ich will wissen, was ihr mit ihm gemacht habt.«

Mutter seufzte resigniert und ging in die Küche zum Herd. Die Hafergrütze musste umgerührt werden.

»Dann hättest du nach Hause kommen müssen, als er krank war«, erwiderte Asger.

»Zum Teufel, er wollte mich nicht sehen, das hat er mir ausdrücklich geschrieben. Und wenn man unerwünscht ist, hat man das zu respektieren.«

»Ich versteh es ja auch nicht«, sagte Asger. »Man muss doch seine Kinder sehen wollen, egal, was los ist.«

Allan sah seinem großen Bruder direkt ins Gesicht, meinte er es ehrlich? Er kam zu dem Ergebnis: offenbar schon. Allan war sprachlos über dieses unerwartete Mitgefühl.

»Ich wusste nichts von diesem Brief«, rief Margrethe aus der Küche.

»Du musst aber davon gewusst haben, Mutter, das stand jedenfalls auf der letzten Seite«, widersprach Allan. »Da stand, du hättest ihn gelesen und wärst mit Vater einer Meinung.«

Margrethe zeigte sich in der Tür und schüttelte den Kopf. Vielleicht hatte sie den Brief ja wirklich nicht gesehen. Dann hätte Allan ihr unrecht getan.

»Es hätte dich doch wundern müssen, dass ich neun Jahre nicht nach Hause gekommen bin?«

Jetzt nickte sie. Sie hatte sich also gewundert, zumindest das. Neun Jahre waren schließlich eine lange Zeit.

»Und wieso hast du mich nicht angerufen?«

»Das durfte ich nicht. Er sagte, wenn jemand anzurufen hätte, dann du. Und du hast es nicht getan.«

Jetzt waren sie genauso weit wie vorher. Ein merkwürdiger Morgen, er war noch nicht richtig wach und dann diese Diskussionen. Allan ließ sich zurück auf das Sofa fallen und zog die Decke bis zum Hals. Margrethe kam mit einem Teller Hafergrütze und stellte ihn auf den Kaffeetisch.

»Heiligabend haben wir immer für euch mitgedeckt«, sagte sie. »Vater wollte es so. Obwohl keiner von uns damit rechnete, dass ihr kommen würdet. Aber gedeckt war für euch.«

Das sollte er offensichtlich auch noch erfahren. Dann packte sie mit Asger weiter ein. Allan probierte einen kleinen Löffel Grütze. Es war eine Ewigkeit her, dass er Hafergrütze gegessen hatte, sie schmeckte gar nicht mal schlecht. Es war zu viel Zucker darin, und mindestens zwei Löffel Butter, aber sie tat ihm trotzdem gut. Als er gegessen hatte, setzte er sich auf und sah sich im Wohnzimmer um. Die Wände waren jetzt vollkommen kahl und die Familienfotos auf der Anrichte waren weg. Wenn er darüber nachdachte, wie es ihm hier ergangen war, müsste er doch eigentlich erleichtert sein, dass das Haus seiner Kindheit leergeräumt wurde. Aber so war es nicht. Es schien ihm wider die Natur, dass man einfach alles einpacken und abtransportieren lassen konnte. Eigentlich gefiel ihm die Vorstellung besser, alles so zu erhalten, wie es war, als eine Art Museum zur Abschreckung und Warnung künftiger Generationen. Asger hing beim Einpacken auch ständig seinen Gedanken nach, aber wahrscheinlich aus anderen Gründen; er hatte es hier ja gut gehabt. Behauptete er. Mutter hingegen huschte geschäftig umher, pfiff wie immer vor sich hin, ihr war keinerlei Sentimentalität anzumerken. Die beiden Brüder sahen ihr nach und dachten sich ihren Teil.

»Ich konnte sie nicht überreden, hier zu bleiben«, sagte Asger. »Ich hab's versucht.«

»Ich weiß«, erwiderte Allan. »Bald werden hier irgendwelche fremden Leute wohnen.«

Sie sahen sich an und beiden fiel es schwer zu verstehen; aber plötzlich hatten sie etwas gemeinsam, das kannten sie nicht. Margrethe gab Asger einen Schubs, er stand ihr im Weg; sie verstand überhaupt nicht, was hier vorging.

»Es ist keine Kleinigkeit, sich von seinem Elternhaus zu verabschieden«, versuchte es Asger.

»Das ist nicht mein Elternhaus«, entgegnete sie.

»Aber du hast doch gut sechzig Jahre hier gewohnt«, sagte Allan.

»Ja, und das reicht auch. Ich finde, ihr solltet jetzt die Standuhr aufladen.«

Asger öffnete die Tür zum Pendel, dann legte er eine Hand darauf. Und zum ersten Mal, solange Allan sich überhaupt erinnern konnte, hörte ihr Tik-Tak auf. Es wurde beunruhigend still im Wohnzimmer, hatte er die Zeit angehalten? In der Ferne bellte ein Hund, ein Zeichen, dass das Leben weiterging. Allan stand auf und zog sich an. Asger deutete auf die Standuhr, Allan sollte ihm helfen, aber der jüngere Bruder schüttelte den Kopf.

»Ich muss erst noch etwas erledigen.«

Er stieg in eine Hose und bemerkte, dass es sich um die Hose seines Vaters handelte, das eine Hosenbein war verkohlt. Er zog sie wieder aus, legte sie sorgfältig zusammen und zog sich seine eigene Hose an.

»Was hast du denn so Wichtiges zu erledigen?«, erkundigte sich Margrethe, und als sie keine Antwort bekam, fügte sie hinzu: »Sanne kommt gleich, ich habe sie angerufen. Sie soll mir helfen, die neue Wohnung zu putzen. Du kannst mir glauben, Allan, sie freut sich für mich. Wenn es jemanden gibt, der es verdient, dass es ihm ein wenig besser geht, dann du, hat sie gesagt.«

»Hat sie das wirklich gesagt, Mutter?«

»Ja. Das sagen alle. Nun soll es Margrethe auch mal gut gehen, sagen sie.«

Allan ging in den Flur, zog seine Jacke an und trat auf die Straße. Mutter folgte ihm.

»Wo willst du denn hin?«

Ihre Stimme klang klein und ängstlich. Allan antwortete nicht. Er schritt zügig aus, er hatte einen Entschluss gefasst. Jetzt ging es darum, hart zu bleiben.

»Wahrscheinlich hat er das Bedürfnis, ein bisschen allein zu sein«, meinte Asger. »Das war doch immer so mit ihm, und es ist ja viel passiert in der letzten Zeit. Vielleicht schreibt er an etwas Neuem.«

Wenn Allan an etwas Neuem schrieb, wovon handelte es wohl? Besser nicht darüber nachdenken.

»Was hast du ihm eigentlich erzählt?«, fragte Asger plötzlich.

»So wenig wie möglich, ich bin ja nicht blöd. Mit nichts kann man sich mehr verplappern als mit dem Mund.«

Aber bei Allan fiel es ihr schwer, das musste Margrethe sich eingestehen. Eigentlich hatte er nie sonderlich viel für Vater empfunden, aber nun schien irgendwie alles auf den Kopf gestellt. Brachte Allan es tatsächlich fertig und ging zur Polizei? Um seine eigene Mutter anzuzeigen? Nein, natürlich nicht. Und doch ... Der Junge hatte so etwas Merkwürdiges, das hatte Vater auch immer gesagt. Er trug eine solche Wut in sich und niemand verstand, woher sie kam. Und schließlich hatte sie sich gegen seine eigene Familie gerichtet. »Man scheißt nicht ins eigene Nest«, hatte Vater immer gesagt.

Als Margrethe Allan nicht mehr sah, ging sie zurück ins Haus. Asger folgte ihr. Sie trugen weiter Kleinigkeiten in den Lastwagen. Margrethe wurde bald müde, sie setzte sich, um einen Moment auszuruhen. Asger lächelte ihr aufmunternd zu, als er mit einer Lampe an ihr vorbeiging. Aber auch er machte sich Sorgen, Margrethe spürte es, obwohl Asger versuchte, es zu verbergen. Er wollte nur ihr Bestes, er war schon ein guter Junge. Sie wusste, was sie an ihm hatte. Vielleicht sollte sie auch ein Foto von ihm auf die Anrichte stellen.

»Braucht ihr noch jemanden, der mit anfasst?«

Svend war herübergekommen und Asger bat ihn sofort, ihm bei der Standuhr zu helfen. Dann bei dem Sofa und dem Sofatisch. Als nichts mehr in den Lastwagen passte, wollte Asger fahren. Svend bot an mitzufahren, schließlich mussten die Möbel ja auch wieder abgeladen werden. Asger meinte, das sei wirklich nicht nötig, es gäbe doch andere, die ihm helfen könnten. Und Svend trollte sich wieder nach Hause. Margrethe tat er beinahe leid, aber Asger hatte recht: Besser, man sah sie und Svend nicht allzu oft zusammen. Am besten erst wieder, wenn die Dinge sich ein wenig beruhigt hatten.

Als sie ankamen, wurden sie von Sanne erwartet. Sie fand das neue Haus richtig schön. Es dauerte nicht lange, bis sie sich einen Putzeimer holte. Unglaublich, wie dieses Mädchen putzen konnte. Vielleicht gab's ja Leute, die die der Meinung waren, Geisteskranke könnten nicht putzen, aber sie können es. Zumindest Sanne, und als sie mit den Böden fertig war, nahm sie die Fenster in Angriff. Asger hingegen ging durchs Haus und notierte kleine Fehler und Mängel, so etwas konnte er wiederum gut.

Margrethe sortierte gerade das Besteck in die neuen Schubladen in der Küche, als sie Besuch bekamen. Es handelte sich um den alten Schlachter Madsen, der ihr auf einem Paar Krücken entgegenhumpelte.

»Konntest wohl nicht länger auf mich verzichten, was?«, fragte er.

Vor knapp zehn Jahren, nachdem er seine Frau verloren hatte und selbst ein wenig kränkelte, war Madsen in dieses Viertel gezogen. Jetzt sah er fast noch besser aus als damals, allerdings hätten ihm ein paar Kilo mehr gut gestanden – so konnte es also auch kommen. Ihm rutschte beinahe die Hose von den Hüften, aber sie hochzuziehen fiel ihm natürlich auch schwer, da er sich gleichzeitig mit den Krücken aufrecht halten musste.

»Komm rein und schau dir meine Ferkel an«, forderte sie ihn auf; das hatten sie damals immer gesagt, wenn sie ihre Kinder präsentierten.

Sie rief Asger, der Madsen die Hand gab. Madsen war ihm hin und wieder begegnet, und er lobte ihn, weil er so nett war und seiner Mutter zur Hand ging. Sanne hatte er allerdings viele Jahre nicht mehr gesehen, sondern nur von ihr gehört. Madsen musste ganz dicht an sie herantreten, denn seine Augen waren auch nicht die besten. Sanne grüßte ebenfalls freundlich und putzte dann weiter die Fenster. Sie schien ein wenig verlegen zu sein.

»Gut, dass man Kinder hat«, sagte Madsen zu Margrethe. »Vor allem, wenn man allein ist.«

»Du hast ja so recht«, stimmte sie ihm zu.

»Bist du über das Schlimmste hinweg?«

Margrethe nickte und versuchte, eine ernste Miene aufzusetzen, aber es gelang ihr nicht richtig. Die Trauer war überraschend schnell vorbeigegangen, und sie wollte sich dafür auch nicht mehr länger schämen.

»Ich habe einen verloren, aber zwei gewonnen«, sagte sie.

Sanne lächelte. Und Madsen verstand es bestimmt, schließlich hatte er den Milchmann auch gekannt.

»Und wo ist das letzte Ferkel?«, fragte er.

»Allan ist spazieren gegangen«, antwortete Margrethe. »Er kommt bald.«

Dann sagte Madsen freundliche Dinge über Allan, er hatte es ja offenbar zu etwas gebracht, drüben in Kopenhagen. Margrethe musste doch stolz auf ihn sein.

»Bin ich auch. Obwohl ich meine, dass er mit uns schon hart ins Gericht gegangen ist. Er vermutet immer das Schlimmste.«

»Ja, so ist das mit den Schriftstellern, damit verdienen sie schließlich ihr Geld.«

Das war nun auch wieder richtig, von irgendetwas musste Allan ja leben. Gut, dass man ihm nicht mehr ständig Geld schicken musste. Das hatten sie in den ersten Jahren getan, in denen er vom Schreiben noch nicht leben konnte. Nicht, weil sie etwa zu viel gehabt hätten. Aber wenn man dem Jungen damals vorschlug, sich noch einen Nebenjob zu suchen, eine Arbeit anzunehmen, war er tödlich beleidigt. Er schrie sie regelrecht an, wenn sie ihm nicht den gehörigen Respekt erwiesen. Zum Beispiel damals, als sie ihm nicht glauben wollten, dass er die Schauspielerin Søs Egelind wirklich kannte. Das hatte er nämlich hartnäckig behauptet. Er wollte ihnen sogar weismachen, er hätte eine Postkarte von ihr, da hatten Vater und Margrethe aber grinsen müssen. Denn aus der Ladenkasse waren ein paar hundert Kronen verschwunden, als Allan zu Besuch war, und nur er konnte sie genommen haben. Sie hatten nichts dazu gesagt, er hatte sie wohl nicht um noch mehr Geld bitten wollen. Doch als er ihnen hinterher den Bären aufbinden wollte, eine so bekannte Schauspielerin, die alle aus dem Samstagabendprogramm im Fernsehen kannten, würde ihm Postkarten schicken, ging er zu weit. Dazu passte auch nicht, dass er in die Kasse griff.

Aber wenig später schickte er von Kopenhagen aus die Fotokopie einer Postkarte, die tatsächlich mit Søs unterschrieben war. Natürlich hätte es sich um eine andere Søs handeln können, aber da stand, sie würde sich freuen, in seinem Fernsehspiel mitzuwirken. Es war also möglich, dass er die Wahrheit gesagt hatte. Sie hatten die Fotokopie allen Nachbarn in der Straße gezeigt. Vater hatte sie dabei, wenn er die Milch ausfuhr, und Allans Ansehen schien in seiner Heimatstadt um einige Grade gestiegen. Offenbar hatte er es doch zu etwas gebracht, er hatte ihnen nicht nur etwas vorgemacht. Und als er anrief und erzählte, er würde ein Stipendium vom Staatlichen Kunstfonds bekommen, hatte Vater ihm gratuliert. Das Geld könne er ruhig annehmen, hatte Vater gesagt, das wäre etwas anderes als Sozialhilfe. Natürlich war es aber eine Art Unterstützung und Vater riet

Allan, es nicht überall herumzuerzählen. Schließlich gab es viele Leute, die so etwas für eine Art Nassauern auf Kosten der Gesellschaft hielten. Seine Eltern waren jedoch nicht dieser Ansicht. Außerdem würde er vielleicht bei einem nächsten Besuch nicht mehr in die Kasse greifen. Das sagten sie ihm natürlich nicht, darüber sprachen sie erst, als Vater den Hörer wieder aufgelegt hatte.

Margrethe hatte ihren Gedanken nachgehangen, sie hörte, wie Madsen sich räusperte, nun zog er sie am Arm. Es fiele ihm schwer, so lange zu stehen, sagte er. Gab es denn keinen Stuhl in dem neuen Haus? Sie nahm ihn mit in den Garten, sie setzten sich auf die Gartenbank. Und schauten auf all das sprießende Grün, während sie über die alten Zeiten sprachen. Damals, als Margrethe das schönste Blumenbeet in der Straße hatte. Ja, viele waren dieser Ansicht, das wusste sie. Madsen erinnerte sich, dass Margrethe weiße und rote Tulpen gepflanzt hatte, die eine Dannebrogsflagge darstellten. Das fand er besonders hübsch. Und als Dänemark ein Jahr später die Fußballeuropameisterschaft gewonnen hatte, stand dort Olé!

Sie erinnerte sich an Madsens beeindruckenden Küchengarten. Besonders an seinen Sellerie, groß und dick wie ein Arm. Er konnte seine Stauden gar nicht alle allein essen und verschenkte sie. Auch Margrethe bekam etwas davon. Wie der geschmeckt hat! Niemand konnte sich erklären, weshalb Madsens Sellerie doppelt so groß und so viel saftiger war als anderer Sellerie. Und nun, so viele Jahre später, bekam Margrethe die Erklärung.

»Das lag am Blut.«

»Am Blut?«

»Ja«, sagte Madsen, »es blieb doch immer ein bisschen Blut übrig, wenn ich geschlachtet hatte. Und ich wollte es nicht ins Klo schütten, also kippte ich es in die Gießkanne. Und abends, wenn es niemand sah, habe ich meinen Küchengarten damit gegossen.«

Er lachte leise. Wenn sie das damals gewusst hätten, Margrethe musste sich beinahe übergeben. Aber es hatte ja niemandem geschadet und so wurde das Blut wenigstens nicht vergeudet.

Jetzt kam tatsächlich auch noch Svend vorbei, auf dem Fahrrad. Er konnte sich einfach nicht beherrschen, aber mein Gott, es war ja auch schwer. Asger schaute aus dem Fenster, aber sie ließ Svend gewähren. Er gratulierte Margrethe zu dem Haus und ihrem neuen Leben. Dann blinzelte er ihr zu und überreichte ihr sein Einstandsgeschenk. Eine Topfpflanze, eine Brennende Liebe, unglaublich. Asger brachte Kaffee und Madsen hatte Schnaps in der Jackentasche. Und wer sagt schon nein zu einem Kaffeepunsch? Sie prosteten sich zu, tranken und redeten über die alten Zeiten. Beide Männer hatten schon immer ein Auge auf Margrethe geworfen, das war kein Geheimnis. Aber der Milchmann hatte gut auf sie aufgepasst. Jetzt konnte er das ja nicht mehr. Und dann sagten die beiden Männer »Prost, solange wir Freunde sind« und kniffen Margrethe in die Seite.

Ein weiterer Gast erschien. Polizei-Sussi, sie winkten ihr zu. Sussi hatte keine Blumen dabei, was sie wohl wollte? Margrethe wagte nicht zu fragen, denn nun sah sie Allan, der drei Schritt hinter der Polizistin herschlich; ihr Herz begann zu klopfen.

»Ja, wir feiern mein neues Haus«, erklärte Margrethe eifrig. »In dem alten wollte ich nicht mehr wohnen, es wurde mir einfach zu viel, und hier habe ich ein Badezimmer mit Fußbodenheizung. Ich bin ja so glücklich.«

Sussi gratulierte und sagte etwas Nettes über das Haus.

Aber deshalb war sie nicht gekommen, das war deutlich zu sehen.

»Alle meinen, ich hätte es verdient«, fuhr Margrethe fort und tupfte sich die Augen mit dem Taschentuch aus Hamburg. »Ich bin unserem Herrgott ja so dankbar, dass er für mich noch etwas im Ärmel versteckt hat. Er hat das Beste bis zum Schluss aufgehoben.«

Sussi kam einfach nicht zu Wort und nun fragte Madsen, ob sie nicht auch einen Kaffeepunsch wollte.

»Nein, nicht im Dienst«, lautete die Antwort.

»Im Dienst?«

Das waren ihre Worte, alle hatten es gehört, sie war offenbar von Amts wegen hier. Und nun brachte sie ihr Anliegen vor: Sie würde gern mit Margrethe reden. Sie sagte es leise und ruhig, aber es war kein Irrtum möglich. Sie bat Margrethe mitzukommen.

»Bin ich verhaftet?«, fragte Margrethe laut.

Sussi lachte nervös und versicherte ihr, dass sie sich nur mit ihr unterhalten wollte. Aber Margrethe konnte durchaus zwei und zwei zusammenzählen. Sie sah Allan an. Er stand abseits und schlug die Augen nieder, offenbar hatte er ein schlechtes Gewissen; das war ja wohl auch das Mindeste. Asger kam heraus und erriet sofort, worum es ging, aber er konnte seiner Mutter auch nicht helfen. Sanne hatte mit dem Fensterputzen aufgehört, sie saß auf der Treppe und sah völlig verloren aus.

»Entschuldigung, aber worum geht es eigentlich?«, wollte Asger wissen.

Bloß eine Routineangelegenheit, versicherte die Beamtin. Aber warum wollte sie dann nicht heraus mit der Sprache, was war denn los? Margrethe entschuldigte sich bei ihren Gästen.

»Ich muss wohl irgendetwas falsch gemacht haben«, sagte sie. »Was auch immer. Vielleicht habe ich ja jemanden umgebracht?«

Den letzten Satz bereute sie sofort, denn es wurde nicht, wie erhofft, gelacht; im Gegenteil, es herrschte verlegenes Schweigen. Sussi nahm sie am Arm. Herrgott, dass Margrethe sich so etwas gefallen lassen musste, noch dazu vor den Augen ihrer Gäste.

»Ich kann nicht so schnell gehen«, sagte sie. »Ich habe noch immer Schmerzen nach meinem Sturz vom Fahrrad.«

»Na ja, das war auch eine schlimme Sache«, sagte Sussi, glücklicherweise war ihr die Angelegenheit noch immer peinlich. »Ich hätte mich vorsehen müssen. Wo tut es denn weh?«

»Überall«, behauptete Margrethe, »und es sind nicht nur die Glieder. Ich hatte auch einen Schock. Mir wird leicht schwindlig. Und ich soll mich möglichst nicht aufregen.«

Sussi lächelte ihr beruhigend zu und tätschelte Margrethe die Hand. Aber sie ließ nicht ihren Arm los. Dass Allan seiner eigenen Mutter so etwas antun konnte! Margrethe drehte sich ein letztes Mal um und suchte ihn. Er stand bei Sanne und versteckte sich hinter ihr.

KAPITEL 8

Das Gewehr in der Standuhr

Margrethe war noch nie bei Polizei-Sussi daheim gewesen. Und schon gar nicht auf dem Polizeirevier. Es sah ein bisschen aus wie beim Doktor, aber gemütlicher eingerichtet; neben einem Aktenschrank hing eine Wanduhr und tickte. Das Geräusch erinnerte Margrethe an ihre eigene Standuhr, dabei konnte sie sich immer entspannen. Im Übrigen war alles sauber und aufgeräumt, das musste man Sussi lassen. »Sehr hübsch hast du es hier.«

Sussi freute sich, das sah man. Aber deshalb hatte sie Margrethe nicht mit aufs Revier genommen.

»Nun ja«, sagte sie, »Allan war hier. Und soweit ich es verstanden habe, hat ihn der Tod seines Vaters sehr getroffen.«

»Ja, ganz bestimmt.«

Sie saßen sich mit hochgezogenen Augenbrauen gegenüber, so kannten sie Allan nicht.

»Er meint, es sei nicht mit rechten Dingen zugegangen«, fuhr Sussi fort.

»Niemand hat meinen Mann gezwungen, diesen Käse zu verschlingen«, brach es aus Margrethe heraus.

Sicher wollte sie darüber mit ihr reden, also rückte sie besser gleich heraus mit der Sprache. Sussi nickte und notierte sich etwas auf ihrem Schreibblock. Dann schaute sie Margrethe wieder an und wartete.

»Und Pfingsten, als in der Stadt Rummel war ...«

Sussi nickte wieder, Margrethe war offensichtlich auf der richtigen Spur.

»Niemand hat meinen Mann gezwungen, mit diesem Karussell zu fahren. Svend hat ihm nur beim Einsteigen geholfen, allein ging's ja nicht mehr.«

»Aber dein Mann litt an Blutgerinnseln, nicht wahr?«

Margrethe nickte, das konnte sie schließlich nicht leugnen. Es gab keinen Grund zu erzählen, dass er auch an Höhenangst litt.

»Mein Mann war nicht nüchtern.«

Sussi lehnte sich auf dem Stuhl zurück und faltete die Hände im Nacken. Der Milchmann trank nicht, das wusste die ganze Stadt, so etwas taten die Frommen von der Inneren Mission nicht. Sie musste Sussi eine bessere Erklärung liefern, aber Margrethe schwieg. Lieber zu wenig als zu viel sagen, diesen Rat hatte Asger ihr auch gegeben.

Sussi erhob sich, ging ein wenig auf und ab und schien nachzudenken, sie sah aus wie die Kommissare aus den Krimis im Fernsehen.

»Ich kannte den Milchmann ja auch gut. Meinem Eindruck nach war er in seinen letzten Lebensjahren ein geplagter Mann. Geplagt von seinem schlechten Gewissen.«

Diesen Eindruck hatte Margrethe nun nicht gerade gehabt, aber nun ja, wenn die Beamtin es sagte, dann war da wohl etwas dran.

»Ich frage dich jetzt ganz direkt, und das ist keine ganz angenehme Vorstellung, aber ist es denkbar, dass dein Mann, nun ja, wie soll ich es sagen ...«

»Ja, durchaus«, unterbrach sie Margrethe.

Warum sollte sie nicht gleich ein Geständnis ablegen, je eher, je besser, dann war es überstanden. Dann könnten sie mit ihr machen, was sie wollten. Aber Sussi hatte ihren Satz noch nicht beendet.

»Dass dein Mann sich wünschte, seinem Leben ein Ende zu setzen?«

Seinem Leben ein Ende setzen? Margrethe musste einen Moment nachdenken. Es war vorgekommen, dass der Milchmann gedroht hatte, sich zu erschießen, aber das waren leere Drohungen gewesen, die er meist nur den Kindern gegenüber äußerte. Auf der anderen Seite schien die Beamtin genau das gern hören zu wollen, daher beeilte Margrethe sich zu nicken. Sussi setzte sich und schrieb erneut etwas auf ihren Block.

»Man hätte damals eingreifen sollen, vor vielen Jahren. Mein Vorgänger hätte etwas tun müssen, aber er wusste offenbar nichts?«

»Ich selbst hätte etwas tun müssen«, sagte Margrethe.

Sie senkte den Kopf, das war ja fast schon ein Geständnis, dachte sie. In diesem Moment schlug die Wanduhr am Aktenschrank, es war ein süßes leises Bimmeln. Margrethe lebte wieder auf.

»Musste sich dein Mann nie für seine Handlungen verantworten?«

»Na ja, er wurde angezeigt. Die Psychiaterin aus Augustenborg hatte da ihre Hände im Spiel. Aber Sanne war der Ansicht, es wäre furchtbar für Vater, wenn er obendrein noch ins Gefängnis müsste, und hat ihn in Schutz genommen. Daher wurde nichts daraus. Er hat seine Strafe nie bekommen.«

Sussi schüttelte bedauernd den Kopf. Doch dann richtete sich Margrethe im Stuhl auf und fügte hinzu: »Bis jetzt.«

Sie hatte den Mund noch rechtzeitig wieder geschlossen, hoffte sie, denn nun starrte die Beamten sie an.

»Wir haben doch nur versucht, mit ihm darüber zu reden, Svend und ich. Aber er war ja so verkalkt, wir konnten noch so brüllen und schreien und ...«

Margrethe hielt inne und fing an zu stöhnen, es ging ihr

nun richtig schlecht, sah Sussi das nicht? Sie würde sie jetzt sicher gehen lassen. Aber nein, Sussi trommelte mit den Fingern auf den Schreibtisch und wartete darauf, dass sie weitersprach.

»Er mochte doch das fette Essen so gern, also Herrgott, es wäre eine Schande gewesen, es ihm vorzuenthalten.«

Sussi stand wieder auf und ging erneut auf und ab; wenn sie sich doch bloß hinsetzen würde, dieses Hin- und Hergelaufe ging Margrethe auf die Nerven.

»Ja, ja, er hat es selbst so gewollt«, murmelte Sussi. »Ihr habt ihn nicht dazu gezwungen. Aber ich wundere mich, warum Allan mit all diesen Verdächtigungen kommt? Du hast doch eigentlich ein gutes Verhältnis zu ihm, oder?«

»Ich dachte schon ...«

Sussi schaute auf die Wanduhr, ober besser gesagt, in sie hinein; der Deckel war aus Glas, so dass man sehen konnte, wie das Pendel hin- und herschwang. Margrethe hielt es für eine Unsitte, dann doch lieber einen ordentlichen Holzdeckel mit einem religiösen Motiv, mit dem sich alles abdecken ließ, so wie bei ihrer Standuhr zu Hause.

»Allan hat noch eine andere Sache erwähnt«, sagte Sussi, »und wenn er recht hat, ist vielleicht doch nicht alles mit rechten Dingen zugegangen.«

Margrethe nickte, obwohl Sussi ihrer Ansicht nach bereits genügend Punkte zur Sprache gebracht hatte. Die Beamtin fuhr fort: »Und dabei denke ich natürlich an den irakischen Assistenzarzt. Was sagte Allan, wie heißt er noch gleich?«

»Hawas.«

Jetzt wollte sie also über Hawas reden, dagegen hatte Margrethe nichts, das konnte nicht so gefährlich werden.

»Erzähl mir, ganz ehrlich, was im Krankenhaus passiert ist. Nur die Ruhe, erzähl mir einfach, wie es gewesen ist.«

Aber gern. Margrethe erzählte die Geschichte von Anfang an: Vom Blutgerinnsel Nummer sieben im Bein des Milchmanns und der Einlieferung mit Wundbrand bis zu seinem Tod eine Woche später. Allerdings ließ sie die Sache mit dem Beatmungsgerät aus, wer konnte schon wissen, ob Sussi das auch richtig verstehen würde? Denn obwohl Hawas verantwortlich war, hatte sich Margrethe nicht wirklich dagegen gewehrt. Und ob Hawas sich darüber mit den anderen Ärzten abgestimmt hatte, wusste Margrethe nicht. Aber sie wusste, dass sie mit ihm gute Gespräche über das Christentum und den Islam geführt hatte. Über die Unterschiede und Gemeinsamkeiten, und so weit Margrethe es verstand, gab es überwiegend Gemeinsamkeiten. Jedenfalls waren sie einer Meinung gewesen, dass es gewisse Dinge gab, über die wir Menschen nicht bestimmen sollten. Sie hatte jedenfalls für ihren Mann gebetet, bestimmt; na ja, wenn sie ganz ehrlich sein sollte, dann hatte sie gebetet, dass er seinen Frieden finden möge. Auch um seiner selbst willen. Hawas kam und ging und irgendwann hatte auch er gebetet, natürlich zu Allah – aber in seine Gebete hatte sie sich nicht einmischen wollen. Asger wurde angerufen, er kam dann am späten Nachmittag, und kurz darauf war Vater gestorben.

»Sag mal, Margrethe, hast du nach dem Tod deines Mannes mit anderen Ärzten gesprochen?«

»Nein, aber am Abend hat eine der Krankenschwestern zu mir gesagt: ›Da hast du aber Glück gehabt, Margrethe, von den anderen Ärzten hätte es niemand getan‹.«

Polizei-Sussi wiederholte den letzten Satz, bevor sie ihn notierte; hätte Margrethe das besser nicht erzählen sollen?

»Das klingt nicht gerade so, als hätte er darüber mit anderen Ärzten gesprochen. Wenn die Krankenschwester so etwas sagt?«

Margrethe zuckte die Achseln, was wusste sie schon von solchen Dingen.

»Genau das hat Allan auch erzählt«, sagte Sussi und schien ein wenig bestürzt zu sein. »Dann hat er also recht. Und ich dachte, er hätte es sich ausgedacht. Na ja, ich kenne ihn noch aus meiner Schulzeit, er ging in die Parallelklasse, und an Fantasie hat es ihm nie gemangelt, schon damals nicht. Ich werde mich wohl mit dem Krankenhaus in Verbindung setzen und mit den Ärzten reden müssen. Es könnte interessant sein, was Hawas zu sagen hat.«

»Ja, das solltest du tun«, sagte Margrethe. »Er kann dir das viel besser erklären als ich. Er ist ein kluger und netter Mann.«

»Man kann in die Leute nicht weiter hineinsehen als bis zu den Zähnen«, erwiderte Sussi und lächelte.

Margarethe nutzte die Gelegenheit, sich Sussis Zähne genauer anzusehen. Sie hatte noch nie eine so regelmäßige Zahnreihe gesehen, es sah beinahe künstlich aus, aber das konnte nicht sein. Margrethe erinnerte sich, dass Sussi eine Spange trug, als sie zur Landpolizei kam. Darüber wurde in der kleinen Stadt viel gelacht. Eine Landpolizistin mit Zahnspange, das hatte es noch nicht gegeben, dabei war sie über vierzig. Aber hübsch waren ihre Zähne, beinahe so wie die in der Werbung. Margrethe verlor sich in Gedanken und hörte nur noch mit einem halben Ohr zu, als Sussi erklärte, was Hawas vorgeworfen werden könnte. Aktive Sterbehilfe war eine ernste Angelegenheit. Ob Margrethe gegen ihn aussagen würde? Nun schien Margrethe wieder aufzuwachen, musste sie etwa doch vor Gericht?

»Du sollst nur erzählen, was du mir gerade erzählt hast«, sagte Sussi.

Margarethe war das gar nicht recht. Wenn sie nun anfingen, sie nach allem Möglichen zu fragen, und sie nicht so genau wusste, was sie erzählen durfte und was nicht; schließlich war es nicht sicher, dass Asger ihr zur Seite stand.

»Ich fühle mich nicht ganz wohl«, sagte sie. »Ich glaube, ich möchte jetzt nach Hause.«

Sussi legte die Papiere in die Schreibtischschublade und stand auf. Sie half Margrethe auf die Beine, jetzt war es überstanden, jedenfalls für den Moment. Margrethe durfte gehen, puh, welch eine Erleichterung.

»Und was passiert jetzt?«, erkundigte sie sich.

»Jetzt rufe ich erst einmal im Krankenhaus an, dann sehen wir weiter. Am besten, ich höre mich selbst mal ein bisschen um.«

Margrethe verabschiedete sich, sie könne allein nach Hause gehen. Ihr war nicht mehr so schwindelig. Sie setzte einen Fuß vor den anderen und wenn sie jemandem begegnete, den sie kannte, grüßte sie, ohne stehenzubleiben.

Es war nicht so schlimm gewesen, wie sie befürchtet hatte. Obwohl man wirklich Vieles zu beachten hatte. Wenn sie tatsächlich vor Gericht aussagen müsste und zum Beispiel nach dem Ausflug auf den Rummelplatz gefragt würde, was sollte sie dann sagen? Zum Glück war es nicht sicher, ob es so weit kommen würde, aber vermutlich war es am besten, vorbereitet zu sein. Sollte sie erzählen, der Milchmann hätte geschlafen, als sie ihn in die Schiffsschaukel setzten? Ob das die Richter milder stimmen würde, ließ sich nicht so einfach beurteilen. Ach, es wäre viel leichter, wenn sie einfach alles so erzählen würde, wie es sich abgespielt hatte. Schließlich hielt sie sich nicht für eine Verbrecherin. Sie war mit dem Milchmann zum Pfingstvergnügen gegangen, wie immer, um sich die Belustigungen anzusehen und vielleicht ein Los zu kaufen, doch dann schlief er mittendrin plötzlich ein, im

Bierzelt. So hatte es angefangen, damit, dass er einschlief. Und das war nicht sonderlich nett, wenn sie nun schon mal zusammen ausgingen. Sie hatte sich auf das Bierzelt gefreut, dort waren immer so viele Bekannte, doch er hatte sich hingesetzt und angefangen zu schnarchen; sie hatte sich regelrecht schämen müssen. Sie stieß ihn an, um ihn zu wecken, ziemlich fest sogar, und er wollte nur noch nach Hause. Sie wollte aber nicht mitgehen, sie unterhielt sich doch mit den Leuten, unter anderem mit Svend. »Jetzt trinkst du erst mal ein Bier, dann darfst du nach Hause«, hatte Svend gesagt. Obwohl der Milchmann eigentlich überhaupt nicht trank. Aber er musste austrinken, um nach Hause gehen zu dürfen, und er versuchte es. Nur schien sein Glas gar nicht leerer zu werden. Er trank und trank und es war noch immer voll. Svend füllte natürlich heimlich nach und ein paar Schnäpse waren wohl auch darunter. Irgendwann hatte der Milchmann es dann offenbar durchschaut, er schlug nach dem Glas, warf es um und versuchte aufzustehen. Aber er fiel zurück auf den Stuhl – und schlief weiter. Kurz darauf schnarchte er schlimmer als vorher. Und dann hatte Svend die Idee, dem Milchmann einen Schrecken einzujagen, er sollte mit dem Karussell fahren. Erst war es nur ein Spaß von Svend gewesen, doch dann hielten es auch einige andere Gäste im Bierzelt für eine gute Idee. Und schließlich wurde es Ernst.

Vier Mann mussten ihn tragen. Margrethe hätte eventuell energischer protestieren können, aber sie dachte, er würde schlafen und ohnehin nichts merken. Und selbst wenn sie laut geworden wäre, hätten die Männer nicht auf sie gehört. Svend hatte sich neben den Milchmann gesetzt und ihn angeschnallt; fast hätte der Mann, der das Karussell bediente, es nicht erlaubt; er tat es wohl nur, weil Svend ihn kannte und vielleicht, weil so viele vor dem Karussell standen, die meinten, der Milchmann hätte es nicht besser verdient. Dann wurde die Maschinerie in Gang gesetzt und natürlich wachte der arme Kerl auf; mein Gott, was hat er geheult. Wie ein von der Kette gelassener Satan. Svend musste ihm den Mund zuhalten, schließlich konnten sie ja nicht einfach mittendrin anhalten, dann wären alle anderen Fahrgäste doch böse geworden. Als die Fahrt zu Ende war, ging es dem Milchmann nicht gut, bestimmt nicht. Es hatte ihn ziemlich mitgenommen, er rührte sich überhaupt nicht mehr. Erst im Krankenhaus hatte er die Augen wieder aufgeschlagen. Nachdem sie ihn behandelt hatten. Und er musste über eine Woche im Krankenhaus bleiben, denn es hatte sich wieder ein Blutgerinnsel entwickelt, sagten sie. Wieder im Bein, diesmal im rechten. Aber er hatte sich einigermaßen erholt und wurde wie früher auch nach Hause entlassen. Dort hing er dann im Sessel vor dem Fernseher und konnte ›das Ding, mit dem man es macht‹ nicht finden, das hatte Margrethe nun davon. Ihm waren nur noch die Mahlzeiten geblieben, auf die er sich freuen konnte, sie wurden so eine Art Trost für ihn. Und er war geradezu verrückt nach allem Fetten.

Nun ja, was den Käse anging, den hatte sie ihm gewissermaßen in den Hals gestopft, aber nicht, um ihn zu ersticken! Gott bewahre, sie hatte es doch nur getan, weil er Käse so gern mochte. Außerdem stopfte er sich bei Tisch immer so voll, es war wirklich kein sonderlich appetitlicher Anblick. Sie wollte ihm doch nur helfen, und Svend auch, er hatte ihn festgehalten. Als der Käse dann in der Speiseröhre steckenblieb, hatten sie ihm natürlich auf den Rücken geklopft, aber es half nichts. Auch nicht, als Svend den Milchmann auf den Kopf stellte und schüttelte. Am Ende musste er wieder ins Krankenhaus. Margrethe wurde von den Ärzten ermahnt, besser auf ihren Mann aufzupassen, es war ziemlich beschämend. Wenn die wüssten, wie es war, mit ihm zusammenzuleben, und wie er sich damals Sanne gegenüber benommen hatte, dann hätten sie so etwas vermutlich nicht gesagt. Dann hätten sie ihn nicht so schnell wieder nach Hause entlassen. Trotzdem, bis zu einem regelrechten Mordversuch war es nun doch noch ein weiter Weg. Sie war schließlich keine Verbrecherin. Aber dieser Ansicht war ja wohl auch niemand, außer Allan. Polizei-Sussi jedenfalls nicht.

Nein, sie sollten sich eher für Hawas interessieren. Er war es, er hatte dem Leben des Milchmanns ein Ende gesetzt. Ja, sicher, erst nachdem Margrethe ihn ziemlich bedrängt hatte, das ließ sich nicht leugnen. Sie hatte eine gewisse Mitverantwortung, also rein moralisch. Aber der liebe Gott würde ihr bestimmt vergeben, für gewöhnlich tat er das ja.

◆

Sanne kaute auf etwas herum, während sie in ihrer Tasche wühlte – Allan nahm an, dass es sich um Kaugummi handelte. Schließlich fand sie das Glas mit den Tabletten, nach dem sie gesucht hatte, und schraubte den Deckel ab. Allan nahm ihr die Tasche und die Tabletten ab. Fast hätte er sie ihr zurückgegeben, so verzweifelt schaute sie ihn an.

Dann kaute Sanne weiter auf ihrem Kaugummi, es musste ein ordentlicher Klumpen sein, offenbar hatte sie eine ganze Packung auf einmal in den Mund gesteckt.

»Was fehlt ihr denn?«, fragte Madsen; er roch nach Kaffee und Schnaps.

»Sie ist nur etwas müde«, sagte Allan.

Madsen trat ganz nah an Sanne heran. Sie riss die Augen auf und streckte ihm die Zunge heraus. Es überraschte Madsen nicht im Geringsten, er nickte nachdenklich, während er die blau geschwollene Zunge betrachtete.

»Ich habe eine Nichte, deren Zunge auch mal so ausgesehen hat. Sie hat erst aufgehört, sich auf die Zunge zu beißen, als sie Elektroschocks bekam.«

Allan ging zu Sanne und schüttelte sie, denn jetzt begann sie wieder mit ihren Kaubewegungen; er hätte längst darauf kommen müssen, dass es sich um die Zunge handelte.

»Das ist bei Sanne nicht nötig «, sagte er. »Es ist gleich wieder gut.«

Madsen knurrte ungläubig und schaute auf Sannes Beine, der Rock war hochgerutscht. Sanne setzte sich auf und spuckte in seine Richtung. Das mochte er nun gar nicht; mit vielem konnte er sich abfinden, aber angespuckt werden wollte er nicht. Schließlich ging er, ohne sich zu verabschieden. Allan blickte ihm nach – in diesem Moment griff Sanne nach ihrer Tasche. Doch Allan war zu schnell und zu stark für sie. Er setzte sich auf sie, hielt ihre Arme fest, fast so, als wären sie Kinder, die sich balgten; damals war sie allerdings die Stärkere gewesen. Sollte er ihr eine halbe Tablette geben und abwarten, ob es ihr danach besser ging? Aber welche, es gab so viele Schachteln und Gläser in ihrer Tasche? Vielleicht war es besser abzuwarten, zum Glück war er ja bei ihr.

Sanne gab ihren Widerstand auf und er ließ sie los. Er ging zur Terrassentür und schaute in den Garten. Asger saß auf der Bank und las Zeitung. Er musste den Tumult im Wohnzimmer gehört haben, aber offenbar wollte er sich nicht einmischen. Allan setzte sich neben ihn.

»Na, bist du jetzt zufrieden?«, fragte Asger, ohne von der Zeitung aufzublicken. »Mit freundlicher Anteilnahme, ja, danke, guten Morgen!«

Allan bereute, dass er einen Strauß zum Begräbnis seines Vaters geschickt hatte. Bereute seine Mutter es etwa auch, dass sie ihn angerufen hatte? Man musste sich doch nur ansehen, wohin das alles geführt hatte. Sannes Instinkt war also doch richtig gewesen; sie hätten überhaupt nichts unternehmen sollen. Aber nun war es zu spät.

Allan erhob sich brüsk, und sein Blick fiel auf den schmalen Weg, der zu dem kleinen Haus führte. Mutter kam zurück. Asger ging ihr entgegen und fing an, sie auszufragen, natürlich war er neugierig, was die Polizei von ihr gewollt hatte.

»Nichts Besonderes«, erwiderte sie. »Eigentlich wollte Sussi sich nur noch einmal entschuldigen, dass sie mich auf dem Radweg angefahren hat. Wo ist denn Sannemäuschen?«

»Sie ruht sich im Wohnzimmer ein bisschen aus«, sagte Allan.

Aber Margrethe hörte an seiner Stimme, dass irgendetwas nicht in Ordnung war, jedenfalls lief sie sofort ins Haus, um nach ihrer Tochter zu sehen. Die beiden Söhne folgten ihr. Als Sanne ihre Mutter sah, setzte sie sich auf und streckte die Arme nach ihr aus.

»Dir geht es aber gar nicht gut, mein Mädchen«, sagte Margrethe und fiel ihr um den Hals. »Was ist denn passiert?«

Sanne warf Allan, der noch immer ihre Tasche in den Händen hielt, einen bösen Blick zu.

»Sie braucht doch ihre Medizin, was denkst du dir denn bloß? Sie ist doch krank.«

Sannes Hände zitterten so, dass sie selbst kein Tablettenglas öffnen konnte, Mutter musste ihr helfen. Allan hatte nicht mehr die Kraft zu protestieren, er brachte ihr sogar noch ein Glas Wasser. Als Sanne das zweite Glas mit Tabletten öffnete, drehte er sich um; er konnte es nicht mit ansehen.

»Ihr müsst doch noch über etwas anderes als deinen Unfall geredet haben«, sagte er zu seiner Mutter; im Stillen hatte er gehofft, sie würde verhaftet. »Ihr müsst doch über Vater geredet haben. Über seine letzten Lebensjahre.«

»Ja, wir haben darüber gesprochen. Das Leben fiel deinem Vater am Ende schwer, Allan.«

»Was soll das heißen?«

»Das kannst du dir doch vorstellen.«

Sie sah Allan an, er musste es doch endlich einmal begreifen, zum Teufel noch mal.

»Nein, kann ich nicht«, widersprach er, »erklär's mir!«

Aber Margrethe wollte nicht mehr sagen, Asger sollte es ihr abnehmen.

»Deine Mutter hat dich sehr vermisst«, sagte Asger. »Dich und Sanne, natürlich. Sie wusste nicht, was sie tun sollte, damit ihr wieder nach Hause kommt.«

»Ja, und?«

Jetzt stockte Asger. Was versuchten sie ihm eigentlich zu erklären? Allan wandte sich seiner Mutter zu, die schuldbewusst seufzte, während sie auf den Teppich blickte.

»Aber er starb ja nicht«, sagte sie. »Erst im Krankenhaus ...«

Allan begriff immerhin so viel, dass sie versucht hatten, Vater loszuwerden; diesen Verdacht hegte er seit langem, und nun gestanden sie es ein. Hatten sie es seinetwegen getan? So klang es, und das war kein angenehmer Gedanke. Vater war ihr offenbar mit den Jahren immer mehr zur Last gefallen und Mutter hatte ihre beiden jüngsten Kinder vermisst. Von Sanne wusste sie überhaupt nichts und über Allan konnte sie nur hin und wieder etwas in der Zeitung lesen. Und das, was sie und auch andere lasen, hatte den Milchmann nicht gerade populärer werden lassen. Hatte seine Schreiberei die Sympathie der Leute vom Vater auf den Sohn übergehen lassen? Dass selbst Asger genug von Vater hatte, so wie die engsten Nachbarn auch – ja, zum Schluss saß dem Milchmann offenbar die ganze Stadt im Nacken. Sie wollten ihn gemeinsam bestrafen – und schließlich hatte es ein Moslem zu Ende gebracht!

»Mutter«, sagte Allan, »antworte mir jetzt ganz ehrlich: Sind meine Romane schuld an all dem hier? Ist es passiert, weil ich zu viel über uns erzählt und geschrieben habe?«

Einen Moment kamen ihm Zweifel, denn sowohl seine Mutter wie Asger blickten ihn vollkommen verständnislos an. Aber dann legte Asger ein regelrechtes Bekenntnis ab, er blühte geradezu auf, als es endlich herausdurfte: »Da hast du nicht ganz unrecht, Allan.«

So etwas sagte Asger normalerweise nicht, wenn er es nicht wirklich ernst meinte. Also hatte Allan recht gehabt, er war mitverantwortlich am Tod seines Vaters.

»Aber, Mutter«, stammelte er, »es kann doch nicht sein, dass ihr ... wegen mir?«

»Und wegen Sanne«, korrigierte ihn Asger. »Du hast uns doch mit deiner Schreiberei alle auf deine Seite gezogen.«

Mit anderen Worten, Allan trug die Mitschuld an einem Mord. Wenn es sich bei ihm nicht sogar um den eigentlichen Drahtzieher handelte. Er blickte unwillkürlich auf die Standuhr, sie müsste jetzt anfangen zu schlagen, dachte er, aber sie tat es nicht. Nur in seinem Kopf.

»Aber es war doch nie meine Absicht gewesen, dass ihr ...« Margrethe streckte eine versöhnende Hand aus, aber Allan wollte sie nicht ergreifen.

Im Gegenteil, er rückte mit seinem Stuhl ein Stück von ihr ab. Wenn er über seinen Vater nicht geschrieben hätte, was er geschrieben hatte, wäre es nie so weit gekommen. Möglicherweise könnte sein Vater sogar noch am Leben sein?

»Es war doch nie meine Absicht gewesen«, wiederholte er.

»Das hättest du dir vorher überlegen sollen, finde ich«, bemerkte Asger.

Hatte er aber nicht. Es war sein Fehler. Aber nun wusste er endlich, welcher Lump seinen Vater umgebracht hatte: In Wahrheit hatte er es selbst getan. Nun stellte sich die Frage, ob er sich selbst bestrafen konnte und worin die Strafe gegebenenfalls bestehen sollte. Oder ob er sich selbst vergeben konnte. Normalerweise war er nicht gut im Vergeben, aber in diesem Fall fielen ihm viele mildernde Umstände ein. Vielleicht war es mit der Zeit möglich. Aber sicher war er sich nicht. Eigentlich überhaupt nicht.

Allan stand auf und ging in den Flur, er zog seine Jacke an. Er musste hier heraus, an die frische Luft.

»Wo willst du hin?«, fragte seine Mutter aus dem Wohnzimmer.

Als er nicht antwortete, kam sie in den Flur und stellte sich mit gefalteten Händen vor die Tür.

»Willst du denn nichts essen? Es ist nach eins und wir haben noch nicht zu Mittag gegessen.«

Er schob sie beiseite und knallte ihr die Tür vor der Nase zu. Draußen blieb er einen Moment stehen und versuchte, zu sich zu kommen. Er wollte noch ein letztes Mal in das alte Haus. Um Abschied zu nehmen und ein paar Dinge vom Dachboden auszusuchen, die er mitnehmen konnte. Ein paar von Vaters Sachen, als Erinnerung. Um sie zu bewahren und ihnen seinen Respekt zu erweisen, das war das Mindeste, was er tun konnte. Irgendetwas von Wert musste doch geblieben sein, etwas, das Asger nicht mitgenommen oder seine Mutter verbrannt hatte. Es war die letzte Gelegenheit.

Allan schloss die Haustür auf und fing an zu suchen. Natürlich hatte er die Hose seines Vaters, die er im Garten aus den

Flammen gezogen hatte, aber sie reichte irgendwie nicht. Außerdem war sie kaum geeignet, um sie später einmal seinen Enkelkindern zu zeigen. Im Laden stand die alte Kasse. Sie war nicht viel größer als ein Schuhkarton, aber aus Holz. Auf dem vergilbten Lack klebten kleine Aufkleber, zu den Motiven gehörten der Dannebrog und die Mühle an den Düppeler Schanzen. Auf den Deckel war ein Messingschild geschraubt: Ihre Bezahlung wird entgegengenommen. Und auf der den Kunden zugewandten Seite stand Kasse. Wenn man es nicht besser wusste, konnte die Kasse für ein Spielzeug gehalten werden, aber das war sie sicher nicht. Das Überleben der gesamten Familie hatte am Inhalt dieser Kiste gehangen. Allan wollte sie mit nach Kopenhagen nehmen, sie könnte doch in seinem Arbeitszimmer stehen, vielleicht auf dem Schreibtisch. Er könnte das Geld, das er mit seinen Büchern verdiente, hineinlegen. Oder zumindest das Geld, das er mit den Geschichten über sein Heranwachsen in einem Kaufmannsladen verdiente.

Er trug die Kasse in die Küche und stellte sie auf den Küchentisch, die verkohlte Hose legte er daneben. Dann ging er die Treppe hinauf und fing an, sich auf dem Dachboden umzusehen. Vor allem in dem Raum, der eigentlich zum Badezimmer hätte umgebaut werden sollen, nun aber als Rumpelkammer diente. Dort gab es Stapel von alten Zeitschriften, ausrangierte Sessel, Kronleuchter und andere Habseligkeiten; viel war in all den Jahren nicht weggeworfen worden. In einem von Feuchtigkeit halb aufgelösten Pappkarton fand er ein paar kleine schwarze Rechnungsbücher. Allan blätterte sie durch, sie stammten aus den frühen sechziger Jahren, aus der Zeit, als die Leute noch anschreiben lassen konnten. Ein eigenartiges Gefühl, die Namen der ehemaligen Kunden zu lesen, vermutlich waren die meisten inzwischen tot.

Er las, was sie seinen Eltern in der ersten Augustwoche 1961 schuldeten. Auf einem der Hefte stand hinten etwas, in Vaters Handschrift, beinahe unlesbar. Allan vermutete, dass es sich um Stichworte für eine Beerdigungsrede handelte. Dort standen auch ein paar Reime, vielleicht ein Lied für irgendeinen festlichen Anlass? Es schien für eine Hochzeit zu sein. Er überlegte, ob er daran weiterdichten sollte, doch dann fiel sein Blick auf eine alte Milchflasche und ihm fiel etwas anderes ein. Vater konnte mit Milchflaschen jonglieren, während er aus dem Dänischen Kirchenliederbuch rezitierte. Als Junge war Allan stolz darauf, er hatte damit geprahlt. Leider hatte sein Vater aufgehört, als man dazu überging, die Milch in Kartons abzufüllen. Eigentlich war es schwerer, mit Kartons zu jonglieren, aber es machte einfach nicht so viel her.

In einer anderen Pappschachtel lag ein Haufen Aufsatzhefte. Man musste nur ein bisschen Staub und Putz abpusten, dann war die Vorderseite lesbar. Einige Hefte stammten von Allan und eins von Sanne; die würde er mit nach Kopenhagen nehmen. Plötzlich sah er ein Heft mit dem Namen seines Vaters. Allan wagte fast nicht, es aufzuschlagen, was könnte es enthalten? Ein Tagebuch vielleicht? Sollte er endlich erfahren, wie sein Vater wirklich war? Er schlug das Heft ehrfürchtig auf und wurde böse enttäuscht: Das Heft enthielt nur Unterschriften. Immer wieder dieselbe Unterschrift, seitenweise, in verschiedenen Größen. Selbstverständlich Vaters Unterschrift. Sein ganzes Leben hatte er geübt, seinen Namen zu schreiben, er wollte den richtigen Schwung finden. Und Schwung hatten die Unterschriften tatsächlich, einige waren nachgerade unlesbar. In gewisser Weise war es ja rührend, dachte Allan, als er darüber nachgrübelte. Sein Vater hatte tatsächlich an mangelndem Selbstwertgefühl gelitten. Vielleicht gehörte das ja auch zu den Dingen, die er *nicht* von Zuhause mitbekommen hatte?

Allan war unzufrieden, richtig wichtige Dinge hatte er noch nicht gefunden. Wo war beispielsweise Vaters Milchmannkäppi? Das hätte er gern gehabt. Er erinnerte sich an ein Foto von ihm als Junge, auf dem er das Käppi trug; Vater saß neben ihm. Das Käppi war natürlich viel zu groß, aber Vater hatte ihn so liebevoll angesehen. Das hatte er immer getan, wenn Allan sich das Milchmannkäppi aufsetzte. Es gab nicht viele, die Vaters Käppi tragen durften, ohne dass er böse wurde, aber Allan durfte es. Jedenfalls, solange er klein war. Ob Asger es mitgenommen hatte? Dazu hatte er kein Recht. Und wo war Vaters Milchglocke, mit der er klingelte, wenn er Milch ausfuhr? Hatte Asger sie auch eingesteckt? Hatte er das Käppi und die Glocke an sich genommen, ohne seinen kleinen Bruder zu fragen? Es schien ihn niemand mehr etwas zu fragen. Allan setzte sich auf den Haufen alter Zeitschriften und spürte ein Gefühl der Müdigkeit. Auf dem Boden lag eine Keksdose, deren Seiten mit Schmetterlingen dekoriert waren. Sie war leer. Allan hob sie auf und hielt sie sich an die Nase, sie roch nach seiner Kindheit. Nach der glücklichen Seite, hier hatte er doch noch etwas zum Mitnehmen gefunden. Die Dose sollte auch auf seinem Schreibtisch stehen, dann konnte er hin und wieder hineinriechen, wenn er schrieb. Vielleicht sollte er sie auf die Kasse stellen.

Eine Türkentaube gurrte auf dem Dach über Allan. Er hatte gelernt, die Vögel an ihrem Gesang zu unterscheiden, und das Gegurre der Türkentaube klang wie: ›Wir-al-le-müs-sen-ster-ben, Wir-al-le-müs-sen-ster-ben‹. Allan öffnete die kleine Dachluke zum Garten. Der Fensterhaken knirschte verrostet und die Taube flog vom Dach in den Garten, wo sie weitergurrte. Allan blickte über die Baumspitzen, hinter dem Garten lag die Weide, auf der Schlachter Buddes Vieh graste. Inzwischen mussten es die Kühe von Buddes Sohn sein. Hinter der Weide schlängelte sich der Bach, und dahinter sah man wieder Wald. Sein Blick fiel auf die Stelle am Waldrand, an der sein Vater für gewöhnlich sein Auto abstellte, wenn er mit dem Jagdgewehr davongefahren war. Sanne und Allan hatten ganz hinten im Garten auf dem Misthaufen gestanden. Wenn sie sich auf die Zehenspitzen stellten, konnten sie von dort aus sehen, ob er wieder aus dem Wald kam. Denn Vater ging nur in den Wald, wenn ihm das Leben schwerfiel, dann hatte er immer das Jagdgewehr dabei. Manchmal dauerte es ziemlich lange. Aber Vater kam immer wieder nach Hause. Wenn das Auto in die Einfahrt fuhr und er ausstieg, liefen sie ihm entgegen, ja, dann fielen sie ihm um den Hals und weinten vor Freude, er selbst übrigens auch. Es gab nichts Schöneres als Vater zurückzubekommen. Lebendig! Dann konnte der Alltag weitergehen, dann waren sie eine glückliche Familie, jedenfalls eine Zeit lang. Bis Vater sich eines Tages wieder im Stich gelassen fühlte und zur Standuhr ging, um das Gewehr zu holen. Und ab in den Wald. Aber er kam immer wieder zurück, das war das Gute an der Sache. Obwohl die Wartezeit, wie gesagt, lang werden konnte. Vor allem für Sanne, die Vater am nächsten stand und beinahe so etwas wie eine besondere Verantwortung für ihn empfand.

Allan konnte seine Augen nicht von der Stelle am Waldrand abwenden, wo der Wagen normalerweise gehalten hatte. Hinter der alten Ziegelei, links vom Forsthaus. Viele Jahre später hatten Allan und Sanne genau dort angehalten und sich alles aus der umgekehrten Perspektive angesehen. Sie hatten zum Haus ihrer Eltern geblickt. Denn in den neun Jahren, in denen sie nicht nach Hause kamen, waren sie hin und wieder doch neugierig gewesen, ob Vater und Mutter überhaupt noch lebten. Nicht, weil es sie wirklich interessierte, es war einfach nur spannend. Und ein bisschen interessierte es sie ja doch. Sie waren in ihrem Heimatort bis zum Wald gefahren, hatten am Forsthaus geparkt und das Fernglas herausgeholt. Und ihre Eltern beobachtet. Ein paar Mal sahen sie Mutter am Küchenfenster und einmal lag sie im Liegestuhl im Garten. Es war Herbst und sie trug einen Isländerpullover. Mutter nahm das ganze Jahr über Sonnenbäder, sie liebte die Sonne, aber sie packte sich immer gut ein. Allan und Sanne wechselten sich mit dem Fernglas ab; sie hatten den Eindruck, als ob es Mutter gut ging. Jedenfalls war ihr nichts anzusehen. Allan erinnerte sich nicht, je ihren Vater gesehen zu haben, aber das konnte eigentlich nicht sein. Wie konnte er etwas so Wichtiges vergessen? Dann hätte er wenigstens ein letztes Bild von ihm, auf der Netzhaut. Vielleicht hatten sie ja nicht genau genug hingesehen? Das war eigentlich noch schlimmer. Bestimmt hatte Vater sich irgendwo im Hintergrund aufgehalten, das tat er immer. Im Grunde war es noch immer so. Das Haus war noch immer *sein* Ort und Allan war nicht erwünscht hier, das spürte er. Er spürte es immer stärker, während er an der Dachluke stand und hinausblickte, er fing an, sich unwohl zu fühlen. Dass er eine Mitverantwortung für all die Qualen empfand, die Vater in seinen letzten Lebensjahren ertragen musste, machte es auch nicht besser. Allan kniff unwillkürlich die Hinterbacken zusammen, als läge eine Bestrafung in der Luft. Konnte seine Schreiberei wirklich so wichtig gewesen sein? Offenbar hatte seine Arbeit die Sympathie vom Vater auf den Sohn gelenkt. Und schließlich hatte Mutter ihre jüngsten Kinder nicht mehr missen wollen ... mein Gott. Was war in diesem Haus nicht alles passiert.

Er nahm die Sachen, die er gefunden hatte, und ging zur Bodentreppe, er musste hier raus. Als er alles auf den Küchentisch stellte, sah er, wie viel es war. Wie sollte er das alles transportieren? Er konnte es natürlich stehen lassen, er konnte Asger bitten, es mit dem Auto abzuholen. Aber dann würde Asger sich vielleicht beschweren, wie viel er sich genommen hatte, und etwas davon abhaben wollen. Besser, er nahm es sofort mit.

Unter der Spüle fand er eine große Plastiktüte. Er packte die Sachen vorsichtig ein, nahm die Tüte und trat aus der Haustür. Als er von außen abschloss, tat er es mit einem gewissen Zögern, denn vermutlich war er zum letzten Mal im Haus seiner Kindheit gewesen. Dann ging er. Es war ein langes Stück Weg bis zu Mutters neuem Haus, er musste quer durch die Stadt. Die Sonne schien, es war mitten am Nachmittag, und schon bald begann er zu schwitzen. Hin und wieder schrammte die Tüte über den Boden, dann zog er sie ein Stück höher, damit sie nicht einriss. Aus den Fenstern der kleinen Klinkerhäuser wurde ihm nachgesehen, er fühlte sich wie ein Dieb, der Reliquien aus einer Kirche gestohlen hatte. Aber so ist es ja nicht, sagte er sich. Die Dinge, die er geholt hatte, gehörten ihm.

Als er die Stadt zur Hälfte durchquert hatte, kam er zum Parkplatz vor dem Supermarkt. Er setzte sich auf eine Bank und verschnaufte. Am Eingang standen vier alte Männer und plauderten. Der eine stützte sich auf einen Rollator, zwei hatten Krücken und einer schwankte, als könnte er jeden Moment umfallen. Allan kannte sie aus seiner Kindheit. Es war Schlüpfer-Matiesen, der seinerzeit ein Damengeschäft führte und immer die neuesten Höschen präsentieren musste. Und Antik-Ole, der mit Antiquitäten handelte und auf sämtlichen Instrumente spielen konnte, sogar auf dem Kamm. War der Dritte nicht Budde, der jähzornige Schlachter, der mal Allans Vater verprügelt hatte, während Allan zusah? Aber das war eine andere Geschichte. Nun stützte er sich auf einen Rollator. Margrethe hatte erzählt, er wäre beim Ringstechen vom Pferd gefallen. Wahrscheinlich hatte er dem Pferd in einem Anfall von Jähzorn so sehr die Sporen gegeben, dass es ihn abgeworfen hatte. Jedenfalls konnte er keinen Anglern mehr hinterherrennen, die in dem Bach angelten, der durch seine Weide floss. Vermutlich waren die Angler darüber ganz glücklich, denn Budde konnte hart zuschlagen. Nun beließ er es dabei, in seinem Behindertenauto mit heruntergedrehtem Fenster und geladenem Jagdgewehr auf dem Feldweg zu stehen. Er schoss nicht auf die Angler, so weit trieb er es dann doch nicht, er schoss lediglich über ihre Köpfe hinweg. Aber wer war der vierte Alte? Der aussah, als könnte er jeden Moment umfallen? War das nicht der alte Landgendarm, der Budde damals eigentlich hätte zur Vernunft bringen sollen? Denn die Angler durften sich ja am Bach aufhalten. Der Boden gehörte dem Anglerverein, das hatte ihnen ein Anwalt bestätigt. Aber wenn Budde einmal nein gesagt hatte, dann bedeutete das nein, und es gab niemanden, der sich ihm widersetzte. Auch der alte Landgendarm nicht; wie hieß er denn gleich? Allan konnte sich plötzlich nicht mehr erinnern. Dass er überhaupt noch lebte, er war doch schon alt, als Allan noch ein kleiner Junge war.

Aber es gab nicht nur Alte hier im Ort, jetzt kam ein jüngerer Mann mit einer Einkaufstüte aus dem Supermarkt. Ein angenehmer Anblick, braun gebrannt und mit aufrechtem Gang. Ein Repräsentant der jüngeren Generation, die bald alles übernehmen und zivilisiertere Verhältnisse schaffen würde. Allerdings war er ein bisschen sehr braun, er stammte gar nicht aus der Stadt, handelte es sich möglicherweise um einen Ausländer? Plötzlich erkannte er ihn, es war der irakische Assistenzarzt. An und für sich war das nicht sonderlich bemerkenswert, denn der Supermarkt war die einzige Einkaufsmöglichkeit weit und breit. Und Hawas wohnte vermutlich in der Nähe des Krankenhauses, das nicht weit entfernt lag. Aber trotzdem war es merkwürdig, ihn hier zu treffen, außerdem trug er noch immer Vaters Brille. Allan stand von der Bank auf und lief ihm nach, fast wäre er über seine Tüte gestolpert.

»Hallo!«, rief er. »Halt, stopp! Ich möchte die Brille doch gern wiederhaben.«

Hawas blieb stehen und blickte Allan verständnislos an. Dann erinnerte er sich, nahm die Brille ab und reichte sie ihm.

»Ja, selbstverständlich«, sagte Hawas. »Danke, dass ich sie mir leihen durfte.«

Allan öffnete die Plastiktüte, legte die Brille in die Kasse, wo sie sicher untergebracht war, und schwang die Tüte auf den Rücken. Dann ging er weiter. Er spürte, wie Hawas ihm nachsah, ja, wahrscheinlich taten das alle – in diesem Moment platzte die Tüte auf und seine ›Reliquien‹ fielen heraus. Wie in Zeitlupe humpelten die alten Männer auf ihren Krücken und Rollatoren, neuen Hüften und künstlichen Knien neugierig heran, stellten sich im Kreis um die Gegenstände auf dem Asphalt und beugten sich darüber. Vermutlich erkannten sie das eine oder andere aus dem Milchgeschäft wieder. Die Kasse natürlich, in die sie früher ihr Haushaltsgeld gezahlt hatten, aber auch die kleinen schwarzen Rechnungsbücher. Sie wunderten sich vermutlich, was Allan damit wollte. Budde bückte sich mühsam und hob eines der Hefte auf. Er begann zu blättern, wollte wohl sehen, ob er irgendwo seinen Namen fand.

»Glaubst du, wir haben unsere Schulden nicht bezahlt?«, fragte er.

Die anderen Alten lachten hustend und wollten auch hineinsehen. Allan ließ sie das Buch behalten. Er sammelte die übrigen Sachen ein und stopfte sie wieder in die Tüte, aber sie fielen ebenso schnell wieder heraus. Die Tüte hatte ein Loch. Schließlich gab er es auf, mit Tränen in den Augen, er wusste nicht, wie er die Sachen transportieren sollte. Die Männer schauten ihn an und verzogen keine Miene.

»Hast du's noch weit?«, fragte Hawas, sein Kopf ragte zwischen den Alten heraus.

»Nein, nur bis zu meiner Mutter. Sie wohnt an der Kirche.«

»Ich kann dich fahren«, bot er an. »Ich habe den gleichen Weg.«

Hawas drängte sich zwischen den Alten hindurch. Allan lächelte dankbar. Die beiden Männer sammelten die Sachen auf, trugen sie zu Hawas' Auto und legten sie auf den Rücksitz.

»Das ist das Einzige, was mir von den Habseligkeiten meines Vater geblieben ist«, sagte Allan, um das Ganze nicht zu merkwürdig erscheinen zu lassen.

Hawas nickte, so viel hatte er verstanden. Dann fuhren sie. Allan zeigte ihm den Weg und blickte zwischendurch im Rückspiegel auf die Gegenstände auf der Rückbank. Sie lagen dort bestimmt sicher.

Als sie auf dem Parkplatz an der Kirche hielten, stieg keiner der beiden aus dem Wagen. Allan blieb sitzen und schaute Hawas an. Dann fragte er: »Hast du das Beatmungsgerät abgeschaltet?«

Hawas schien aufrichtig überrascht, aber er war nicht empört.

»Bei deinem Vater? Nein, er starb eines natürlichen Todes. Es kann sein, dass deine Mutter etwas anderes behauptet.

Aber sie hat da etwas missverstanden. Dein Vater war sehr entkräftet, als er bei uns eingeliefert wurde. Er wäre in jedem Fall gestorben.«

War das möglich? Allan hatte gerade der Tatsache ins Auge gesehen, dass er am Tod seines Vaters mitschuldig war. Um nicht zu sagen, der eigentliche Hintermann. Aber möglicherweise hatte sich ja überhaupt kein Verbrechen ereignet? Hawas schien seiner Sache sehr sicher zu sein, und er musste es doch wissen.

»Aber mein Vater wurde gequält und misshandelt …«

»Na, na«, unterbrach ihn Hawas, »so schlimm war es nun auch wieder nicht. Er hat nicht sonderlich gesund gelebt, glaubst du nicht, er hat es vielleicht selbst so gewollt? Es fällt nicht leicht, seinen gewohnten Speiseplan zu ändern, wenn man alt ist. Und komm mir jetzt nicht wieder mit diesem Stück Käse; er hat es wahrscheinlich selbst verschluckt, um auf sich aufmerksam zu machen, das erleben wir oft. Die etwas hinunterschlucken sind schlimmer als das, was sie schlucken. Dein Vater war einfach alt und hinfällig, Allan. Das werden wir alle, wenn wir das Glück haben, so lange zu leben.«

Wie schön wäre es, wenn Hawas die Wahrheit sagte. Und wieso eigentlich nicht? Dann träfe Allan keine Mitschuld. Dann wäre er so gut wie freigesprochen. Er verspürte ein Gefühl der Erleichterung und der Dankbarkeit. Jetzt hatte er den Mut zu fragen.

»Hat mein Vater noch etwas gesagt? Im Krankenhaus, bevor er starb? Ich war ja nicht dabei … Hat er nach jemandem gefragt?«

Allan bereute seine Frage sofort, nun wurde es richtig peinlich. Aber Hawas dachte ernsthaft über die Frage nach, wobei er durch die Frontscheibe blickte.

»Kann sein«, sagte er schließlich. »Vielleicht hat er nach dir gefragt. Du kannst ja versuchen, deine Mutter zu fragen.«

Hawas leugnete es also nicht. Es könnte durchaus sein, sagte er. Allan hatte den Eindruck, dass er obendrein noch geheimnisvoll lächelte, es schien wirklich etwas dran zu sein. Und Mutter war in der Tat die Richtige, um es ihrem Sohn zu erzählen, da hatte Hawas durchaus recht. Nicht auszudenken, wenn sein Vater wirklich nach ihm gefragt haben sollte! Allein, dass es sich *möglicherweise* so verhielt, bedeutete einen Unterschied. Dann wäre die Welt wieder in Ordnung, wenn sie es denn vorher je gewesen war. Allan schenkte seinem Retter ein Lächeln, machte sich klein. Wartete. Und nun kam das, worauf er gewartet hatte. Hawas legte eine Hand auf seine Schulter. Tröstend. Väterlich. Ihm kam es vor wie eine Segnung.

»Komm, suchen wir deine Mutter«, sagte Hawas und stieg aus.

Gemeinsam nahmen sie die Sachen vom Rücksitz, Allan ging voraus und zeigte ihm den Weg. Er fühlte sich von Hawas beobachtet, er spürte dessen Augen im Nacken. Aber es war ein gutes Gefühl. Alles war jetzt gut. Er hatte überdramatisiert, wie gewöhnlich. Selbstverständlich hatte der Iraker keine aktive Sterbehilfe geleistet, das konnte er sich aus dem Kopf schlagen. Und eine so grausame Mutter hatte er trotz allem auch wieder nicht. Ganz abgesehen von Allans Schuld, was für ein Quatsch. So gingen Menschen einfach nicht miteinander um. Und wenn er es recht bedachte, war seine Kindheit gar nicht so schlecht gewesen, es hatte doch auch sehr viel Liebe gegeben. Es ging nur darum, die richtigen Dinge in den Fokus zu rücken. Und die Kraft dazu zu haben, so wie jetzt Allan.

Margrethe stand in der Tür und empfing sie. Sie machte große Augen und klatschte erfreut in die Hände, als sie sah, was Allan mit nach Hause brachte. Und sie meinte nicht die alte Kasse und Vaters angebrannte Hose, die sie auf den Kaffeetisch trugen, sondern natürlich Hawas. Dass dieser feine Mann aus dem Krankenhaus Zeit fand, sie zu besuchen, das war doch unglaublich. Auch Asger kam herein, er wollte sehen, was sein kleiner Bruder gefunden hatte.

»Willkommen«, begrüßte Margrethe Hawas, nahm seine Hand und drückte sie ein wenig. »Und nochmals vielen Dank.«

Er schaute sie verwundert an. Schon seltsam, sich nach einem solchen Ereignis zu bedanken. Aber sie tat es.

»Darf ich einen Kaffeepunsch anbieten?«, erkundigte sie sich.

Hawas schüttelte den Kopf. Vermutlich wusste er nicht, was Kaffeepunsch war, so etwas gab's in den arabischen Ländern sicher nicht. Auch Allan wollte nicht, offenbar hatte er sich in der Hauptstadt andere Gewohnheiten zugelegt. Aber Margrethe schenkte sich eine Tasse mit einem ordentlichen Schuss Schnaps ein, das war gut für die Nerven. Schließlich hatten sie wirklich vornehmen Besuch. Aber Hawas wollte schon wieder gehen. Er hätte eigentlich nicht vorgehabt, sie zu besuchen, erklärte er. Er hätte Allan nur zufällig am Supermarkt getroffen und ihm geholfen, als seine Plastiktüte kaputtging, und jetzt müsse er wirklich weiter. Margrethe hatte das Gefühl, als würde man ihr einen Eimer kaltes Wasser über den Kopf schütten – das wollte sie sich jedoch nicht anmerken lassen. Sie gab Hawas noch einmal die Hand, diesmal, um ihn zu verabschieden.

»Wir sind ja so dankbar für die Behandlung im Krankenhaus«, sagte sie. Hawas hielt einen Moment inne und wollte offensichtlich etwas sagen, dann schaute er Allan an. Allan reagierte irritiert: »Also, ich denke, du hast wohl etwas missverstanden.«

Margrethe verstand nicht, was das nun wieder sollte. Dann fing Hawas an, es ihr zu erklären, doch ihr fiel es schwer, ihm zu folgen. Da war etwas in seinen Augen, diese Art, wie er sie ansah. Es ging um das Beatmungsgerät, so viel verstand sie, jetzt hatte er es plötzlich *nicht* abgeschaltet. Das macht man wirklich nur, wenn bei einem Patienten der Hirntod zweifelsfrei festgestellt ist, erläuterte er, und das wäre bei ihrem Mann ja nicht der Fall gewesen. Er starb eines natürlichen Todes.

»Ich dachte, ihr habt mit der Behandlung aufgehört und es den höheren Mächten überlassen«, sagte sie.

Hawas schüttelte energisch den Kopf, Allan ebenfalls. Das sollte sie besser sofort vergessen; nun gut, kein Problem, mein Gott noch mal. Aber wieso eigentlich? Das Leben des Milchmanns hatte doch ein schönes Ende gefunden, meinte sie.

»Hör mal«, begann sie, aber da schlug Allan mit der Faust auf den Tisch, dass das Porzellan klirrte.

»Nein! Jetzt hörst du zu, was er dir zu sagen hat, Mutter!«

Sie nickte, lächelte und trank einen Schluck Kaffeepunsch. Ja, sie würde ihm zuhören, nur ruhig. Allan und Hawas hatten sich vertragen, wie schön. Obwohl sie nicht recht verstand, wie es dazu gekommen war.

»Aber nett waren wir zum Milchmann nicht«, sagte sie.

Sie hätte es gern erzählt, aber Allan blickte sie so stechend an, dass sie den Kopf abwendete.

»Und wie du selbst gesagt hast, hat ja alles mit deiner Schreiberei angefangen«, warf Asger ein.

Es sah aus, als hätte der letzte Satz gesessen. Allan glich

einer kleinen Katze, die man in den Bach geworfen hatte und die nun nach Luft schnappte, bevor sie hilflos auf den Grund sank. Doch dann sprang er plötzlich auf und trat gegen den Tisch, an dem Margrethe saß. Asger packte ihn und zog ihn zum Sofa. Was um alles in der Welt ging hier eigentlich vor? Hawas blieb vor Margrethe stehen und blickte ihr in die Augen, wartete offenbar darauf, dass sie irgendetwas sagte oder unternahm. Aber was sollte sie tun? Mein Gott, sie schmolz ja regelrecht dahin, wenn er sie so ansah. Nun wandte er sich an ihre Söhne. Die Unterhaltung wurde immer lauter, es war ausgesprochen ärgerlich. Und nun fing Asger auch noch an, über die Gegenstände auf dem Kaffeetisch zu reden, wahrscheinlich um das Gespräch in eine andere Richtung zu lenken. Aber Allen begann sofort, nach all den Sachen zu fragen, die er nicht gefunden hatte und von denen er glaubte, Asger hätte sie genommen. Ohne zu fragen.

»Und was ist mit Vaters Milchmannkäppi?«, wollte er wissen. »Hast du das auch mitgenommen?«

»Nein.«

»Und wer hat es?«

»Vater«, sagte Asger.

Allan war einen Moment verwirrt, in der Tat. Margrethe musste es ihm erklären.

»Das ist richtig. Vater bekam das Käppi mit in den Sarg.«

Allan blickte sie richtig böse an, so hatte man seine Mutter nicht anzusehen.

»Es war Asgers Idee«, fügte sie hinzu.

»Ihr könnt so etwas doch nicht machen, ohne mich zu fragen!«

Allan war zutiefst verletzt, das war deutlich, er meinte es ehrlich. Und das war noch nicht alles: »Ich will es haben, und wenn Asger es ausgraben muss!«

»Du kannst doch nicht einfach hierherkommen und Forderungen stellen«, entgegnete Asger. »Du bist doch all die Jahre nicht nach Hause gekommen; Mutter und ich haben sich um ihn gekümmert, als er krank wurde.«

»Ihr habt euch um ihn gekümmert? Ja, das hoffe ich für euch! Dann will ich zumindest die Milchglocke oder habt ihr die auch in den Sarg gelegt?«

Asger gab zu, dass er die Glocke mitgenommen hatte, aber dafür hätte sein kleiner Bruder ja nun die Kasse. Ganz zu schweigen von der Keksdose und den alten Rechnungsbüchern, das musste genügen. Doch Allan fuhr fort, Dinge aufzuzählen, die sein großer Bruder mitgenommen hatte. Margrethe begriff nicht, wie sie sich um den alten Plunder streiten konnten, was waren sie doch plötzlich beide sentimental.

»Und was ist mit dem Jagdgewehr?«, fragte Allan.

Das Gewehr stand noch immer in der Standuhr. Margrethe öffnete die Tür und zeigte darauf.

»Das steht hier noch«, sagte sie. »Allan kann es doch haben?«

»Wenn jemand dieses Gewehr verdient, dann Sanne«, erklärte er.

Margrethe wurde verlegen, wie hatte sie Sanne nur vergessen können? Sie saß still in der Ecke, niemand beachtete sie, natürlich sollte sie auch etwas bekommen.

»Willst du das Gewehr haben, Sanne?«

Sanne schaute auf das Gewehr und lachte, wer weiß, ob sie überhaupt verstand, wovon sie sprachen. Allan nahm das Gewehr aus der Uhr und reichte es seiner Schwester. Sie nahm es, wie in Trance, und schaute es an; sie wusste nicht, was sie damit anfangen sollte.

»Du kannst es in den Bach schmeißen«, schlug Allan vor.

»Oder im Wald vergraben, wenn du willst. Ich kann dir dabei helfen. Wir müssen vor dem Gewehr keine Angst mehr haben, Sanne. Die Zeit ist vorbei und kommt nicht wieder.«

Sie lachte erneut laut und durchdringend auf; was ging nur in diesem Kopf vor? Margrethe wandte sich an Hawas; er hatte Sanne lange betrachtet und als Arzt sah er bestimmt, dass da irgendetwas nicht in Ordnung war.

»Sie ist zur Zeit leider nicht ganz gesund, sie nimmt Medikamente.«

Hawas nickte und setzte sich zu ihr, er fühlte ihren Puls und schaute ihr in die Pupillen; und er erlaubte sich auch, in ihre Tasche zu sehen. Fast hätte Margrethe ihm etwas auf die Finger gegeben. Hawas zog ein Glas Tabletten nach dem anderen heraus und las die Aufschriften.

»Wie lautet die Diagnose?«

»Psychische Nerven«, antwortete Margrethe, »das liegt in der Familie ihres Vaters.«

Er sah Sanne wieder an und schüttelte den Kopf.

»Sie hat viel zu viel genommen und sie darf die Tabletten nicht mischen ...«

Margrethe wandte sich an ihre Tochter und unterbrach Hawas: »Du darfst nicht so viele Tabletten nehmen; hörst du, was der Doktor sagt?«

Dann stand Allan auf, ganz ruhig, aber mit einem kalkweißen Gesicht. Margrethe bekam regelrecht Angst, denn er griff nach dem Gewehr und begann, es mit den Patronen zu laden, die auf dem Boden der Standuhr lagen.

»Du hast ihr doch die Tabletten gegeben«, sagte er. »Du Heuchlerin!«

Er hob das Gewehr und zielte damit auf seine Mutter, seine eigene Mutter, oh Gott!

»Du hast uns im Stich gelassen, nicht Vater!«

Margrethe warf sich hinter Hawas, der sich Gott sei Dank als Mann erwies: Er trat sofort einen Schritt vor und nahm Allan das Gewehr aus der Hand. Und Allan ließ ihn gewähren.

»Er wollte mich erschießen!«, rief Margrethe und schaute von einem zum anderen; niemand widersprach ihr, nicht einmal Allan.

Hawas nahm die Patronen aus dem Magazin, während er irgendetwas in einer anderen Sprache sagte, wahrscheinlich war es Arabisch. Dann schien er nicht so recht zu wissen, was er mit dem Gewehr anfangen sollte. Er gab es Margrethe, aber sie gab es ihm sofort zurück.

»Behalt es nur«, sagte sie. »Ich glaube, das wird das Beste sein. Bei dir ist es sicherer aufgehoben.«

Hawas ging mit dem Gewehr zum Auto, er nahm auch die Patronen mit. Durchs Fenster sah Margrethe, wie er alles im Kofferraum einschloss. Asger stellte sich neben sie und legte beruhigend einen Arm um sie. Das hatte sie auch wirklich nötig, sie wäre schließlich beinahe erschossen worden! Von ihrem eigenen Sohn! Sie wandte sich Allan zu, der sich schämte und auf den Boden blickte. Es war lange her, dass Margrethe ihn so gesehen hatte; so hatte er oft als kleiner Junge ausgesehen.

Hawas kam zurück. Er war wütend, aber auf eine andere Art als Vater. Hawas riss sich nicht das Hemd auf, dass die Knöpfe flogen, er tat eigentlich gar nichts. Aber das funktionierte, nicht zuletzt bei Allan. Hawas schaute ihn bloß an, das genügte. Daraufhin ging Allan zu seiner Mutter.

»Entschuldigung«, sagte er.

»Das war aber auch nötig«, erwiderte sie.

Allan blieb noch einen Moment stehen, dann trollte er sich nach draußen. Der arme Junge. Doch der Ast, der sich biegt, ist besser als der Ast, der bricht, hatte Vater immer gesagt. Nun war Asger an der Reihe; Hawas wandte sich ihm zu, und auch Asger schien nicht sonderlich stolz auf sich zu sein. Er fing an, irgendetwas zu murmeln, Allan könnte die Milchmannbimmel gern bekommen, wenn er wollte. Doch darauf ging Hawas gar nicht ein, das war unter seiner Würde. Auch Sanne zog den Kopf ein, sie schloss die Tasche mit den Tabletten und schob sie von sich. Alle zogen sie den Kopf ein, auch Margrethe, sie saß mit gefalteten Händen und geschlossenen Augen da. Was bekam Hawas nur für ein Bild von einer dänischen Familie? Aber es half, dass er da war, denn wenn er sie wie ein Fremder betrachtete, nahmen sich alle ein wenig zusammen. Es ließ ihr Zuhause wieder wie ein Zuhause aussehen, und das war auch an der Zeit. Margrethe wollte etwas Freundliches zu ihm sagen, doch als sie die Augen aufschlug, war er verschwunden. War er bereits gegangen? Sie sah einen Schatten draußen auf der Terrasse, hinter den Gardinen. Was machte er denn da draußen? Soweit sie sehen konnte, hockte er auf den nackten Fliesen, und nun beugte er sich vor und streckte den Hintern in die Luft. Doch dann wurde es ihr klar: Hawas betete. Ob er für sie betete? Sie nahm es an, wirklich nett von ihm. Sie wollte nicht zu ihm hinausgehen, sie wollte ihn nicht stören, also fiel sie im Wohnzimmer auf die Knie. Es gelang ihr, die Knie protestierten nicht. Und dann betete sie auch. Sie betete das Vaterunser, was sonst; das kannte sie und ein Gebet war sicher so gut wie das andere. Sie hatte ein gutes Gefühl, ein wenig so wie damals, als sie Vater im Missionshaus von Bylderup-Bov kennenlernte. Es war im Grunde genommen genauso, nur ganz anders. Und schließlich gab es ja heutzutage nicht weniger Anlässe, für die sich zu beten lohnte.

»Was machst du denn da, Mutter?«, erkundigte sich Sanne.

»Ich bete zusammen mit Hawas«, erklärte sie. »Wir beten für uns hier, damit wir bald wieder miteinander zurechtkommen.«

Sanne zog die Gardine vom Fenster, um auf die Terrasse zu gucken. Margrethe wollte gerade protestieren, denn sie wollte nicht, dass Hawas gestört wurde, doch dann verschlug es ihr die Sprache. Denn dort draußen, das war gar nicht Hawas. Sondern ein großer schwarzer Hund, der in ihrem Beet wühlte! In diesem Moment hörte sie die Toilettenspülung und kurz darauf kam Hawas zurück ins Wohnzimmer.

Als Sanne ihn sah, breitete sich ein Lächeln über ihrem Gesicht aus; sie schien sich über den Irrtum ihrer Mutter zu amüsieren. Er lächelte zurück, ein wenig verwirrt. Hawas verstand offensichtlich nicht, was hier vor sich ging, und Sanne konnte es ihm ja kaum erklären. Sie blieben einen Moment nebeneinander stehen, ein schönes Paar, dachte Margrethe. Und da sie ihn selbst nicht bekommen konnte, wäre doch vielleicht ihre Tochter etwas für ihn. Wenn sie sich ein wenig zurechtmachen und aufhören würde, ihre Zunge zu zerbeißen, war sie eigentlich ein hübsches Mädchen.

»Nun ist der Frühling endlich gekommen«, begann Margrethe. »Heute hat die Sonne geschienen und jetzt kann sie auch endlich richtig ins Wohnzimmer; Sanne hat die Fenster geputzt.«

Hawas schaute auf die Fenster und nickte Sanne anerkennend zu. Sie bekam einen roten Kopf, aber das war nicht schlimm, es stand ihr. Allerdings atmete sie ein wenig hastig, wenn sie nur nicht anfing zu hyperventilieren.

»Ja, sie hört Lob nicht gern, jetzt sieh dir nur mal an, wie sie sich ziert. Aber die Hände, die hat der liebe Gott bei ihr an den richtigen Stellen angebracht. Und sie sagt nie nein, wenn es darum geht, ihrer alten Mutter zu helfen. Sie ist eine der wenigen Frauen, auf die man sich verlassen kann.«

»Nein, bin ich nicht«, widersprach Sanne, »was redest du denn da für einen Blödsinn?«

»Doch, bist du, Sanne, sei nur nicht so bescheiden. Du hast einen kleinen Tick, aber den haben viele hier in der Gegend, das hat nicht viel zu bedeuten. Du brauchtest nur einen guten Arzt, der noch etwas anderes kann als Rezepte ausstellen ...«

Offenbar wurde es Sanne jetzt zu viel, sie stand auf und ging. Das kleine Dummchen. Margrethe stieß Hawas ein wenig an und sah ihm direkt in die Augen.

Hawas lächelte höflich. Jetzt müsse er wirklich gehen, sagte er. Ärgerlich.

»Bist du verheiratet?«, fragte Margrethe ihn ganz direkt.

»Ich habe eine Frau und drei Kinder«, antwortete Hawas.

Jetzt war es heraus, darum also. Das hätte er auch gleich sagen können.

»Eine dänische Frau?«

»Meine Frau kommt aus Deutschland.«

Aus Deutschland, um Himmels willen. Als könnte man damit prahlen, hier in der Gegend hatten schließlich viele eine Deutsche geheiratet.

»Ist sie auch Muslimin?«, wollte Asger wissen; sonst hatte er bisher ja nicht viel zu der Unterhaltung beigetragen.

Ja, Hawas nickte und lächelte noch immer.

KAPITEL 9

Ein Iraker kriecht zu Kreuze

Allan ging in Mutters neuem Viertel spazieren. Das Gras in den Vorgärten glänzte giftgrün im Licht der Fenster. Ganz sicher wurde er hinter den etwas altertümlichen Gardinen beobachtet. Irgendwo konnte er direkt in ein Wohnzimmer blicken, er blieb stehen und trat in den Vorgarten, er wollte die Leute da drinnen erschrecken. Eine alte Katze schlief auf einem Polster, sonst war niemand zu Hause.

Er verließ den Vorgarten und ging weiter. Irgendjemand lief hinter ihm her, er drehte sich um, es war Sanne.

»Wolltest du Mutter wirklich erschießen?«

Er wagte nicht, ihr die Wahrheit zu sagen. Das war auch nicht notwendig. Sanne kannte ihren kleinen Bruder viel zu gut.

»Du solltest mit jemandem über diese Geschichte reden«, sagte sie. »Du solltest dir professionelle Hilfe suchen.«

»Ach?«

»Aber geh nicht zu einem Psychologen, die sitzen nur da und quatschen. Du musst zu einem Psychiater. Die sagen dir, was du tun sollst und was nicht, und dann verschreiben sie dir ein Medikament. Das hilft. Du musst nur aufpassen, dass du nicht zu viel davon nimmst, du sollst ja nicht so enden wie ich.«

»Ah ja.«

Sie meinte es gut. Aber er hatte nicht daran gedacht, professionelle Hilfe zu suchen; er hatte doch allen Grund, seine Mutter zu erschießen. Deshalb war man doch nicht gleich psychisch krank.

»Begreifst du denn nicht, dass Mutter uns im Stich gelassen hat? Und vor allem dich.«

»Das ist so lange her, das habe ich ihr vergeben.«

Vergeben? Wie konnte man so etwas vergeben? Hatte sie es nicht eher verdrängt?

»Und sie macht es noch immer, Sanne, erst vor zehn Minuten hat sie dich im Stich gelassen. Sie hat dir doch die Tabletten gegeben! Und dann kommt ein Arzt ins Haus und plötzlich erklärt sie, dass du nicht so viele nehmen sollst!«

»Na ja, aber das gibt dir noch nicht das Recht, sie zu erschießen, oder?«

Vielleicht nicht, wenn er genauer darüber nachdachte. Aber es gab ihm auf jeden Fall das Recht, ihr damit zu drohen.

»Sie hätte dir damals helfen können. Aber sie hat es nicht getan, sie hat die Schlafzimmertür abgeschlossen.«

»So schlimm war es nun auch wieder nicht, Allan. Du beschäftigst dich zu sehr damit, was auf diesem Sofa passiert ist. Ich wäre trotzdem geisteskrank geworden.«

Jetzt hätte er sie auch gern erschossen.

»Sanne! Du wurdest geopfert!«

Es war ein fürchterliches Wort. Sanne schüttelte sich. Sie wollte es nicht hören und begann jetzt auch noch zu zittern. Aber darauf konnte er im Moment keine Rücksicht nehmen.

»Außerdem bist du nicht geisteskrank.«

»Doch, das bin ich, das habe ich schwarz auf weiß. Irgendetwas stimmt nicht mit mir, und zwar von Anfang an.«

Sie sah ihn mit einem ernsten Gesichtsausdruck an und er wusste, was kommen würde: »Und du musst auch aufpassen, Allan. Es liegt in der Familie.«

Ja, er verstand die Anspielung. Vielleicht war es am besten, wenn sie nicht mehr darüber redeten. Sie liefen auf der großen Straße den Pappelhain entlang, am Friedhof vorbei. Plötzlich hatte er eine Idee.

»Hast du eigentlich Vaters Grab schon gesehen?«

Sie schüttelte den Kopf.

»Ich auch nicht. Eigentlich merkwürdig, dass wir es uns noch nicht angesehen haben, findest du nicht? Wollen wir reingehen und es suchen? Ich glaube, es täte uns gut.«

»Ich möchte lieber zurück zu Mutter«, sagte sie. »Aber geh du nur, wenn du meinst, dass es dir hilft.«

Sanne drehte um und lief zurück. Sie ging einigermaßen gerade, unglaublich, welche Mengen an Medikamenten sie vertrug. Und jedes Mal, wenn man glaubte, jetzt würde sie aus dem Verkehr gezogen, kehrte sie zurück und wirkte beinahe normal.

Allan ging zur Gitterpforte und betrat den Friedhof, er fing an, die Wege auf und ab zu laufen. Allerdings war der Friedhof nicht gerade klein, es gab viele Grabsteine. Und bald ging die Sonne unter. Wo sollte er suchen?

Nachdem er eine Weile herumgelaufen war, ohne etwas zu finden, gab er es auf. Es nützte nichts, er rief seine Mutter vom Handy aus an.

»Wo liegt er?«

»Von wem sprichst du?«

»Ich versuche, Vaters Grab zu finden. Weißt du, wo es ist?«

»Ja, das will ich wohl meinen. Das fehlte ja noch, dass ich nicht weiß, wo mein eigener Mann begraben liegt. Lass mich nur mal einen Moment nachdenken.«

Und das tat sie. Sie dachte intensiv nach und war kurz davor, sich zu erinnern, aber dann war es wieder verschwunden. Merkwürdig, sie wusste es doch genau.

»Ich bin seit der Beerdigung nicht mehr da gewesen«, entschuldigte sie sich. »Ich konnte es einfach nicht, Allan.«

Sie prustete in ihr Taschentuch und er versicherte ihr, dass er sie gut verstehen könne. Schließlich war das Begräbnis erst drei Wochen her, es hatte sie sehr mitgenommen. Und ihren Knien ging es auch nicht gut. Während er mit seiner Mutter sprach, lief Allan ziellos umher, und plötzlich fiel ihm eine Grabstelle auf. Ein Erdwall, der noch nicht ganz eingesunken war, möglicherweise lag er dort.

»Warte mal einen Augenblick«, sagte er.

Er trat an den frisch gesetzten Stein. Ja, der Name seines Vaters stand darauf, er war an der richtigen Grabstelle.

»Hier ist es«, sagte er.

Er ließ die Finger über die Buchstaben gleiten. Über dem Namen und den Jahreszahlen stand noch etwas anderes. Er musste es laut vor sich hin sprechen und wusste nicht recht, was er dabei empfand: ›Danke für alles, Milchmann‹.

»Ja, das ist der Grabstein deines Vaters«, sagte sie. »Haben wir ihn doch noch gefunden, was?«

Allan blieb eine Weile stehen und blickte auf den Stein und den Erdwall. Dort unten also lag sein Vater. Ein paar Kränze und ein paar halb verwelkte Blumen waren vom Begräbnis geblieben. Wie oft hatte er sich vorgestellt, hier zu stehen. Und einmal hatte er sogar geträumt, auf dem Grab seines Vaters zu tanzen, aber danach war ihm jetzt nicht. Merkwürdigerweise fühlte er eine gewisse Rührung.

»Na, aber du kommst doch bald nach Hause?«, hörte er sie am Telefon sagen.

»Ja, gleich«, antwortete er. »Ich will nur noch den Sarg ausgraben und Vaters Milchmannkäppi herausholen. Das Käppi gehört mir.«

Damit beendete er das Gespräch und steckte das Handy in die Tasche. Sollte sie sich ruhig ein wenig aufregen. Sie war derartig gefühllos, das hatte Vater auch immer gesagt.

Eigentlich war Vater gar nicht so dumm gewesen, und böse war er im Grunde auch nicht. Vielmehr war er ein psychischer Krüppel, der Hilfe gebraucht hätte. Irgendetwas war mit seinen Genen nicht in Ordnung, man brauchte sich ja auch nur mal seine Geschwister ansehen. Keiner von denen war ganz normal: Wenn sie nicht von morgens bis abends grinsend in einem Sessel saßen, verfolgten sie sich schreiend mit Jagdgewehren. Eine Schwester redete bei Vollmond immer in Zungen, einmal hatte sie sogar Krämpfe bekommen und geglaubt, sie wäre Jesus. Und einer seiner Brüder hatte sich selbst in den Fuß geschossen – zweimal sogar, in denselben Fuß! Er hat nie erzählt, warum. Vielleicht war es ein mysteriöses Unglück während der Jagd, vielleicht ein Versuch, sich selbst zu bestrafen, weil er gesündigt hatte? Vielleicht hatte er es noch einmal versucht, als er nach dem ersten Schuss kein besserer Mensch wurde. In gewisser Weise war es erstaunlich, dass Vater nicht noch mehr Unheil angerichtet hatte. Er hatte sich wenigstens einigermaßen im Zaum halten können. Die meiste Zeit jedenfalls, mal abgesehen von Sanne. Aber da hätte Mutter eingreifen müssen. Sie hätte Vater damals behandeln lassen und sich selbst um die Familie kümmern müssen. Allein wegen ihm. Vielleicht hätte sie dann nicht den Kontakt zu ihren beiden Kindern verloren. Ob er auch darunter gelitten hatte? Natürlich. Seine letzten Lebensjahre waren bestimmt einsam gewesen, ja, mehr noch, sie mussten die reinste Tortur gewesen sein. Alle wollten ihn doch nur noch loswerden. Allan sah seinen Vater plötzlich vor sich, so, wie er auf seinem letzten Führerschein aussah, der auf dem Schreibtisch gelegen hatte, die eingefallenen Wangen und der gequälte Blick. Diesen Blick konnte man nicht so einfach vergessen.

Ihn überkam dasselbe Gefühl wie in dem alten Haus, er

fühlte sich nicht willkommen. Wenn Vater wüsste, dass er hier stand, würde er es nicht billigen. Er wünschte keinen Besuch von seinem Sohn, als er noch lebte, wieso sollte es anders sein, wenn er tot war?

Plötzlich spürte Allan eine Hand auf seiner Schulter, er sank vor Schreck auf die Knie. Es war der Totengräber. Als Allan sich ein wenig erholt hatte, begrüßten sie sich ordentlich und der Totengräber lächelte freundlich.

»Ich störe nur ungern, aber wir schließen jetzt.«

Allan begann zu erklären: Er hätte nur gern das Grab seines Vaters sehen wollen, bevor er wieder nach Kopenhagen fuhr, und dann sei ihm die Zeit davongelaufen. Aber der Totengräber konnte sich gut an Allan erinnern, er brauchte keine Erklärung.

»Ich habe doch mit deiner Frau gesprochen«, sagte er, »ist es nicht so? Sie hat doch ein paar Tage vor der Beerdigung im Pfarrbüro angerufen.«

»Ah ja«, sagte Allan, jetzt war es ihm unangenehm, dass er nicht selbst angerufen hatte.

Nun erkannte er die Stimme wieder, er hatte ja neben Charlotte gesessen und mitgehört. Vorsichtig fragte er: »Waren viele da?«

»Auf der Beerdigung? Nein, das kann man nicht sagen.«

»Hat jemand gesprochen?«

»Gesprochen? Nein. Der Pastor hat ein paar Worte von der Kanzel gesagt, das musste er ja, aber ob jemand hinterher geredet hat ... nein. Auch nicht beim Kaffee im Wirtshaus, davon hätte ich gehört.«

Allan war ein wenig verstimmt. Niemand hatte auch nur ein paar freundliche Worte über seinen Vater gesagt? Er, der so viele Grabreden für die Leute hier in der Stadt gehalten hatte, bekam selbst nicht einmal eine einzige? Eigentlich hätte Allan eine Rede halten müssen. Eine rührende Rede über das Gute, das im Milchmann steckte und trotz allem wert war, erinnert zu werden ... Aber das hätte er nicht gekonnt.

»Das ist wirklich traurig«, sagte er.

»Na ja, wie man's nimmt«, erwiderte der Totengräber. »Es herrschte eine eher gedrückte Stimmung. Nein, viele Tränen sind nicht geflossen.«

Der Totengräber nickte einem Einheimischen auf dem Fußweg vor dem Friedhof zu. War es Detlefsen, der da über die Steinmauer guckte? Im Halbdunkel ließ es sich nur schwer erkennen.

»Aber es ist gut, dich wiederzusehen, zu Hause bei deiner Mutter. Ich weiß, dass sie dich vermisst hat.«

Das hörte Allan wiederum gern. Er hatte natürlich gehört, wie Mutter es sagte, aber es wog gleich schwerer, wenn andere es auch sagten.

»Mit fällt es nicht leicht bei den Sachen, die ich geschrieben habe«, sagte er plötzlich.

Der Totengräber blickte ihn verständnislos an.

»Da musst du dir keine Sorgen machen. Das haben hier nicht viele gelesen.«

»Nicht? Na ja, da sind Dinge ans Licht gekommen, ich meine, nicht nur über meine Familie, sondern auch über andere im Ort ...«

»Na und? Herrgott, die Leute reden mehr, als du glaubst. Ich bin einer der wenigen, die deine Bücher gelesen haben, und von mir aus kannst du noch 'ne Schippe drauflegen.«

Der Totengräber hielt Allan eine Faust vor die Nase.

»Mach ruhig weiter!«, forderte er ihn auf. »Genau so brauchen die es: voll auf die Zwölf!«

Allan nickte und versprach, sein Bestes zu tun. Dann verabschiedete er sich hastig. Er ging rasch nach Hause, doch der Totengräber hatte ihn dermaßen aus der Fassung gebracht, dass er den falschen Weg nahm. Aus reiner Gewohnheit ging er zu seinem alten Elternhaus.

◆

Hawas hatte sich gerade verabschieden wollen, als Allans Anruf vom Friedhof kam, jetzt blieb er doch noch einen Moment. Vermutlich überraschte ihn das Gespräch, das er mitanhören musste, und es wurde nicht unbedingt besser, als Margrethe den Hörer auflegte und berichtete.

»Er wollte nur das Grab finden«, sagte sie. »Jetzt hat er es gefunden.«

»Und nun?«

»Tja, jetzt will er seinen Vater ausgraben, damit er sein Käppi bekommt.«

Die dunklen Augenbrauen des Irakers zogen sich über der Nase zusammen. Asger und seine Mutter schüttelten beide den Kopf und lachten auf. Dann kam Sanne nach Hause und musste sich die Geschichte anhören. Sie nickte ernst und schaute hinüber zum Friedhof.

»Damit er das Milchmannkäppi bekommt«, wiederholte sie, »und was will er damit?«

Woher um alles in der Welt sollte das Margrethe wissen. Das war ja das Komische. Sanne hatte wirklich nicht viel Sinn für Humor, wahrlich nicht. Hawas lächelte verwirrt, er wusste nicht recht, was er davon halten sollte.

»Wenn er rechtzeitig nach Hause gekommen wäre, hätte er es von mir aus haben können«, sagte Asger.

Bei dieser Äußerung wachte Sanne auf: »Wir durften ja nicht nach Hause kommen!«

»Er hätte euch schon nicht weggejagt, wenn ihr gekommen wärt. Aber dann hättet ihr euch der Situation entsprechend benehmen müssen. Herrgott, uns anderen ist es doch auch gelungen.«

Genau das waren auch Margrethes Worte. Asger hatte sich immer einordnen können, ohne Schriftsteller zu werden oder wahnsinnig, das musste man ihm wirklich lassen. Mein Gott, so schwer konnte das doch nun wirklich nicht sein.

»Kinder haben heutzutage keinen großen Respekt mehr vor ihren Eltern. Nicht hierzulande«, wandte sich Margrethe an Hawas.

Da wo er herkam, war das anders, das hatte sie im Fernsehen gesehen. Doch Hawas schlug sich nicht auf Margrethes Seite, im Gegenteil.

»Du hättest die beiden aber auch mal anrufen können«, sagte er.

Margrethe bekam einen Schwindelanfall; sie taumelte durchs Wohnzimmer und klammerte sich an die Standuhr, die bedenklich schwankte und anfing zu klingeln. Asger fasste seine Mutter unter den Arm und erklärte dem Iraker wütend: »Du hast unseren Vater nicht gekannt. Es war durchaus nicht lustig, sich ihm zu widersetzen.«

Margrethe ließ sich schwer auf einen Umzugskarton fallen. Warum gab es noch keinen Fernseher, den sie anschalten konnte, dann hätte sie sich wenigstens mit einem deutschen Unterhaltungsprogramm ablenken können? Und als ob das alles nicht schon genug wäre, bemerkte sie, dass Sanne nicht mehr im Zimmer war. Wo musste sie denn nun schon wieder hin, ohne etwas zu sagen?

Auch Hawas wollte nun gehen. Jetzt müsse er aber wirklich, sagte er. Margrethe nickte, schließlich war er ziemlich lange geblieben.

»Was wolltest du eigentlich hier?«, erkundigte sich Asger.

Hawas erzählte, wie Allan vor dem Supermarkt die Tüte geplatzt war.

»Ah ja«, sagte Asger.

Er glaubte ihm offensichtlich nicht. Margrethe schon, aber danach war ja so viel passiert. Sie hatten über so viele Dinge reden müssen.

»Ich werde mir die Sache mit dem Beatmungsgerät merken«, sagte sie. »An gewisse Dinge erinnere ich mich offenbar verkehrt.«

»Ja«, sagte Hawas, »und jetzt sage ich Danke und auf Wiedersehen, es war nett, euch zu sehen. Manches kann man einfach besser verstehen, wenn man mal bei den Leuten zu Hause gewesen ist.«

Es wurde still, was meinte er denn damit? Er selbst schien auch ein wenig verunsichert zu sein, wie Margrethe ihm ansah.

»Äh, ich bin natürlich schon bei vielen Dänen zu Hause gewesen. Aber hier in Südjütland bin ich noch nicht so lange ...«

Asger baute sich direkt vor ihm auf, er wirkte fast ein bisschen bedrohlich.

»Ich bin mir gar nicht sicher, ob deine Erinnerung wirklich so verkehrt ist, Mutter«, sagte er. »Ich bin ja auch dabei gewesen. Jedenfalls am späteren Nachmittag.«

Margrethe hatte überhaupt nicht damit gerechnet, dass Asger sich einmischen würde. Eigentlich merkwürdig, denn normalerweise sagte er nicht viel. Und wenn er den Mund aufmachte, ging es meist um Hohlraumversiegelungen oder Fußpaneele oder so etwas. Diese Sache schien ihm jetzt aber wichtig zu sein, und das begriff jetzt auch Hawas.

»Ich bin im Krankenhaus gewesen«, wiederholte Asger, »und das Beatmungsgerät war abgeschaltet, als ich kam, das kann ich bezeugen. Und das werde ich auch tun.«

»Das Beatmungsgerät war abgeschaltet, ja«, bestätigte Hawas. »Denn zu diesem Zeitpunkt war dein Vater bereits tot. Das Beatmungsgerät wird abgeschaltet, wenn der Patient tot ist.«

»War er denn auch schon tot, als wir für ihn beteten?«, erkundigte sich Margrethe.

Hawas seufzte resigniert und wandte den Blick ab, er schien die Hoffnung aufgegeben zu haben, dass er ihr auch nur irgendetwas erklären konnte. Aber sie hatten doch für den Milchmann gebetet, warum wollte er das denn nicht zugeben? Sie hatten sich so gut unterhalten, über den Tod und das Jenseits, und Hawas hatte gesagt, wir Menschen sollten nicht das Recht haben, über alles zu bestimmen. Margrethe wusste genau, was er damit meinte, also hatte sie ganz still die Hände gefaltet. Er hatte den Blick zum Himmel gewandt und irgendetwas gemurmelt, das sie nicht verstanden hatte, wahrscheinlich ein Gebet in irgendeiner fremden Sprache. Kurz darauf war Asger gekommen. Und als sie gemeinsam nach dem Milchmann gesehen hatten, war er tot. Sollte er wirklich schon vorher gestorben sein? Bevor das Beatmungsgerät ausgeschaltet wurde? Nein, das konnte nicht stimmen, das hätte sie doch bemerkt.

»Habe ich am Bett eines toten Mannes gewacht?«, fragte sie.

Und nun blickte ihr Hawas in die Augen und sagte: »Offenbar.«

Wie unverschämt, so senil war sie trotz allem noch nicht.

»Du hast dort doch neben mir gesessen«, sagte sie. »Wir haben zusammen gewacht.«

»Ich wusste nicht, dass wir wachten«, erklärte er und lächelte schief.

Aber wieso hatte er dann dort gesessen? Als Arzt, wenn

der Patient tot war? Nein, offensichtlich versuchte er, ihr etwas vorzumachen, weil er ein schlechtes Gewissen hatte. Aber dazu gab es doch überhaupt keinen Grund.

»Herrgott, wir sind dir doch dankbar«, sagte sie.

»Hör endlich damit auf!«, erwiderte er gereizt.

Margrethe hatte nie zuvor einen Arzt so reden hören, das passte nicht zu einem Arzt. Ein Arzt hatte ruhig und gelassen zu sein und den Überblick zu bewahren, egal, was passiert.

»Wenn ihr es wirklich wissen wollt«, sagte Hawas, »so war mir manchmal nicht sonderlich wohl bei dem Gedanken, den armen alten Mann zurück zu seiner Familie zu schicken. Ich wusste ja, was ihn bei euch erwartete. Und was ich nicht aus der Krankenakte erfuhr, erzählten mir meine Kollegen.«

»Versuchst du jetzt, uns die Verantwortung in die Schuhe zu schieben?«, fragte Asger.

Hawas antwortete nicht, er drehte sich um und ging. Sie blickten ihm durchs Küchenfenster nach. Fast sah er wieder aus wie ein Arzt, aber nicht ganz. Er blieb einen Moment zu lange an seinem Auto stehen und schaute in Richtung Friedhof, was hatte das nun wieder zu bedeuten? Vermutlich sah er sich nach Allan um. Dachte er vielleicht, aus dieser Ecke könnte Hilfe kommen? Da irrte er sich aber gewaltig, Allan hatte genug mit sich selbst zu tun.

Dann stieg er ins Auto und fuhr davon. Mit dem Jagdgewehr und den Patronen des Milchmanns im Kofferraum, hoffentlich hatte er ein bisschen Freude daran.

»Jetzt ist er doch zu Kreuze gekrochen und hat es schließlich zugegeben«, stellte Asger fest.

Das nun nicht gerade, meinte Margrethe, so deutlich hatte es sich für sie nicht angehört. Aber sie hörte ja auch nicht mehr so gut.

»Die anderen Ärzte haben ihn vorgeschoben«, sagte sie. »Sie haben sich selbst nicht getraut, diese Memmen.«

Aber nach Asgers Ansicht war Hawas schuld. Diese Leute aus dem Nahen Osten hätten in ihren Heimatländern so viel Krieg und Zerstörung gesehen, sagte er, da galt ein Menschenleben nicht so viel wie hier. Und Hawas hatte wohl fälschlicherweise geglaubt, dass seine Familie den alten Mann gern loswerden wollte. Margrethe hörte nicht mehr zu.

»Wenn es zu einer Verhandlung kommt, dann hoffe ich, dass er das, was er zuletzt gesagt hat, nicht wiederholt. Dass er den Milchmann nur ungern nach Hause schicken wollte, weil wir ihn nicht ordentlich behandelt hätten. Ich meine, da ist ja was dran, aber das muss man doch nicht laut sagen, Asger.«

Ihr Einwand leuchtete Asger offenbar ein. Er wollte doch lieber nichts unternehmen, man sollte es bei der Drohung belassen, das war vermutlich das Beste. Lieber Gott, was für ein fürchterlicher Nachmittag. Margrethe hatte keine Gelegenheit gehabt, ihr Mittagsschläfchen zu halten, und jetzt war es zu spät. Es wurde bald acht und sie hatte noch nicht einmal zu Abend gegessen. Aber sie konnte jetzt auch nichts essen. Endlich begriff Asger, was ihr fehlte: Er bot von sich aus an, den Fernseher aus dem alten Haus zu holen. Er hatte ja das Auto dabei.

Neulich hatte sie im Fernsehen einen Bericht über den Irak gesehen, an den sie jetzt denken musste: Bei Festen schossen sie in die Luft. Das war auch hier früher gar nicht so unüblich. Vor allem ihr Nachbar schräg gegenüber, Luffe, war immer vorneweg gewesen. Mit dem Jagdgewehr. Silvester zum Beispiel oder damals, als er zum vierten Mal Vater geworden war. Er wünschte sich so sehr ein Mädchen, denn er hatte bereits drei Jungen. Und er wusste, dass der Milchmann einer von den Frommen war, deshalb kam er eines Abends herüber und fragte, ob man nicht ein gutes Wort für ihn einlegen könnte. Bei einer der Betstunden im Missionshaus. Das war nun nicht möglich, doch Vater versprach, für Luffe zu beten. Ob er es wirklich getan hatte, wusste Margrethe nicht, doch als die Frau niederkam, stand Luffe plötzlich vor der Haustür und schoss mit seinem Jagdgewehr in die Luft. »Das hast du verdammt gut gemacht!«, rief er. »Wie, wurde mein Gebet erhört?«, hatte der Milchmann gefragt. »Ja«, schrie Luffe, »mehr als das! Es sind Zwillinge, ich habe zwei Mädchen!«

Als die Nachbarn auf die Straße kamen und hörten, was passiert war, holten sie ebenfalls ihre Gewehre und schossen in die Luft. Und mitten in dem Spektakel stand Vater und ließ sich feiern. Frau Simonsen, die im Kirchenchor sang, fing an, das ›Ave Maria‹ zu singen, allerdings tat sie das eigentlich bei jeder sich bietenden Gelegenheit. Und so gut sang sie auch wieder nicht.

Plötzlich hatte der Milchmann sein Käppi abgenommen, und es war Ruhe eingekehrt. Er nahm so selten sein Käppi ab, dass alle wussten, wenn er es tat, dann gab es einen guten Grund. Er bestand darauf, Gott zu danken, denn trotz allem war Er der eigentliche Wohltäter. Und so geschah es. Sie ließen die Gewehre eine Weile ruhen und falteten die Hände, auch Luffe, was anderes hätte er sich auch nicht erlauben dürfen. Und während sie beteten, blickte Margrethe über die Felder, die man zwischen den Häusern sah. Es war Spätsommer, und hier und da hatte man Feuer angezündet, um die Felder abzubrennen. Der Wind wehte ein wenig Rauch in die Straße, Haare und Kleider rochen, als wären sie angesengt. Was war mit den Kirchenglocken? Fingen sie an zu läuten? Es wäre reiner Zufall gewesen, aber sie läuteten ja sonst auch oft genug, dachte Margrethe.

Und als der Milchmann Amen gesagt hatte, griff der Nachbar wieder zu seinem Gewehr. Er setzte sich seine Mütze wieder auf, und die Ballerei ging weiter.

Obwohl sie eigentlich längst hätten schließen müssen, blieb ihr Laden für den Schnapsverkauf geöffnet. Die Frommen sahen das gar nicht gern, aber von ihnen liefen auch nicht sehr viele mit geladenen Gewehren herum. In diesem Fall hatte Margrethe die volle Verantwortung übernommen. Und der Milchmann empörte sich später über Anstand und Moral, als er hinterm Ladentisch das Geld zählte.

◆

Allan hatte das alte Haus fast erreicht, als ihm einfiel, dass Mutter umgezogen war. Aber nun konnte er auch noch ein letztes Mal hineingehen. Es war schwer, sich von dem Haus zu verabschieden, eigentlich merkwürdig.

Asger lud gerade Mutters letzte Möbel in den Umzugswagen. Unglaublich, wie viel er für Mutter tat, viel Dank bekam er dafür nicht. Allan hingegen hatte sie mit dem Jagdgewehr bedroht; wie hatte er so etwas nur übers Herz bringen können? Er half seinem Bruder beim Tragen, das war das Mindeste, was er tun konnte.

Sie trugen den Kleiderschrank aus Mutters und Vaters Schlafzimmer herunter. Sie mussten ihn auseinanderbauen, um ihn die Bodentreppe hinunterzubekommen. Hauptsache, er ließ sich auch wieder zusammensetzen, aber dieses Problem stellte sich glücklicherweise erst später.

Als keine weiteren Möbel mehr in den Wagen passten, setzten sie sich auf die Lade und verschnauften. Während der Arbeit hatten sie so gut wie kein Wort miteinander gewechselt, es hatte auch so sehr gut geklappt. Nun empfand Allan das Schweigen als bedrückend. Er hätte sich gern mit seinem großen Bruder unterhalten, sie mussten sich doch irgendetwas zu sagen haben, dachte er.

Was hielt Asger davon, dass er Mutter mit dem Jagdgewehr bedroht hatte? Vielleicht verstand er es in gewisser Weise, sie hatte ihn ja auch nicht allzu gut behandelt. Und hatte Asger auch gehört, dass ihr Vater im Krankenhaus nach Allan rief? Er hätte es gern gewusst, aber es war nicht so leicht, danach zu fragen. Sie mussten überhaupt erst einmal eine Unterhaltung beginnen. Und so kam Allan auf die Idee, einen Witz zu erzählen, das könnte vielleicht ein Anfang sein. Er kannte einen, in dem es um einen Kleiderschrank ging, und Asger war ja Schreiner.

»Kennst du den mit dem Kleiderschrank?«

Asger kannte ihn nicht. Er lächelte verwirrt, was wollte Allan? Aber Allan fing einfach an: »Frau Hansen hat sich einen Kleiderschrank gekauft. Aber als er geliefert wird, zeigt sich, dass sie ihn selbst zusammenbauen muss. Und ihr Mann ist auf Geschäftsreise. Also fängt Frau Hansen an und es gelingt ihr auch, den Schrank aufzubauen, aber als sie die letzte Schraube einschraubt, kommt die Linie 16 unter dem Fenster vorbeigefahren. Das Haus bebt ein wenig, dann zittert der Kleiderschrank und fällt auseinander.«

Asger nickte ernst. Er wirkte nicht sonderlich überrascht, Allan wusste, dass er bei handwerklichen Dingen den Frauen nicht viel zutraute.

»Also holt Frau Hansen den Nachbarn«, fuhr Allan fort. »Und der Nachbar will auch gern helfen, er ist überzeugt, einen so kleinen Schrank schon zusammenbauen zu können. Er geht unverdrossen ans Werk und baut den Schrank tatsächlich auf. Doch als die Linie 16 vorbeifährt, bebt das Haus wieder ein wenig und der Kleiderschrank fällt erneut auseinander.«

»Nanu?«, sagte Asger, denn das war wirklich erstaunlich. »Hat es sich um ein Modell mit einem Fabrikfehler gehandelt?«

Allan wurde ein wenig unsicher, diese Frage war ihm noch nie gestellt worden, wenn er den Witz erzählte.

»Eigentlich nicht«, meinte er. »Nein, bestimmt nicht. Und nun will der Nachbar es wissen. Er beginnt von vorn, zieht die Schrauben besonders fest an, und als der Schrank zum dritten Mal steht und die Linie 16 näherkommt, wird er nervös. Er geht in den Schrank und hält ihn von innen mit beiden Händen fest.«

»Was?«, fragte Asger. »Er geht in den Schrank?«

»In den Schrank, ja. Und stützt ihn von innen ab.«

Allan zeigte mit den Händen, wie. Ihm war schon klar, dass dies ein Schwachpunkt der Geschichte war, denn wer hat schon mal versucht, so in einen Kleiderschrank zu steigen? Asger garantiert nicht. Also weiter: »Da kommt Herr Hansen von seiner Geschäftsreise nach Hause.«

Asger schaute seinen kleinen Bruder neugierig an, er wollte wissen, wie es weiterging, ein gutes Zeichen. Allan ließ sich ein wenig Zeit, bevor er fortfuhr: »Herr Hansen sieht, dass seine Frau einen neuen Schrank gekauft hat, öffnet ihn ... und darin steht der Nachbar. ›Was zum Teufel machst du hier?‹, fragt Herr Hansen. ›Ich stehe hier und warte auf die Linie 16‹, antwortet der Nachbar.«

Asger wollte gerade lachen, bekam dann aber einen Hustenanfall, und so wurde es ein merkwürdiges Zwischending. Aber er hatte Allans Witz verstanden und fand ihn gut, so viel war zumindest klar. Allan wurde ganz warm ums Herz, er konnte sich nicht erinnern, wann er seinen Bruder das letzte Mal zum Lachen gebracht hatte.

Sie setzten sich in die Fahrerkabine und fuhren schweigend los. Doch es schien jetzt eine andere Form der Schweigsamkeit zu sein. Nun konnte er seinen Bruder nach den ernsthafteren Dingen fragen, zum Beispiel, ob Vater auf dem Todeslager nach Allan gerufen hatte. Aber Asger kam ihm zuvor, denn eine Sache wollte er noch geklärt wissen.

»Und was ist dann mit dem Schrank passiert?«, fragte er. »Hat er gehalten, als die Sechzehn kam?«

Allan verstand ihn nicht. Woher zum Teufel sollte er das wissen, darum ging's doch auch gar nicht bei der Pointe. Aber Asger blieb hartnäckig: »Du musst doch wissen, ob der Schrank am Ende gehalten hat?«

Allan musste zugeben, dass er es nicht wusste. Nun verdüsterte sich die Stimmung wieder. Asger war irritiert, dass er auf eine so einfache Frage keine klare Antwort bekam, und Allan konnte ihm nicht klarmachen, warum es mit dem Witz überhaupt nichts zu tun hatte. Schließlich gab Allan nach und räumte ein, dass in der Geschichte etwas fehlte, er hätte jetzt auch den Eindruck. Der Witz war erfolglos verpufft, ja, er hatte alles beinahe noch schlimmer gemacht.

Als sie zu Mutters neuem Haus kamen, musste abgeladen werden, das lenkte immerhin ab. Wenn sie zusammen arbeiteten, ging alles sehr viel besser.

Als Erstes wurde der Fernseher ins Wohnzimmer getragen. Mutter zeigte ihnen, wo er stehen sollte; neben der Standuhr. Asger steckte den Stecker in die Dose und stellte die Programme ein. Er fand sogar das deutsche Programm, das Mutter so gern sah; und sie hatte Glück, gesendet wurde ›Lustige Musikanten‹. Ihr Lieblingsprogramm. Margrethe setzte sich vor den Bildschirm und fühlte sich gleich wohler.

Asger trug die restlichen Möbel herein und Allan kam nicht umhin, ihm zu helfen. Auch den Kleiderschrank transportierten sie ins Haus, bauten ihn allerdings noch nicht auf. Das musste warten, jetzt keinen Ton mehr von Kleiderschränken. Schließlich setzten sie sich neben ihre Mutter und sahen fern. Mutter bot ihnen Kirschwein an, sie prosteten sich zu und bei ›Auf der Reeperbahn nachts um halb eins‹ sang sie ein bisschen mit. Die Söhne nicht, schließlich hatte alles seine Grenzen.

Dann nahm Allan all seinen Mut zusammen, um das Thema anzusprechen, über das er so gern mehr erfahren wollte.

»Er behauptet, meinen Namen gehört zu haben.«

»Wer?«, fragte Mutter.

»Hawas, im Krankenhaus. Er sagt, Vater hätte an dem Morgen, kurz vor seinem Tod, nach mir gerufen, er hat es ganz deutlich gehört. Du auch, Mutter.«

»Ja, ja.«

»Wieso hast du mir das nicht früher erzählt?«

»Ich dachte, es sei nicht so wichtig«, erwiderte sie.

Nicht so wichtig? Allan wandte sich Asger zu, der mit den Achseln zuckte, das konnte alles Mögliche bedeuten. Aber er protestierte zumindest nicht. Es war also wahr, sein Vater hatte nach ihm gerufen. Ein unglaublicher Gedanke.

Allan genoss es, mit seiner Mutter und seinem Bruder fernzusehen. Es war ein bisschen wie in den alten und angeblich so guten Zeiten. Er spürte, wie er langsam seinen Frieden mit sich und der Tatsache machte, dass er seinem Vater tatsächlich etwas bedeutet hatte. Ja, sein Vater hatte ihn geliebt. Gleichzeitig war es schrecklich, denn es hatte sich um eine Liebe gehandelt, die nie gezeigt wurde, als Vater noch lebte. Aber besser spät als niemals, trotz alledem. Allan war jetzt mehr und mehr davon überzeugt, dass er einer falschen Spur nachgegangen war, von wegen Mord aus Mitleid. Hawas hatte nichts Falsches getan. Und Mutter und Svend hatten sich auch nicht so verhalten, zum Teufel, was hatte er bloß für eine Vorstellung von ihnen. Sie hatten sich nicht immer gerade vorbildlich benommen, aber mein Gott ... Allans Fantasie war mit ihm durchgegangen, wie gewöhnlich; so grotesk war die Wirklichkeit trotz allem nicht.

Auf einmal fiel ihm auf, dass Sanne nicht da war.

»Sie wollte nach dir suchen«, sagte Margrethe, »vielleicht ist sie auf dem Friedhof, was weiß ich.«

Als sie ihn dort nicht fand, hätte sie doch zurückkommen müssen? Wenn sie nicht bald nach Hause käme, würde er nach ihr suchen. Plötzlich schoss ihm ein Gedanke durch den Kopf, den er nicht wieder verdrängen konnte. Dieser Gedanke ließ ihn aufstehen und ans Küchenfenster treten.

Wie dunkel es plötzlich geworden war. Schwere, tiefhängende Wolken waren aufgezogen, es sah aus, als würden sie an der Kirchturmspitze hängen.

KAPITEL 10

Normalerweise machen wir so etwas nicht

Asger und Margrethe waren beide vor dem Fernseher eingeschlafen; ein Kopf war auf die Brust gefallen, der andere lag im Nacken. Es war wie damals, als Allan noch zu Hause wohnte, nur dass Asger nun in Vaters Sessel saß. Allan räusperte sich vernehmlich, denn seit einer Stunde war Sanne nicht zurückgekommen. Er ahnte, wo er nach ihr suchen könnte, aber er wollte nicht gern allein dorthin gehen, und schon gar nicht um diese Uhrzeit. Er räusperte sich noch einmal, dieses Mal noch lauter. Bestimmt hatten sie ihn gehört, aber sie wachten trotzdem nicht auf. Der eine Kopf kippte jetzt in den Nacken und der andere fiel auf die Brust.

Als er vor die Tür trat und die Tür hinter sich schloss, spitzte er die Ohren: Hörte er da nicht ein leichtes Donnern in der Ferne? Oder bildete er sich das nur ein? Er hoffte es. In den Nachbarhäusern brannte kein Licht mehr, also gab es auch niemanden, der ihn sehen konnte. Er lief direkt zum Friedhof und stellte sich an der Steinmauer auf die Zehenspitzen, um über die Gräber zu schauen. Es war zu dunkel, um irgendetwas erkennen zu können, doch dann wurde der Friedhof von einem Blitz erleuchtet, und Allan sah, dass jemand auf dem Friedhof war, an Vaters Grab. Jemand grub dort.

Er lief zur Gitterpforte, an der ihm plötzlich zwei Männer entgegenkamen. Detlefsen und Madsen, als hätten sie irgendwo in der Dunkelheit auf ihn gewartet. Wieder roch Allan Kaffeepunsch, als er versuchte, an ihnen vorbeizukommen. Sie versperrten ihm mit Krücken und Stock den Weg, er musste zurück auf die Straße. Gut, dass so spät kein Auto mehr vorbeikam.

»Bist du stolz auf dich?«, fragte Detlefsen.

»Dazu gehört schon was, seine eigene Mutter anzuzeigen«, sagte Madsen.

Allan antwortete nicht, er ging einfach an der Pforte vorbei.

»Du hast's aber eilig«, hörte er hinter sich.

Allan lief bis zu einem Lieferwagen, der am Straßenrand parkte. Hier wartete er einen Moment und schaute sich um, er wollte sichergehen, dass die Männer fort waren. Zumindest sah er sie nicht mehr. Auch nicht, als ein Blitz die Straße erleuchtete. Er lief zurück zum Friedhof. Die Gitterpforte war verschlossen, aber das Tor war nicht so hoch, dass er nicht drübersteigen konnte. Da machte sich ganz sicher jemand an Vaters Grabstelle zu schaffen. Der- oder diejenige stand in einem Loch, Allan konnte nur den Oberkörper und hin und wieder eine Schaufel erkennen, die Erde hinauswarf. Als er näher kam, sah er, dass es sich um Sanne handelte. Sie schaute zu ihm auf und schenkte ihm ein merkwürdiges Lächeln; sie schien sich zu freuen, ihn zu sehen.

»Bist du es, Allan?«

»Was zum Teufel machst du hier?«, flüsterte er und riss ihr die Schaufel aus der Hand.

»Ich will dir doch nur helfen, du darfst mich nicht ausschimpfen.«

Sie sprach viel zu laut und es half auch nichts, als er sie mit einem »Psst« zur Ruhe bringen wollte.

»Du willst doch Vaters Milchmannkäppi haben. Und du traust dich ja nicht, den Sarg selbst auszugraben.«

Sie legte den Kopf schief und sah wie ein kleines unartiges Mädchen aus. Was sollte er bloß mit ihr machen? Er nahm sie am Arm und zog sie aus dem Loch. Schob sie beiseite. Dann begann er, die Erde zurückzuschaufeln.

»Ich habe so viel gegraben und bin schon so tief«, jammerte sie, »jetzt könnten wir's doch auch beenden, oder?«

Er blickte ins Grab und hielt einen Moment inne. Es war tatsächlich imponierend, was sie geschafft hatte, bis zum Sarg konnte es nicht mehr weit sein. Und er wollte das Käppi tatsächlich gern haben.

»Dann wird's dir besser gehen«, sagte sie. »Dann bist du auch nicht mehr so wütend auf Mutter.«

Das wäre möglich, aber dafür seinen eigenen Vater ausgraben? So wichtig war dieses Käppi nun auch wieder nicht, es ging ihm ja eigentlich mehr ums Prinzip. Sie hatten das Käppi in den Sarg gelegt, ohne ihn vorher zu fragen. Aber es war sinnlos, Sanne so etwas erklären zu wollen. Jetzt ging es darum, das Loch zuzuschütten, und das konnte nicht schnell genug gehen.

Sie hörten, wie jemand näher kam. Allan warf die Schaufel beiseite und versteckte sich mit Sanne hinter einer Hecke. Natürlich, die beiden Alten von vorhin. Wie waren sie über die Gitterpforte gekommen? Sie mussten einen anderen Eingang benutzt haben, einen heimlichen Schleichweg nur für Eingeweihte. Sie stolperten langsam auf das Grab zu, blieben eine Weile dort stehen und konferierten. Tranken Punsch aus der Thermoskanne, klopften die Pfeifen aus. Es donnerte und blitzte über ihren Köpfen, aber sie schienen es überhaupt nicht zu registrieren, ja, es sah aus, als würden sie sich geradezu wohl dabei fühlen. Dann fingen sie an, hinter Büschen und Grabsteinen zu suchen. Nach einer Weile trennten sich ihre Wege und schon bald kam Madsen auf die Stelle zu, wo Allan und Sanne sich versteckt hielten.

Allan wollte sich gerade zu erkennen geben, als Sanne ihn zurückhielt, aufstand und Madsen entgegenging. Sofort unterzog er sie einem Verhör und drohte mit der Polizei, aber Sanne fing an, von dem Milchmannkäppi zu erzählen, das ihr kleiner Bruder so gern haben wollte. Langsam entfernten sie sich von seinem Versteck und Allan konnte dem Gespräch kaum noch folgen. Aber er hörte, wie Detlefsen sich einmischte, die beiden Männer schimpften noch immer mit Sanne. Zwischendurch hörte er Sannes einschmeichelnde Stimme. Plötzlich wurde es still. Lange. Sogar das Gewitter schien sich verzogen zu haben. Allan blieb hinter der Hecke sitzen und war froh, dass Sanne ihn nicht verraten hatte, aber was machte sie jetzt? War sie gegangen? Nein, er hörte er das Geräusch der Schaufel. Die Männer halfen ihr, die Erde ins Grab zu schaufeln, das war nett von ihnen. Dann würden sie sicher bald gehen und er käme hier weg. Allan fror, zumal es jetzt auch noch angefangen hatte zu regnen. Aber sie hatten nur eine Schaufel, es dauerte also eine gewisse Zeit; währenddessen alberte der Alte, der gerade nicht schaufelte, mit Sanne herum.

Allan hörte ihr heiseres Lachen und hin und wieder das Wiehern eines alten Mannes. Es sollte ihn nicht wundern, wenn sie ihnen erlaubte, sie zu betatschen, vielleicht sogar noch Schlimmeres. Sanne war nicht sonderlich prüde und wenn ein Mann wirklich Lust hatte, durfte er normalerweise auch. Mein Gott, wenn es so wichtig für ihn war. Und ihr fiel schließlich kein Zacken aus der Krone, meinte sie. Wenn sie wenigstens um eine Gegenleistung bitten würde. Aber was war das jetzt? Es klang, als würde die Schaufel auf etwas Hartes stoßen! Allan richtete sich ein wenig auf und schlich ein paar Schritte näher. Es wurde gar keine Erde ins Grab geschaufelt, das Grab wurde ausgeschaufelt! Sanne hatte sie überredet, ihr zu helfen. Er mochte sich nicht vorstellen, wie. Wo war der Totengräber? Irgendjemand musste diesem Treiben doch Einhalt gebieten. Jetzt mühten sie sich mit dem Sargdeckel ab, irgendetwas knirschte.

»Also, eigentlich dürfen wir das ja gar nicht«, sagte Madsen.

»Nein, normalerweise machen wir so etwas auch nicht«, erwiderte Detlefsen.

Allan lief wieder hinter die Hecke, aber offenbar hatte man ihn gesehen, denn nun kamen Schritte auf ihn zu. Er krümmte sich zusammen und hielt den Atem an. Jemand rüttelte ihn an der Schulter. Sanne beugte sich über ihn.

»Willst du unseren Vater sehen?«

Er blieb sitzen, ganz still, zischte ihr zu, leise zu sein. Nun würden sie ihn doch noch entdecken!

»Sie wissen, dass du hier bist. Komm schon, sie tun dir nichts.«

Allan erhob sich und folgte ihr kleinlaut. Madsen und Detlefsen waren keineswegs überrascht, ihn zu sehen, sie nickten feierlich und winkten ihn heran. Seine Schritte wurden kürzer und kürzer, zwischendrin blieb er stehen. Schließlich stand er so dicht am Grab, dass er den Sarg sehen konnte. Er stand offen, es regnete hinein. Was dachten sie sich eigentlich? Er meinte, die Leiche darin zu sehen und wandte hastig die Augen ab.

»Also los«, forderte Sanne ihn auf.

Was wollten sie von ihm? Er schaute fragend von einem zum anderen.

»Willst du nun das Milchmannkäppi oder nicht?«, fragte Madsen.

»Du musst es dir schon selbst holen«, erkläre Detlefsen.

Allan traute sich nicht, aber er mochte auch nicht einfach

verschwinden und Sanne den beiden Alten überlassen. Er blieb abwartend stehen und bemerkte, dass ihr Kleid in Unordnung geraten war, sie zupfte es rasch zurecht.

»Jetzt haben wir uns wegen dir die ganze Mühe gemacht«, sagte sie, »den Rest musst du schon selbst übernehmen.«

Aber, verdammt, er konnte es nicht. Wieder blickte er in das Loch, Detlefsen zündete ein Feuerzeug an und reichte es ihm. Der Regen löschte die Flamme. Allan musste es mit dem Oberkörper schützen, als er es noch einmal anzündete. Mit zitternden Händen leuchtete er in das Grab, die Leiche dort unten sah überraschend klein aus. Es gab ein offenes Loch im Gesicht, das musste der Mund sein, es regnete hinein. Es hätte irgendjemand sein können, aber es war nicht irgendjemand, denn das Milchmannkäppi lag auf der Brust.

Allan legte sich auf den Bauch, lehnte sich ins Grab und streckte einen Arm aus, reckte ihn, so lang er konnte. Jetzt hatte er das Käppi – und bekam in diesem Moment mit der Krücke einen Schlag in den Nacken! Die beiden Männer stießen ihn in die Grube. Allan kämpfte dagegen an, setzte einen Fuß auf den Sarg, trat offenbar seinem Vater auf den Kopf, irgendetwas knirschte. Er schlug wild um sich und hätte es fast herausgeschafft, wenn ihn Madsen und Detlefsen mit der Krücke und dem Stock nicht wieder zurückgestoßen hätten. So ging es hin und her, bis Sanne dazwischen ging und Allan eine Hand geben konnte, aber der Regen war stärker geworden und sie glitten beide im Matsch aus. Irgendwann prallten ihre Köpfe zusammen, es dröhnte regelrecht in seinem Schädel. Es war beinahe der schlimmste Schlag, den Allan abbekam. Sanne fluchte und schimpfte, dann war sie wieder bei Sinnen, doch er fiel auf die Knie und kniff die Augen zusammen vor Schmerz. Als er sie wieder öffnete, konnte er im ersten Moment nichts erkennen, dann wurde ihm der Anblick fast zu viel. Weitere Alte tauchten aus der Dunkelheit auf: Budde, Schlüpfer-Matiesen, Radio-Møller, das alte Fräulein Hunderup mit einem Kopftuch um das ganze Gesicht, ja, sie sah tatsächlich aus wie ein Affe. Sie saß im Rollstuhl und schwang ihre Handtasche. Sie alle kamen auf ihn zu und versuchten, ihn in die Grube zu treiben. Budde wollte mit dem Rollator zum entscheidenden Schlag gegen Allan ausholen, aber er hatte nicht die Kraft dazu. Madsen und Detlefsen versuchten, ihm zu helfen, und packten von beiden Seiten den Metallrahmen. In einer gemeinsamen Kraftanstrengung hoben sie den Rollator über ihre Köpfe, doch in diesem Moment ertönte ein ohrenbetäubender Knall. Ein Blitz schlug in den rot aufleuchtenden Rollator und ein Stromstoß schoss den drei alten Männern in die Knochen; sie zitterten und schlackerten mit den Beinen. Allan glaubte, ihre Skelette im Dunkel leuchten zu sehen; sie fingen an, vor seinen Augen unfreiwillig hin und her zu tanzen. Er schüttelte den Kopf und trat einen Schritt zurück. Das war doch alles nicht wahr. Rücklings stürzte er ins Grab und landete neben seinem Vater, der Sargdeckel fiel zu und alles um ihn herum wurde dunkel.

Allan erwachte mit dem Kopf in Sannes Schoß. Er blickte in den südjütländischen Himmel und ahnte einen Stern zwischen den Wolken. Die Luft war frisch, alles war ruhig. Es gewitterte und regnete nicht mehr. Er wandte den Kopf zur Seite und blickte auf das mit Erde bedeckte Grab.

»Was ist passiert?«, fragte er. »Lag ich im Sarg?«

»Aber nein«, antwortete Sanne.

»Haben sie sich nicht auf den Deckel gesetzt und mich gefangen gehalten?«

Sanne lachte heiser. Es tat ihm gut. Es wäre sonst nicht zu ertragen gewesen.

»Ich habe gehört, wie jemand das Lied vom Skamlingsbanken gesungen hat.«

Er schüttelte den Kopf über sich selbst, das Ganze war vollkommen bizarr; Sanne hingegen blickte wehmütig vor sich hin. Sie hatte das Lied immer gemocht. Bestimmt hatte er alles nur geträumt. Oder sich in seinem kranken Kopf vorgestellt. Bei Licht betrachtet war er doch nicht ganz richtig im Kopf. Doch dann reichte ihm Sanne das Milchmannkäppi. Er drehte es zwischen den Händen und wrang das Regenwasser heraus, es sah sehr real aus. Vielleicht war die *Realität* ja geistesgestört? Aber das machte es auch nicht viel besser.

◆

Margrethe erwachte, als sie jemanden an der Haustür hörte. Als sie Allans Stuhl leer fand, stand sie auf und ging in den Flur. Dort standen ihre beiden Kinder, gut, dass sie wieder zu Hause waren. Aber wie sahen sie denn aus? Vor allem ihre Sachen, und vor allem Allan. Hatten sie so spät am Abend noch den Garten umgegraben?

»Wo seid ihr gewesen? Bei diesem Wetter?«

»Spazieren«, sagten sie wie aus einem Mund.

In diesem Moment schlug die Standuhr und sie schien in dem neuen Haus anders zu klingen, als würde es ein Echo geben. Sie drehte sich um und schaute auf die Zeiger, es war spät.

»Ich habe wohl geschlafen.«

Margrethe sah, dass Allan irgendetwas unter dem Hemd trug. Nun ging er damit ins Gästezimmer, wollte es wohl verstecken. Sie konnte nicht erkennen, worum es sich handelte. Und sie wollte auch nicht fragen, denn wer weiß, was sie zu hören bekam, vielleicht würde ihr wieder schwindlig werden. Aber irgendetwas war mit Allan geschehen, das sah man sofort. Die Augen schienen größer zu sein als gewöhnlich, sie flackerten unruhig. Aber er lächelte. Und sagte keine unangenehmen Dinge zu seiner Mutter. Zur Abwechslung immerhin ganz schön.

»Seid ihr auf dem Friedhof gewesen?«, wollte sie wissen.

Bei dem Wort ›Friedhof‹ standen die Augen in Allans Kopf plötzlich still. Beinahe zu still. Margrethe ging ins Wohnzimmer, um Asger zu holen, es kam ihr doch alles sehr merkwürdig vor. Asger schlief noch immer im Sessel. Sie schaltete den Fernseher ab, normalerweise wachte er dann auf. Aber nicht heute Abend.

»Ich glaube, wir müssen jetzt alle schlafen gehen«, meinte Sanne.

Sie dachte dabei sicher auch an Allan. Margrethe zeigte ihm, wo die Bettwäsche lag. Man musste ihm beim Ausziehen helfen, so müde war er. Seine Sachen waren vom Regen durchweicht und rochen nach Erde und fauligem Holz; Margrethe nahm sich vor, sie morgen zu waschen. Sie brachte Allan zu Bett, wie damals als Kind. Sanne steckte den Kopf zur Tür herein und sagte Gutnacht, dann ging sie wieder.

»Und wenn irgendetwas ist, dann rufst du mich einfach«, sagte Margrethe.

Sie wusste nicht so genau, was sie damit meinte, schon als sie noch klein waren, hatte sie das gesagt. Dann wünschte sie ihm ebenfalls eine gute Nacht. Gern hätte sie ihn auf die Wange geküsst, aber das tat man hier in der Gegend nicht, und schon gar nicht bei einem so großen Jungen. Ein liebevoller Blick von der Tür aus, das war in Ordnung. Und er wurde tatsächlich erwidert.

»Ihr seid alle so nett zu mir«, sagte Allan.

Margrethe machte sich nun doch Sorgen. Es sah ihm überhaupt nicht ähnlich, so etwas zu sagen.

»Mein Vater ist tot«, fügte er hinzu, als wenn sie das nicht wüsste.

»Du vermisst bestimmt deine Frau«, sagte sie.

Bei dem Wort ›Frau‹ runzelte Allan die Stirn und wirkte sehr konzentriert; es sah aus, als versuchte er sich daran zu erinnern, mit wem er verheiratet war. Dann nickte er.

»Ja, ja, und meine Tochter. Ich vermisse sie beide sehr. Ich sollte sie vielleicht anrufen, nur um ihnen zu erzählen, dass ich mich bei der Oma wohl fühle.«

»Morgen«, erwiderte sie. »Schlaf jetzt.«

Er zog die Decke bis ans Kinn, das sah so süß aus. Aber eins musste er noch loswerden: »Und weißt du was, Mutter, wenn ich nach Kopenhagen zurückkomme, werde ich nicht mehr über Südjütland schreiben.«

Margrethe breitete die Arme aus, was hatte das denn zu bedeuten, er konnte doch schreiben, was er wollte.

»Ich verspreche es«, fuhr er fort, »von jetzt an werde ich den Blick nach vorn richten, auf die große Welt.«

»Mach es so, wie du es für richtig hältst.«

Was hätte sie denn sonst sagen sollen? Margrethe konnte sich nicht entsinnen, dass er irgendwann Rücksicht auf sie genommen hätte. Jedenfalls nicht, wenn es um seine Schreiberei ging.

Sie ließ die Tür einen Spalt offen, damit er die Stimmen aus dem Wohnzimmer hören konnte. Die große Welt, wo immer die war, davon verstand sie nichts. Aber offenbar lag sie nicht in Südjütland.

Margrethe blieb einen Moment im Flur stehen, wollte Allan nicht allein lassen. Ob es ihm auch wirklich gut ging?

Was er gesagt hatte, klang ein bisschen komisch. Vor allem, dass sie alle so nett zu ihm wären, das waren sie doch überhaupt nicht? Sollte sie ihm ein paar von Sannes Tabletten geben? Ihr halfen sie ja sehr gut, wenn sie den Überblick behielt, wie viele sie nehmen musste. Aber Allan wäre nicht damit einverstanden, er war immer so vernünftig, zumindest wenn es um ihn ging. Margrethe würde ihn in ihr Nachtgebet einschließen. Das war kein Problem, und damit tat sie doch immerhin etwas für ihn. Bestimmt glaubte Allan nicht an Gott, er glaubte sicherlich, er käme ohne ihn zurecht. Und doch hatte sie den Eindruck, dass er heute Abend ziemlich durcheinander war, und das sah sie nicht nur an seinen Augen. Es konnte nicht schaden, wenn seine Mutter für ihn betete. Sie würde darum bitten, dass sein Leben sich wieder normalisierte und er in der Hauptstadt besser mit den Seinen zurechtkam. Dann würde er seine alte Mutter daheim sicher mit etwas milderen Augen betrachten.

◆

Allan saß im Zug nach Kopenhagen, allmählich ging es ihm wieder besser. Nun kam er zurück in die Zivilisation und er brachte in seinem Koffer interessante Dinge mit. Dinge, die an langen Winterabenden studiert und vielleicht besonders Auserwählten gezeigt werden könnten.

Da keine anderen Passagiere im Abteil saßen, zog er das Milchmannkäppi aus der Tasche. Eigentlich sah man der Mütze nicht an, wo sie gelegen hatte, aber natürlich könnte mal jemand aus seinem Heimatort vorbeikommen, der sie wiedererkannte. Und dann würde er nur ungern die Frage hören: »Das ist doch das Käppi deines Vaters, oder? Wo hast du das denn her?« Er drehte es in den Händen, hielt es ins

Licht des Abteilfensters. An der einen Seite hatte der Stoff einen blauen Fleck, der stammte von dem Kugelschreiber, den Vater ständig hinters Ohr steckte. Mutter hätte das Käppi aber auch mal waschen können.

Wieso hatte das Milchmannkäppi eine solche Bedeutung für Allan? Vor allem, weil es Vater wichtig gewesen war. Er ging nirgendwohin ohne sein Käppi und er nahm es nur ungern ab. Nur wenn er schlief. Oder betete. Oder in den Keller ging, um zu duschen. Das passierte selten, das war kein Geheimnis, aber dafür gab's ja eine Erklärung. Es lag daran, dass Asger seine Arbeit dort unten nie beendet hatte. Er hatte Wasserrohre gelegt und einen Duschkopf in die entlegenste Ecke des großen und unbeheizten Kellerraums montiert – und erklärt, es wäre nur vorübergehend. Natürlich könnte man später noch eine Heizung legen, außerdem wollte er streichen und fliesen, es sollte so schick wie in einem Reihenhaus werden. Aber dann hatte Asger geheiratet und sich ein eigenes Haus gekauft. Und danach ging's einfach nicht mehr weiter. Wenn Vater sich dagegen wehrte, einen Handwerker zu beauftragen, um den Rest zu erledigen, dann deshalb, weil sie nicht das Geld dafür hatten, so einfach war das. So etwas verstand Mutter nicht, sie kam ja aus besseren Verhältnissen als er. Aber über das Geld auf dem Sparbuch nach seinem Tod hatte sie sich doch gefreut. Und nun hatte sie ihr Haus und ihr Badezimmer, worüber beschwerte sie sich eigentlich? Wenn sie wollte, könnte sie auf Reisen gehen, in den Harz zum Beispiel, wo sie Familie hatte. Sie könnte Svend einladen mitzufahren. Eigentlich unglaublich, wie gut Vater für sie gesorgt hatte.

Allan erinnerte sich an den Tag, an dem Asger die Dusche angebracht hatte und sie zum ersten Mal ausprobiert werden sollte. Er war damals erst acht Jahre alt gewesen und hatte so etwas noch nie gesehen. Als er an die Reihe kam, nahm ihn sein Vater an die Hand und erklärte ihm, was er zu tun hätte. Erst musste das warme Wasser aufgedreht werden, denn man wollte ja warm duschen. Dann musste es mit kaltem Wasser gemischt werden, bis die richtige Temperatur erreicht war. Danach konnte man sich unter den Wasserstrahl stellen und sich waschen. Das tat Allan und als er fertig war, trocknete er sich ab und ging nach oben ins Wohnzimmer, wo Mutter ihm frische Sachen herausgelegt hatte.

Aber als sie später zu Abend aßen, meinte Mutter, im Keller irgendetwas zu hören. Was war das für ein Geräusch? Es klang, als würde das Wasser noch immer laufen. Und so war es auch, schließlich hatte Allan niemand erklärt, dass er das Wasser wieder abstellen musste, nachdem er sein Duschbad beendet hatte.

Vater lief hinunter und drehte die Hähne zu und Mutter schimpfte ihn aus, weil heißes Wasser teuer war. Und Allan bereitete sich darauf vor, bestraft zu werden. Doch er wurde nicht bestraft. Als Vater wieder heraufkam und ihn ins Gebet nahm, verteidigte sich Allan, dass er doch nur getan hatte, was man ihm gesagt hatte: Erst das warme Wasser aufdrehen, weil man ja warm duschen wollte, und danach das kalte, bis die richtige Temperatur erreicht war. Niemand hatte etwas davon gesagt, dass er das Wasser auch wieder abzudrehen hätte. Vater hatte Mutter angesehen und ernst genickt, so gesehen hatte er recht. Das hatten sie vergessen, ihm zu erzählen. Und Allan wurde nicht bestraft. Normalerweise hätte Vater ihn übers Knie gelegt, aber Vater war offenbar so glücklich und stolz, eine Dusche im Keller zu haben, dass alles andere nebensächlich war. Rührung überkam Allan, als er sich an diese Episode erinnerte, wieso hatte er nicht früher daran gedacht? Er erinnerte sich so lebhaft an alles

Schlechte, was er erlebt hatte, aber er durfte auch das Gute nicht außer Acht lassen. Vielleicht fiel es ihm leichter, weil er das Milchmannkäppi in den Händen hielt? Dass Vater tot war, wusste er, schließlich erinnerte er sich gut, woher er das Käppi hatte. Und wenn Vater tot war, schien es ihm leichter zu fallen, gut von ihm zu denken. Es war dann nicht so gefährlich.

Sobald er zurück nach Kopenhagen kam, würde er das Käppi verstecken. Niemand sollte wissen, dass er es besaß, niemand außer Sanne. Vielleicht im Büro, unter dem Sofa? Oder auf dem Dachboden, dort wäre es sicherer.

Er lehnte sich im Sitz zurück und schaute aus dem Fenster. Obwohl es erst früher Abend war, konnte er bereits den Mond sehen. Wieso hatte er mal geglaubt, man würde Vaters Milchmannkäppi auf dem Mond finden? Das war damals, als sie die Mondlandung im Fernsehen gesehen hatten, eigentlich war er schon ein großer Bursche gewesen, der es hätte besser wissen müssen. Aber er hatte es kaum fassen können, dass man wirklich bis dorthin fliegen konnte, auf dem Mond herumlief, Steine in einem Beutel sammelte und damit zur Erde zurückflog. Immerhin hatte er seinen Vater, der es ihm erklärte. Vater wusste alles über die Schwerkraft, die Mondkrater und die Geheimnisse des Universums, und er war sicher, es würden sich Anzeichen von organischem Leben auf dem Mond finden. Ja, er wusste es mit einer derartigen Sicherheit, dass man glauben konnte, er wäre selbst dort gewesen. Während Vaters Erklärungen wühlte Armstrong mit einem Stock im Mondstaub und irgendetwas blinkte. Er bückte sich und sammelte es auf, es war überwiegend weiß, aber auch ein bisschen schwarz, und Allan glaubte einen Moment, es könnte sich vielleicht um Vaters Milchmannkäppi handeln. Der Schirm des Käppis war schwarz und aus Plastik, er schimmerte genauso. Aber es war nicht das Käppi. Als Armstrong es in der Hand hielt, sah man, dass es sich um einen Stein handelte, der lediglich ein bisschen heller als die anderen leuchtete. Später hatte man ihn bestimmt in einem geologischen Museum ausgestellt. Eigentlich wäre es lustiger gewesen, wenn es das Käppi gewesen wäre. Wer weiß, wahrscheinlich hätte Vater diese Idee auch ganz gut gefallen.

Vater war weit herumgekommen, so kam es Allan jedenfalls damals vor, denn er konnte über alles reden. Er konnte alles erklären und war nie überrascht, wenn Allan mit irgendeiner neuen Geschichte nach Hause kam. Merkwürdig nur, dass Vater nie verreiste, er besaß nicht einmal einen Pass. Er hatte Angst zu fliegen, Angst, im Zug zu fahren, und auch beim Autofahren fühlte er sich nicht wirklich sicher. Es war also begrenzt, was er von der Welt gesehen hatte. Umso imponierender eigentlich, dass er sich mit so vielen Dingen auskannte.

Vater wusste zum Beispiel auch, was Allan nachts träumte. Eigentlich keine sonderlich angenehme Vorstellung, und Gott sei Dank redete Allan auch nur eine Zeitlang ziemlich viel im Schlaf. Manchmal wachte er auf und Vater saß bei ihm auf der Bettkante; er hatte ihn etwas gefragt, und Allan hatte geantwortet, das wusste er, aber er wusste nicht, was. Er hatte gerade geschlafen, ja, eigentlich schlief er immer noch halb. Ein eigenartiges Gefühl. »Was habe ich gesagt?«, fragte er dann, denn es wäre doch ganz schön, es selbst zu wissen. Aber Vater antwortete nicht, sondern sah ihn nur betrübt an. Als hätte er seinen Sohn nach etwas Wichtigem gefragt, zum Beispiel, was Allan in Wahrheit von ihm hielt. Und dann eine Antwort bekommen, die ihn enttäuschte und verletzte. Er war in Allans Kopf gewesen, mit dem Milchmannkäppi, und er wusste mehr über Allans Träume als Allan selbst.

Aber an solche Sachen wollte er nicht denken, jetzt versuchte er, sich an etwas Schönes aus der Vergangenheit zu erinnern. Wenn er sich ein bisschen anstrengte, würde es ihm auch gelingen. Er war kurz davor, sich das Käppi selbst aufzusetzen, nur um zu wissen, wie es sich anfühlte. Als Kind hatte er dann immer Vaters liebevollen Blick gespürt. Allerdings fing er irgendwann an zu zittern, beinahe so wie Sanne; seither hatte er sich das Käppi nicht mehr aufgesetzt. Obwohl er Sanne sehr mochte, wollte er doch nicht werden wie sie. Wieso hatte er dieses Käppi überhaupt mitgenommen? Es tat ihm nicht gut, das spürte er. Er überlegte, es aus dem Fenster zu werfen, aber die Fenster der IC3-Züge ließen sich nicht öffnen.

Stattdessen legte er das Käppi auf die Ablage neben sein Gepäck; sollte jemand fragen, wem es gehörte, hätte er keine Ahnung. Wenn der Zug in Kopenhagen hielt, wollte er sein Gepäck nehmen und den Zug ohne das Käppi verlassen. Mit dieser Lösung war er im Grunde sehr zufrieden. Er lächelte vor sich hin, schaute aus dem Fenster und suchte wieder den Mond. Vielleicht sollte er ernsthaft eines Tages einmal das Geologische Museum besuchen. Dort soll ein Mondstein ausgestellt sein, es wäre doch interessant, wie solch ein Stein tatsächlich aussah.

Als Allan seine Familie in Kopenhagen umarmt und ihnen versichert hatte, in Südjütland sei alles gut gegangen, breitete er die Dinge aus seinem Elternhaus auf den Wohnzimmerboden aus. Frida und Charlotte schauten ihm interessiert zu, sie durften die Sachen auch gern anfassen. Aber vorsichtig. Er meinte, zu jedem Gegenstand ein bisschen erzählen zu müssen, mit jedem Teil war eine kleine Geschichte verbunden. Geschichten, die sich beinahe von allein erzählten, wie er meinte. Die verkohlte Hose übersprang er, denn sie ließ seine Mutter ja in einem ziemlich schlechten Licht dastehen. Dass sie die wichtigsten Dinge verbrannt hatte, würde er ihr nie vergeben, aber davon mussten Frida und Charlotte nichts wissen.

Frida interessierte sich am meisten für die Kasse. Während sie sie näher untersuchte, flüsterte Charlotte ihrem Mann zu: »Hast du denn herausgefunden, wer es getan hat?«

Allan antwortete nicht sofort, zu sehr war er damit beschäftigt, Frida zu beobachten, was sie mit der Kasse anstellte. Es handelte sich ja nicht um ein Spielzeug und er hatte auch nicht vor, ihr die Kasse zu schenken.

»Wer war der Schuldige?«, flüsterte Charlotte.

»Ach so, diese Geschichte. Ist doch eigentlich egal«, antwortete Allan. »Ganz ehrlich, mein Vater war ein alter Mann, ich glaube, er ist einfach gestorben.«

Frida hatte gehofft, er würde ihr einen Teddy mitbringen; dazu hatte er leider keine Zeit gehabt. Aber mit dieser Erklärung war Frida nicht zufrieden, sie maulte und Charlotte musste ein Wort sagen. Papa hätte an so viele andere Dinge zu denken gehabt.

Allan nahm den Deckel von der Keksdose, der mit Schmetterlingen verziert war, und gab sie Frida.

»Riech mal«, forderte er sie auf. »So roch es, als Papa klein war.«

Frida steckte die Nase hinein, verstand aber nicht, was er meinte.

»Ich kann nichts riechen.«

Wenn sie so etwas sagte, konnte Allan wirklich wütend werden. Die Keksdose roch nach seiner gesamten Kindheit, ja, nach der Vergangenheit überhaupt. Aber sie blieb dabei und es half auch nichts, als Charlotte es versuchte. Sie konnte auch nichts riechen.

»Nichts anderes als Seifenlauge«, erklärte sie.

Er nahm Charlotte die Dose aus der Hand, steckte die Nase hinein und musste seinen beiden Frauen recht geben. Alle Gerüche von damals waren verschwunden. Wie war das möglich?

»Deine Mutter hat sie wahrscheinlich ausgewaschen«, vermutete Charlotte.

Sie hatte recht. Es musste seine Mutter gewesen sein, am letzten Abend, nachdem er ins Bett gegangen war.

»Ich hätte sie erschießen sollen«, sagte er.

Frida schrie erschrocken auf, was sagte ihr Vater da? Wollte er wirklich seine Mutter umbringen? Charlotte hingegen fing an zu lachen, Gott sei Dank, denn natürlich hätte er es nie getan. Niemand, der seine fünf Sinne beisammen hatte, würde so etwas wollen. Mutter hatte es ja nicht aus bösem Willen getan, sie wollte nur nicht, dass Allan irgendetwas Schmutziges mit nach Hause brachte.

Aber traurig war es doch. Etwas war unwiderruflich verloren gegangen.

»Kann du nicht einfach ein paar Kekse hineintun, die Mama gebacken hat?«, fragte Frida; natürlich verstand sie nichts.

Allan steckte noch einmal die Nase in die Dose und schnüffelte, hatte sich denn nicht wenigstens ein bisschen von dem Duft erhalten? Hinter dem Seifengeruch, wenn man ihn versuchte wegzufiltern? Er ließ sich Zeit und konzentrierte sich; schließlich saß er da, die Nase in der Keksdose, und hatte alles um sich herum vergessen. Charlotte rief seinen Namen, Frida auch, er hörte ihre Stimmen aus weiter

Ferne. Es wurde auf die Emaille geklopft, aber er antwortete nicht. Gleich würde er bei ihnen sein. Gleich. Jetzt, jetzt war er wieder bei klarem Verstand.

Er zog die Nase aus der Dose und sah sich um – er saß plötzlich allein im Wohnzimmer. Wo waren seine Frau und seine Tochter? Als wären sie fortgezaubert worden. Allan stand auf und suchte, zuerst im Kinderzimmer, aber dort waren sie nicht. Sein Herz hämmerte, es war so still in der Wohnung. Schließlich fand er sie in der Küche. Sie saßen am Küchentisch und versuchten, eine Brille zu reparieren. Die Brille seines Vaters, wie sich herausstellte, das Gestell war vollkommen verbogen und Frida hatte rote Augen. Hatte sich dieser kleine Tollpatsch etwa draufgesetzt? Er hatte doch gesagt, sie sollte vorsichtig sein. Er wollte sie ausschimpfen, ließ es dann aber, er war nicht wütend. Merkwürdig, eigentlich müsste er es doch sein, dachte er. Aber er war es tatsächlich nicht.

◆

Zwei Tage nachdem die Kinder abgereist waren, bekam Margrethe erneut Besuch. Diesmal war es Svend. Aber er brachte Blumen mit. Bestimmt hatte er die Abreise der Gäste beobachtet und sich gesagt, der Zeitpunkt wäre günstig. Und im Grunde hatte er recht. Das neue Haus war zwar schön, aber man musste sich doch daran gewöhnen. Es fühlte sich noch ein wenig leer an.

»Empfängst du Fremde?«, erkundigte er sich.

»Ich will keine Blumen«, sagte sie.

Was würden denn die Leute sagen? Wenn Leute zu Besuch kämen, würden sie sofort fragen, woher die Blumen stammten. Außerdem hatte Margrethe Svends Frau gut gekannt, sie fand, es gehörte sich einfach nicht.

»Geh auf den Friedhof und leg sie aufs Grab deiner Frau, inzwischen setz' ich Kaffee auf.«

Das gefiel Svend überhaupt nicht, er beschwerte sich lautstark. Immerhin zwanzig rote Rosen, die nicht ganz billig gewesen wären. Sollten die auf einem Grab verwelken? Aber er tat, was sie sagte, und Margrethe bekam so ein wenig Zeit, um sich zurechtzumachen.

Als er wiederkam und sie ihn einließ, erinnerte sie ihn daran, seine Holzschuhe mit in den Flur zu nehmen. Sie sollten nicht auf der Vortreppe stehen, so dass alle sie sehen konnten. Die Leute würden nur darauf achten, wie lange sie dort stehen blieben. Dafür hatte Svend durchaus Verständnis, dankbar drückte sie seine Hand. Eigentlich hätte sie aufpassen müssen, aber es geschah wie von selbst. Und er drückte ihr ebenfalls die Hand, hinterher tat sie ihr regelrecht weh.

Dann plauderten sie beim Kaffee. Den Kindern gehe es gut, versicherte Margrethe. Und am Ende hätte sie sich sogar mit Allan versöhnt.

»Er ist ein guter Junge«, sagte sie.

Svend nickte, dieser Meinung war er ja immer schon gewesen.

»Und was hat er herausgefunden?«

»Dass sein Vater im Grunde viel von ihm hielt«, antwortete Margrethe.

»Der Milchmann? Von Allan?«

Margrethe nickte. Svend blickte zu Boden und lächelte vor sich hin, denn das klang nun wirklich komisch. Dann sagte er: »Davon solltest du ihn nicht abbringen, Margrethe.«

»Nein, das würde mir nicht im Traum einfallen. Allan lebt in seiner eigenen Welt, das hat er immer schon getan. Es gibt halt welche, die sind so.«

Plötzlich bemerkte sie, dass sie die Kekse vergessen hatte.

Svend wollte sie für sie holen, aber das konnte sie durchaus noch selbst. Die schönen Spritzkuchen. Doch Svend lehnte dankend ab. Spritzkuchen sind nicht gut für die Pumpe, sagte er mit Schalk in den Augen. Mit Pumpe meinte er natürlich das Herz; Svend konnte sich durchaus südjütländisch ausdrücken, obwohl er in Vejen zur Welt gekommen war. Tatsächlich hatte er vor ein paar Jahren auch ein kleines Blutgerinnsel gehabt, im Herzen, seither versuchte er, zu viel Fett zu vermeiden. Ganz anders als ein gewisser anderer Herr. Wenn Svends Kinder mit Kuchen kamen, hatte er ihn gern an den Milchmann weitergegeben. Und inzwischen hatte Svend bereits vier Kilo abgenommen. Auch wegen Margrethe, behauptete er. Sie tat, als hätte sie es nicht gehört. Ehrlich gesagt wurde sie ein wenig verlegen und es entstand eine Pause.

»Svend«, sagte sie dann, »ich kann das dem Milchmann nicht antun. Nach allem, was alles passiert ist. Wie er gestorben ist.«

»Wir haben ihn trotz alledem nicht umgebracht«, sagte Svend. »Das war Hamas.«

»Er heißt nicht Hamas, sondern Hawas.«

Svend wollte es sich merken. Dann fragte er nach Polizei-Sussis Ermittlungen und Margrethe berichtete, dass nichts dabei herausgekommen sei. Im Krankenhaus würden sie sich vermutlich gegenseitig decken, die Sache war im Sande verlaufen. Aber Sussi hatte ein paar Mal nach Allan gefragt und sie hatte jedes Mal so besorgt ausgesehen. Als ob ihm irgendetwas fehlen würde. Sie hatte sogar gesagt, dass Allan ruhig im Krankenhaus anrufen sollte, dort würde ein Psychologe zur Verfügung stehen. Was immer das bedeuten mochte. Die letzten Wochen hatten an ihnen allen gezehrt, es war aber auch eine chaotische Zeit gewesen.

»Glaubst du, das alles wäre passiert, wenn dieser Krieg nicht ausgebrochen wäre, Svend?«

»Nein, das ist nicht sicher. Aber so ein Mann ist sicher wütend auf uns Dänen. Hat er nicht sogar Familie dort, wo wir die Bomben werfen?«

Margrethe wollte es nicht laut sagen, dachte sich aber im Stillen: In gewisser Hinsicht gehörte ihr Mann zu den ersten Gefallenen dieses Krieges. Der einzige Zivilist auf dänischer Seite, der, soweit sie wusste, sein Leben hatte lassen müssen. War es wirklich so? Es klang schon ein bisschen merkwürdig, aber nun sagte sie es trotzdem laut: »Dann ist der Milchmann einer der Gefallenen im Krieg gegen den Irak. Kann man das so sagen, Svend?«

»Ja, das könnte man sagen.«

So war es also. Krieg war doch etwas Schreckliches. Sie musste das Taschentuch aus Hamburg aus der Tasche ziehen.

Svend fing an, von seinem Vater zu erzählen, der während des Ersten Weltkriegs gefallen war. An der Ostfront, in deutscher Uniform, wie so viele Männer aus Südjütland. Svends Familie hatte auch das ein oder andere durchgemacht. Im Laufe der Zeit war viel passiert hier in Südjütland, drüben in Kopenhagen verstanden sie das nicht immer. Darin waren Svend und Margrethe sich einig. Svend rückte seinen Stuhl heran. Legte eine Hand auf Margrethes Knie und lächelte so breit, dass sie seinen Goldzahn sehen konnte. Sie schaute rasch hin, dann stand sie auf, verabschiedete Svend und dankte ihm für seinen Besuch.

Aber Svend wurde man nicht so leicht los. Er hielt ihre Hand und zog sie zu sich auf den Schoß. Margrethe wusste sich keinen Rat, Svend roch ja angenehm; er hatte seit langem ein Badezimmer und keine Angst, es zu benutzen. Und nun spürte sie, dass er sie wollte, da war kein Irrtum möglich. Sie erschrak ein bisschen, dieser alte Kerl, was erlaubte er sich? Konnte er sich denn nicht beherrschen? Svend entschuldigte sich und erzählte freimütig, dass er eine Potenzpille genommen hätte, bevor er aus dem Haus ging, nur für alle Fälle. Und nun fing sie an zu wirken. Das war deutlich zu spüren, aber es war ja keine natürliche Lust, er hätte also, egal was passiert wäre, eine Erektion bekommen. Aber vermutlich war sie jetzt zu hart zu ihm, er hatte ja schon einige Jahre darauf gewartet. Ja, fast ein Menschenalter.

»Was kostet denn so eine Pille?«

Svend musste es im Kopf ausrechnen, es dauerte eine Weile, aber sie konnte warten.

»Elf Kronen«, sagte er schließlich.

»Elf Kronen?«

Das war auch Geld. Sie fragte: »Soll ich dir hinterher etwas zum Abendessen machen?«

»Das brauchst du nicht«, erwiderte er.

Und sie wusste, dass er es wirklich so meinte. Sie war regelrecht erleichtert, Svend wollte tatsächlich nur das Eine. Sie hatte eine solche Angst gehabt, für ihn kochen zu müssen, denn sie war es leid, für andere zu kochen. Aber sie hätte sich gar keine Sorgen machen brauchen. Herrgott, das hätte er doch gleich sagen können.

Margrethe nahm ihn bei der Hand und zog ihn ins Schlafzimmer. Nun erhielt Svend endlich die Erlaubnis. Elf Kronen waren schließlich eine Investition, fand sie. Margrethe war regelrecht gerührt, dass er so viel Geld für sie ausgegeben hatte. Das hätte der Milchmann nie getan.

Erling Jepsen

Die Kunst, im Chor zu weinen

Roman
Aus dem Dänischen von Ulrich Sonnenberg
suhrkamp nova
st 4030. 267 Seiten

»Wenn Vater eine gute Grabrede hält, dann haben ihn die Leute gern, und wenn die Leute ihn gern haben, dann hat er auch uns gern.«
Allan, der elfjährige Sohn des Milchmanns, weiß, wie man zu Tränen rührt. Zusammen mit seinem Vater besucht er sämtliche Beerdigungen des Ortes. Die Grabreden des Vaters – unterstützt durch den traurigen Blick des Sohnes – bringen die Angehörigen unweigerlich zum Weinen; und da eine gute Rede dem Umsatz des elterlichen Ladens zugute kommt und zudem die »psychischen Nerven« des Vaters beruhigt, ist die Logik für Allan klar: des einen Tod, des anderen Brot. Aber was tun, wenn die Todesfälle ausbleiben? Wer hat das Feuer gelegt, in dem Allans Großmutter umkam? Wird die große Schwester deshalb wenig später in die Psychiatrie gebracht? Oder etwa, weil sie nicht länger mit dem Vater auf dem Sofa schlafen mag?
Eine abgründige Familiengeschichte, geschildert aus dem treuherzigen Blickwinkel eines Elfjährigen, dem die familiäre Harmonie über alles geht und dem es deshalb zunehmend schwerer fällt, »gut« und »böse« voneinander zu unterscheiden.

NF 902/1/10.08